光文社文庫

録音された誘拐

阿津川辰海

KOBUNSHA

「この犯罪を僭称《せんしょう》するものどもを、おさえる道はただひとつ。綿密な計算と、高度の技術による真の犯罪を、社会にしめすしかない。洗練された犯罪の見事さによって、野卑粗暴なるえせ犯罪に、顔色《がんしょく》なからしめん、というわけだ。よって、善意銀行ならぬ悪意銀行を、ここに設立。すぐれた悪意を、ひろく募るものである」

――『悪意銀行《あくいぎんこう》』(都筑道夫《つづきみちお》)

主な登場人物

［大野探偵事務所］

大野　糺――大野探偵事務所の所長。誘拐されるが、その頭脳は止まらない

山口美々香――大野探偵事務所の一員。自慢の「耳」で、所長を救おうとする

望田公彦――大野探偵事務所の一員。前歴はカウンセラー。静岡に出張する

［大野家］

大野　巖――糺の祖父。家を重んじる厳格な家長。重度の認知症。故人

大野美佳――糺の母。巖の気質を受け継ぐ。家族にも腹の底が読めない

大野泰造――糺の父。巖の会社を受け継いだ婿養子で、海外を飛び回る

大野　楽――糺の叔父、美佳の弟。家業を継がずに株取引で身を立てる

大野早紀――糺の妹、美佳の長女。おっとりした性格で兄の身を案じる

大野智章――糺の弟、美佳の次男。大学生で母の言いなりになっている

吉澤――家政婦。智章や早紀を、未だにお坊ちゃま・お嬢様と呼ぶ

［周辺の人々］
熊谷太一——早紀のフィアンセ。智章に言わせれば「いけすかない男」
野田島勲——大野家の隣人。現在は独居で職業不定。過去に秘密あり
新島国俊——フリーライター。紖の事務所にも現れ、何やら嗅ぎ回る

［警察関係者］
田辺文彦——警部補。大野家に常駐し、家族の秘密にも迫っていく
佐久間宗親——科捜研所属の研究員。音の専門家。美々香に興味津々
冬川利香——田辺、佐久間と共に大野家に常駐。家族の心を案じる
川島——刑事。田辺を尊敬しているが、彼にこき使われている
板尾——刑事。皮肉屋。川島とコンビを組まされ駆り出される

［山口家］
山口純一——美々香の父。病気で自宅療養中
山口小百合——美々香の母。純一の看護に励む

［？？？］
カミムラ——犯罪請負人

目次

現在

世界が止まるような一瞬だった。

この日この瞬間の光景は、自分の脳裏に永遠に焼き付くのだろう。――望田《もちだ》はそう直感した。

酸素が急に薄くなり、視界が遠ざかっていく。それなのに、目の前の光景が一枚の写真のように見える。

誘拐されていた大野《おおの》所長が見つかったのは、この建物の地下室だった。

「大野所長！　大野所長！」

美々香《みみか》が大野に駆け寄る。

大野は木の椅子に後ろ手に縛られている。うなだれていて、足元には血痕が飛び散っている。今もなお、指先から血が滴っていた。

地下室の奥の方にも、女性が一人、横たわっていた。こちらに背中を向けていて、顔は分からない。

美々香は大野に取りすがり、体を揺すぶっている。

「山口《やまぐち》さん、今、救急車を――」

田辺《たなべ》と川島《かわしま》という二人の刑事の声が、現場を飛び交っている。

「貴様、貴様よくも！」

男がうつぶせの姿勢で、床の上に組み伏せられている。パーカーを着た男の姿。上に乗っているのは、大野家の関係者だったはずだ。

望田は途中からこちらに合流したので、顔と名前が一致していなかった。

「熊谷《くまがい》さん！　もうそこまでで――」

川島という刑事が、熊谷と呼ばれた男の肩を押さえた。

「ですが、ですが川島さん！　この男のことを！　この男のことを許すことが出来ますか！」

熊谷は吐き捨てるような口調で言った。

「三人も――この男は、三人も殺したんですよ！」

熊谷は声を震わせる。

「望田君――」

美々香がこっちを見る。

その声だけが、やけに大きく、歪《ゆが》んで聞こえた。

脳がキュッと絞られるような感覚。この最悪の一瞬だけが、何度も何度もリフレインする。

熊谷に組み伏せられた男の顔。

その顔だけが、まだ見えない。

その半年前

「――犯罪が失敗する最大の要因は、なんだと思う？」

バーの暗がりの中で、犯罪請負人だと名乗る男は言う。

試されているのだと分かった。

私は唾を呑《の》み込む。

「……シミュレーションを怠《おこた》るから、でしょうか」

奥まった位置のテーブルで、周囲に人はいない。男は上手《かみて》側、バーの入り口が見える位置に席を取っていた。

男はニヤリと笑った。無邪気なようだが、なんともいえない凄《すご》みがある。私は背筋が冷えるのを感じた。

「なるほど。悪くない答えだね。確かに、犯罪者の大半には緻密な計算が足りない。不測の事態に備え、裏の裏まで見通す。そうした頭脳がなければ、犯罪は警察の組織力の前に敗北を喫する。確かにシミュレーションは重要だよ」

男はショットグラスを傾ける。

「だけど、本質じゃない」

「では、何が必要だと？」

「必要――いや、違うね。むしろ、要らないものがあるのさ」

男の焦《じ》らすような言い方がもどかしかった。

「あらゆる犯罪が失敗するのは」

男が右手を開く。マジシャンが手に何も持っていないことを強調するようなやり方だった。

「犯罪を行うのが当事者だからさ」

「当事者？」

男の鼻の頭に皺《しわ》が寄った。

「僕はオウムと仕事をするつもりはないよ」

「オウム？」

「二度目だ。次はないよ。繰り返すだけならオウムでも出来る」

そこまで言わないと分からないのか、とでも言うようなからかい声だった。

男はゆっくりとタバコに火をつける。

男の態度は腹に据えかねた。

だが、彼を手放しては、私の計画の成功はあり得なかった。グッとこらえて、試すように尋ねる。

「つまり、例えば殺人なら、関連のない相手を殺せ、ということですか？　無差別殺人をしろと？」

「それもまた、一つの方法だね。だが、エレガントではない。無差別な殺人には理念がないからだ」男は煙を吐いた。「僕の犯罪は美しくなければならない」

エレガント、と、殺人。あまりにも縁遠い二つの言葉の取り合わせが、自然に思われるほど、男の口調は洗練されていた。

「他人を害し、悪意に晒《さら》す――そう、そこには理由があるだろうね。だが、犯罪を行う者がその理由に縛られる必要はない。理由を知れば、人は必ず肩入れし、あるいは反発し、感情を揺さぶられる。この揺れこそが、犯罪を失敗させる最大の要因なのさ。だからこそ、犯罪を成し遂げるためには、今から僕と君がしようとしているような『契約』が必要になる」

私は、契約、とまたオウムのように返事をしかけて、言葉を呑み込んだ。

「――つまり、あなたは私の動機に左右されず、契約に従って犯罪のみを実行する」

男は大げさに頷いた。

「物分かりが良い取引相手は大好きだ。君はさっき僕に身の上話を聞かせようとしたが――したがって、僕にそういう話を聞かせる必要はない」

だからあの時、「犯罪が失敗する最大の要因は、なんだと思う？」と突然言って、会話を打ち切ったのかと納得する。同時に、なんと回りくどい男だろうと、鼻白《はなじろ》む思いだった。腹の底からふつふつと湧き上がってくるものがあった。この男がどう考えようと、この計画は、私にとって復讐なのだ。そこを曲げるつもりはない。

「古くはシャーロック・ホームズの宿敵モリアーティ。犯罪の計画を立て、そのアイデアを売る。そんな悪はこれまでも存在してきた。だけど、僕の見解は違う」

男はにやりと笑った。

「誰もが心の中に、『犯罪の種』を持っている。その人しか知らないこと。気付かない視点。そこから犯罪の花は咲く――しかし、多くの人間はその『種』を育てない。それはいわゆる道徳のゆえであるかもしれないし、その手間を惜しむからかもしれない」

「『誰もが一作は小説を書ける』という言葉もある。それと同じようなことですか？」

男は手を叩《たた》いて、ハハッ、と声を立てた。

「君は素晴らしい！　まさしくその通りだよ。一人一人が持ち腐れにする優れたアイデア。それを、僕は買おうというんだ。皆の手の中で腐らせるなら――僕がそれを実現させてみせよう」

男は陶然《とうぜん》とした顔つきで言った。

「すべては、究極の犯罪のために」

どうかしてる。

私は心の中で呟《つぶや》いた。

だが、利用のしがいはある。求めるものさえ与えれば、彼はそれに応えるだろう。

男がテーブルの上に身を乗り出した。

彼の手にしたタバコから煙がたゆたう。

「単刀直入に聞こう――君は、僕に何を望む？」

「……ランプの魔人みたいですね」

「薄暗い照明装置、煙、願い――なるほど。なかなかいい喩《たと》えだ。面白いな」

男は半分以上吸い残しているのに、真ん中からグッと折り曲げて、吸い殻を灰皿に捨ててしまった。特徴的な吸い方だった。灰皿には同じ特徴が刻まれた吸い殻が山になっている。

「……誘拐」

私が言うと、男の表情が曇《くも》った。

「営利誘拐、ということかい？」

「そうです。大野という家の長男を攫ってほしい」

男は眉の間を揉《も》んだ。

「なるほどね――誘拐。確かに悪くない。昭和の時代にどす黒く光り輝いた劇場型犯罪の典型例だ。センセーショナルで、派手で、悪意に満ちている」

だが、と彼は続けた。

「ダメだ。営利誘拐は、ただでさえ割に合わない。身代金受け渡しの時に必ず警察と接触する。現代のテクノロジーを欺《あざむ》いて誘拐を成し遂げるのは困難だ。科学技術によって、昭和の犯罪は夢と消えた。……そんな仕事は出来ないね」

「あれだけ自信満々な口を利いておいて、断るんですね」

私が言うと、男の表情が真剣なものになった。

「大丈夫です。一つだけ、私に算段があります……」

私は、知っている限りのこと——そして、誘拐をどう達成するか、という青写真の大枠を伝えた。

プッ、と男が笑った。

「素晴らしい」

男は立ち上がった。頰《ほお》が上気している。

「そう、それこそが『犯罪の種』だよ！　君はまさに、今取っ掛かりをくれたのさ。重要な情報。鍵となる情報ね。

だけど、君の『種』にはまだアイデアが足りない。そう——それこそが僕の仕事だ。うん、分かった、そうだ、いいぞ——」

男はニヤリと笑った。

「『三つの願い』だ」

「ランプの魔人の話ですか？」

「そう。僕は今から、誘拐犯罪において難しいとされる三つのハードルをクリアーして、君の宿願を叶《かな》えてあげよう。

一つ目。いかに拉致《らち》し、追跡をかわすか。

二つ目。家族との連絡をいかに取り、証拠を残さないか。

三つ目。身代金をいかに奪い、その場面をどう演出するか」

男は何度も頷《うなず》いた。

「具体的な中身は任せますよ」

「まだ契約内容の話をしていない」

「あなたはさっき、『犯罪の種』を買う、という言い方をなさいましたね。だったら代金をもらうのはむしろ私の方なのでは？」

「もちろん、相殺《そうさい》分はある。君の『種』を買ったことに対する分だ。だが、僕の貢献の方が大きいからね。君の『種』を花にするには、たくさんの人手と手間がかかる。金銭として対価を得ないと、犯罪請負人のビジネスは回らないんだよ」

よく口の動く男だ。

「前払いで五百。成功報酬は千でどうだ？　身代金の報酬を考えれば問題なく払えるだろう？」

「随分持っていくんですね」

「いずれ僕が実現させる究極の犯罪のためには資金が必要だからね。夢のための貯蓄だよ。僕って堅実だろう？」

肥大化した自尊心。

「じゃあ、あとは僕に任せてくれ。いやあ、お互い、いい仕事が出来そうだね。これから、よろしく頼むよ」

男が手を差し伸べる。私は何気なく、握手に応じた。

その瞬間、男が万力《まんりき》のような力を込めて私の手を握った。

「一つだけ言っておくよ」

不意に、男の顔から表情と呼べるものがなくなった。

彼はゾッとするほど冷たい声で言った。

「僕は、裏切られるのが一番嫌いだ」

背中を氷で撫《な》でられているかのようだった。

「私が裏切るとでも？」

そう言うと、男はまた子供のように笑った。

「いや？　ただみんなにそう釘を刺しているだけなんだ。世の中、一番大切なのは信頼だろう？　でも僕がこういう仕事をしているからかなあ、こちらを舐《な》める人間がことのほか多くてね……」

男は感情のない目をして言った。

「本当――困っちゃうんだよなぁ……手間がかかってさ」

私は恐怖を覚えた。

裏切った人間がどうなったのか、聞く勇気は持てなかった。

だが、今は踏みとどまらなければならない。相手から舐められたら、それこそ一巻の終わりだ。

「安心してほしい。私は、あなたが今までかかわってきた人間とは違う」

「そう？　それなら嬉《うれ》しいなあ」

男はニヤリと笑った。

「だったら――良い仕事をしようじゃないか」

「……ああ」

男はテーブルの上に身を乗り出すようにして伝票を取り上げ、立ち上がった。

「僕の名前はカミムラと言う。次はこちらから連絡するね」

カミムラは踊るような足取りで立ち去った。

その背中を見送ってから、私は息をついた。

――僕は、裏切られるのが一番嫌いだ。

あの言葉を思い出すとゾッとする。

だが、あまり舐められてばかりはいられない。

私はテーブルの上の写真に、ゆっくりと手を伸ばした。

……必ず、やり遂げてみせる。

写真は二枚。

一枚目には、「大野探偵事務所」の外観が、そして二枚目には、カメラに背を向けた所長・大野糺《ただす》の姿と――彼に微笑《ほほえ》みかける助手・山口美々香の顔が写っていた。

その三か月前

「ばかたれ」

パソコンの画面を見ていた美々香が、不意にそう言った。

「なんですって?」

望田は驚いて言った。

耳慣れない単語だったので、自分が聞き間違えている可能性もある、と望田公彦《きみひこ》は思ったが、どう考えてもそうとしか聞き取れなかった。

「そう言っています」美々香が首だけでこちらを振り返りながら言った。「この男の人」

美々香が見ていたのは、先日起きた美術品収集家の林邦正《はやしくにまさ》殺しに関わる証拠品だった。事件が起こる前日に開催されたパーティーの映像だ。

新型コロナウイルスが収束の兆しを見せ始め、公にはマスクの着用義務が解除され、時代が大きな傷を抱えながらも、少しずつ元の形を取り戻そうとしていた。こうした対面でのパーティーも、小規模ながら再開され始めた頃のこと。

「ばかたれ、そう言ったのか?」

興味深そうに顎《あご》を撫でながら立ち上がったのは、大野紀——望田が所属する探偵事務所の所長だった。

所長の大野紀。

助手の山口美々香。

そして、前職であるカウンセラーの経験を買われて、二人目の助手として雇われた、望田。

三人きりの小さな事務所だが、それなりにバランスの取れたメンバーだった。

「はい」美々香は頷く。「聞こえました」

動画は参加者のスマートフォンで撮影されたものだ。最新機種なので画質は良いのだが、いかんせん、素人《しろうと》の映したもので、相当見づらい。画面の中には、十数人の人間ががやがやと大声で話し、行きかっている。

美々香はその画面の中の一点——カメラから一番遠くに位置する、窓際の人物、山井《やまい》を指さした。林の仕事仲間である。

「この人が言っています」

「聞こえたんですか？　この距離で？」

望田は美々香の横に立ってマウスを操作する。動画を数秒巻き戻してリプレイする。

確かに、山井は口を動かしていた。隣に立っている男性、宇田川《うだがわ》に囁《ささや》いているようだ。

るのだ。

だが、何を言っているかは到底聞き取れない——パーティー参加者の会話がうるさすぎ
山井は宇田川の耳元で一瞬囁くと、すぐにその場を離れてしまった。パーティーに参加している人々も、二人の会話に気付いた様子はない。動画を撮っている人物は、山井を追っていたようだ。

「そりゃもちろん、ご自慢の耳のおかげだろう」

紀が苦笑しながら、自分の耳たぶを引っ張った。それは、美々香がよく犯人相手に見せるポーズだった。

そう、山口美々香は耳が良いのだ。

なぜそうなのか、までは分からない。ただ、それが彼女の特異体質なのである。

どんなに微細な音でも聞き分け、小さな違和感を拾い上げる。大勢の人が参加するパーティー会場において、ターゲットとなるたった一人の声を拾うことなど、彼女にとっては造作もない、ということだ。

「しかし、なぜ、山井は宇田川に『ばかたれ』と言ったんでしょう」

美々香は首を捻《ひね》った。

そう、違和感を拾い上げる——彼女の能力の惜しいところは、彼女一人では、ここまでで終わってしまうことだった。

「いや、美々香のおかげで事件の構図が見通せたぞ」

自信満々に口にしたのは、大野糺だった。

来た、と望田は内心ニヤリとした。

美々香の耳で摑んだヒントから、大野が推理を組み上げる——これこそ、大野探偵事務所のゴールデンコンビの役割分担だった。このゴールデンコンビの存在と、美々香の耳の能力については、何度か警察に捜査協力するうちに、警察内では「知る人ぞ知る」という地位を確立しつつある。最初に殺人事件で関わった時には、大野所長が容疑者扱いを受けて尋問を受けたそうだから、その時からすると大違いである。

今、捜査協力しているのは、美術品コレクターの林邦正殺しの事件だった。当初は、林と二宮《にのみや》という男の二人が共同で落札した、二つで一組の彫像の行方を追う……という依頼だったのだが、林が殺されたことから事情が変わり、警察の捜査に協力する羽目になった。

林殺しの現場は荒らされ、多くの美術品が持ち出されていた。盗難にあったものの中には、件《くだん》の彫像の片割れも含まれていたのだ。

「この事件は山井と宇田川の共犯だ」

「ですが」望田は言った。「山井には完璧なアリバイがあります。午後八時頃に、林の家から不審な人影が現れたことが、隣人の証言から明らかになっていますが、その時間、山井はバーで友人と飲んでいて……」

「そう、その不審な人影というのは、宇田川だったのさ。殺人自体は山井の手で、もっと早い時間に行われていた。林の家にあった電気毛布で、死亡推定時刻を誤魔化したに違いない。殺人は山井、窃盗は宇田川。そして、宇田川はあえて隣人に姿を目撃される」

「そうやってアリバイを提供したわけですか」美々香が言う。「ですが、それでは宇田川にメリットがないのでは？　現に、宇田川はアリバイがなくて警察にも疑われている……」

「犯行がこれで終わるとは限らない。彫像は二つで一つだ。次に狙われるのが、二宮という男だとすれば？　今度は、宇田川が殺し、山井が窃盗に入れば、宇田川もアリバイを確保できる。あとは連続殺人であることを示す証拠を現場に残しておけばいい」

「あの……」

大野の言葉を遮《さえぎ》って、美々香が言う。

「今の推理が、どう、『ばかたれ』という言葉に繫《つな》がってくるのですか？」

「ああ。それには、この動画を少し巻き戻してみればいい」

言われた通り、動画のカーソルを少し前に動かす。

二人組の刑事が、パーティーにやってきて山井のアリバイを聞いている場面だ。カメラの撮影者は、この場面を面白がって、こっそり撮影したものとみられていた。

「ここで、この刑事たちは、『現場は荒らされ、美術品が盗まれていた』という情報を口にする。『プロに見立ててもらったところ、林邦正が個人的に作っていた目録から、特に価値の高いものだけを盗んでいる』とも」

望田はハッとした。

「もしかして当初の計画では、もっと無秩序に盗む予定だった？」

大野は指を鳴らす。

「その通り。だってそうだろう？　山井としては、彫像がメインターゲットであることを隠したい。そのために現場を荒らし、美術品のいくつかも一緒に盗む。ここまでは整合性が取れている。だが、あくまで流しの強盗に見せかけたいなら、価値の高いものにだけ手をつけるような真似は慎むべきだ」

「コレクター仲間の間では」望田は言う。「宇田川はかなりの目利きで、それも、強欲という話でした。いざ林のコレクションを目にしたら、欲の皮が突っ張って、高いものばかり盗んでしまった？」

「そう。宇田川のミスだ。警察から得た情報でそのミスに気付いて、山井はこらえきれず、宇田川に耳打ちしたんだ――『ばかたれ』とね」

事務所内に、瞬間、沈黙が流れた。

まさか、たった一言から、事件の構図を暴いてしまうとは。

「共犯者である宇田川から落とせば、山井も陥落《かんらく》できるだろう。もしくは、宇田川に尾行をつけておけば、第二の凶行の前に止められるかもしれない」

大野が言い、本を手に取った。

「まずは、本当に『ばかたれ』と言っているかどうか、確かめようか」

大野が手に取ったのは、読唇術の本だ。

「あーっ、またそれ……大野先輩、私のこと信じてないんですか？」

「信じてないわけじゃないさ。ただ、美々香が聞いているものを、俺も確かめてみたいからな。あと、『先輩』はやめろ。大学卒業して何年だ？」

「年齢の話は禁止です、大野所長」

「へいへい」

大野はパソコンに向き直った。

二人は大学の頃からのコンビだという。美々香の耳の能力を見て、当時、探偵事務所を興《おこ》そうとしていた大野がスカウトした、という話だ。

たまに、二人の間には割って入れない、と思う時もある。

だが、望田には望田の役割があった。

「それより、いい方法がありますよ」

望田は言う。

「宇田川ですが、最近不眠に悩んでいるそうです。おそらく事件のプレッシャーもあるんでしょう。そこで――」

「カ、カ、カウンセリングか」

望田は笑ってみせた。

望田は元カウンセラーで、より自分の適性に合った仕事を探していた時、大野と出会った。

美々香が手掛かりを集め、大野が推理する、という分担が出来上がっているとするなら、望田の役割はカウンセリングと称した尋問術だ。望田の人柄のなせるわざか、相手はついつい、話すつもりがなかったことまで話してしまうのだ。そして、望田の持ち前の好奇心が、彼を相手の深くまで踏み込ませる。

「私に宇田川を任せてもらえれば、聞き出してみせますよ」

「頼もしいな」

大野は頷いた。

今回の事件も、ゴールが見えてきたようだ。

「ところで望田君、右足、もしかして痛めてるんじゃないの？」

出し抜けに、美々香が言った。

「え？」

「少し右足引きずってるよね。足音のリズムが変だったから」

「うわ、すごい。よく分かりましたね。朝、玄関の段差でくじいたんですよ。せいぜい捻《ねん》挫《ざ》程度だろうと思って放っておいたんですが、分かりますか」

「ちゃんとケアした方がいいと思うよ」

午後八時になり、美々香は帰り支度をしながら言った。

「じゃあ、私、そろそろ帰りますけど……そうだ、所長。私のプリンを食べた件は、駅前のスイーツ屋さんの限定ケーキで許してあげます」

大野の動きが硬直する。

「……………お前、そんなことまで分かるのか？」

「図星でしたか」美々香はけろりと言った。「いえ。今朝私が挨拶した時、所長の声に珍しく上擦《うわず》った調子があって、何か隠し事でもあるのかな、と思ったので。ゴミ箱に私の名前が書いてあるプリンの容器もあって……底に書いてあったから、食べ終わるまで気付かなかったんですよね」

「……申し訳ない」

「謝るなら、誠意を見せてくださいね」

それでは、と言って、美々香は事務所を去った。

「……駅前の限定のアレって、連日長蛇の列になってるやつじゃないか？」

「あそこ、開店前から並んでないと買えないらしいですよ」望田は言った。「……頑張ってください」

大野ががっくりとうなだれた。

「望田、今日はお前もあがったらどうだ。宇田川とのアポイントメントが取れてからの動きになりそうだし」

「所長は？」

「俺？　俺はいいよ。どうせここがねぐらだ」

そううそぶいて、事務所のソファで寝て過ごしているのを望田は知っている。世田谷区内の実家とは別に、一人暮らしをしているアパートがあるらしいのだが、一体月に何度帰っているんだか。

「じゃあ、お言葉に甘えて……」

荷物をまとめて、事務所を出る。

雑居ビルの二階にある事務所から、ビルの細い階段を下りていくと、妙な男とすれ違った。

吊り目がちで、陰険な狐《きつね》を思わせる顔立ちだった。

「おい君。ここの事務所の人？」

「そうですが、あなたは」

「新島《にいじま》。そう言えば所長サンには分かるだろうよ」彼はにやりと笑った。「さっさと取り次いでくれ」

横柄な態度だった。

この時間、約束はなかったはずだ。望田は警戒心を強めた。

「失礼ですが、お約束のない方をお取り次ぎ出来ません」

「ま、堅いこと言いなさんな。俺の名前を告げれば、所長の方から会いたがるはずだぜ。もしかして名前を忘れちまったかい？　それなら、この名刺を見せてやってくれ」

とにかく相手を下に見るのが、この男の処世術なのだろう。望田は苦笑した。望田は前職の経験から、人の名前と顔を一発で覚えるくらい、わけはなかったし、間違いなく初対面だと断言できたが、黙っておいた。

名刺に視線を落とす。

新島国俊《くにとし》。

職業はフリーライター。

即座に、望田の脳内のブラックリストの筆頭に加える。

望田は警戒を解かず、「少々お待ちください」と告げて事務所の中に戻った。

所長は一人になると、大抵、所長用に確保された奥の一室に籠《こも》っている。ノックして、新島の来訪を告げると、所長の顔はあからさまに曇った。

「電話中とか、適当に追っ払いましょうか」

「いや、終わるまで待つ、とでも言うだろうさ。いいよ、通してくれ。望田はそのまま帰って構わないぞ」

「しかし――」

「大丈夫さ、手荒な真似をする輩《やから》じゃないよ。それに――」

所長は言いよどんだ。

望田の中の「好奇心」という悪癖が首をもたげる。

「……それに、なんですか?」

所長は苦笑する。

「同僚相手に能力を発揮するのは……勘弁してくれよ」

「すみません。性分なもので」

「望田は社会人経験も豊富だし、美々香や俺よりしっかりしている時もあるが……その『悪癖』が出ている時は、美々香より厄介な時もあるよ。正直、ね」

所長は、昔なじみの気安さからくるものか、美々香相手にはよく皮肉を言うが、望田は自分がその標的になることがあまりなかった。そのため、所長の態度に驚いた。

新島と対峙《たいじ》することが、それほど大きなストレスなのだろうか。

新島を呼んでくると、所長は新島を自分の部屋に招いて、二人きりで話をし始めた。

望田は所長のことが心配で、やはり、自分だけが先に帰るわけにはいかなかった。

いや――。

ただ、好奇心に負けて、そうしただけかもしれない。

望田は聞き耳を立てていたが、二人とも声を抑えているのか、ほとんど内容は聞き取れなかった。〝遺産〟、という言葉だけが、妙に謎めいて望田の耳元に届いてきた。

二人の話が始まって十五分ほどした時のことだった。

不意に、大野が大声でがなり立てた。

「――許さないからな！　彼女を危険に晒すことだけは……！」

望田の体が跳ねる。

出し抜けに扉が開いた。

新島はニヤケ顔を隠そうともしていなかった。

「まあ、今日はこのくらいにしておきましょうか。存外に良い収穫もあったことですしねえ」

「ちょっと、まだこちらの話は――」

所長が呼び止めたが、新島は手を振ると、さっさと出て行ってしまった。嵐のように来て嵐のように去って行った、という具合である。

置き去りにされた大野は、舌打ちを一つして、バツが悪そうな顔で望田を見た。

「……帰ったんじゃなかったのか？」

「帰れませんよ。心配で……」

「そうか……いや、それはすまなかった。俺も、あんな風に突き放すような言い方をして……」

「いえ、そんなことは。あの……新島さんの用件はなんだったんですか?」

「ん? いや……大した用じゃない。気にしないでくれ」

「でも——」

大野はもう一度、気にしないで、と繰り返して、所長室に籠ってしまった。

ぽつん、と一人取り残された。

望田は面白くない気分だった。自分だけ蚊帳《かや》の外にされた気分だ。

——許さないからな! 彼女を危険に晒すことだけは……!

彼女、とは誰のことだろう。

あの時の大野の口調の激しさを思い出す。

あれほど大野が必死になるのだから——美々香のことだろうか。

事務所を出ると、雨が降ってきた。

真っ黒な雲が、空に重く垂れ込めていた。

その前日

1

退屈であくびが出そうだ——。

俺はグラスのビールを呷《あお》って、ため息を漏らした。自宅のリビングの食事用のテーブルでこんなことをやっていても、ハードボイルドでもなんでもない。

二十歳《はたち》になって、ようやく大っぴらに飲めるようになったばかりだ。俺にはまだこの琥《こ》珀色《はくいろ》の液体の良さがよく分からない。

「おおっ、智章《ともあき》君、いい飲みっぷりじゃないか」

隣に座った楽《らく》叔父さんが、にへらっと笑って言う。

「ささっ、もっと飲んで飲んで。やっぱり夏にはこれだよな、智章君。いやぁ、あーんなに小さかった智章君が一緒に飲んでくれる日が来るなんて、嬉しくてしょうがなくてなぁ——」

「ちょっ、叔父さん」

俺が制止する暇もなく、せっかく半分ほどに減らした液体がまたなみなみと注《つ》がれた。

俺は唸《うな》り声を喉の奥でなんとか押しとどめた。

叔父は、別に悪い人ではないのだ。ただ、人の話はあまり聞いてくれない。

俺はビールの苦みに顔をしかめながら、テーブルに着いた面々を見渡した。

今日は俺の姉、早紀《さき》の二十五歳の誕生日会を兼ねたホームパーティーだった。主賓である早紀はもちろんのこと、母の美佳《みか》、未《いま》だ独り身を貫く楽叔父さんが席に着いている。父の泰造《たいぞう》は海外出張中、家政婦の吉澤《よしざわ》は今もせっせと料理をこしらえている。

俺、姉、母、叔父、吉澤。ここまでの五人なら、家族水入らずの食事会なのだ。

俺はじっと、姉の隣に座る男の顔を見た。

男は俺の視線に素早く気付き、にこっと笑みを浮かべた。まるで隙《すき》のない笑みだ。

「どうしたの、智章君。僕の顔に何かついてる？」

嫌味の一片も感じさせない、爽やかな言い方。俺は全く面白くなかった。確かに、自分も異性だったら、これでコロッと騙《だま》されてしまうのかもしれない。

六人目の名前は熊谷太一《たいち》。姉のフィアンセである。四年前、大学最後の年のゼミで知り合ったという。

今回のパーティーは、早紀の誕生日会だけでなく、彼が初めて家族の前に顔を見せる、ちょっとしたお披露目会でもあった。そういうのは俺なんか抜きで、両親とやるべきなのではないかと思ったが、両親への挨拶はもう済ませているという。そうしたそつのなさも、俺は面白くなかった。

「いえ、なんでも……」

「もしかして、これが気になるのかな？」

熊谷は自分の持っているグラスを掲げた。

「あ、いえ……」

「これはジンをトニックウォーターで割ったもので、ジントニックっていうカクテルなんだよ。少し苦いけどさっぱり飲めるから、智章君も気に入ると思うよ。作ってあげようか」

さっき自己紹介したばかりなのに、もう下の名前に君付けで呼んでくるのも、気に入らない。

「智章、作ってもらいなよ。そのビール、あんまり口に合わないんでしょ？」

早紀がおっとりした口調で言う。

叔父が素早く僕を見て、「えっ、智章君、そうなのか」と残念そうに言う。

「ふふっ、だって、あからさまに顔に出てるんだもん。楽叔父さんには悪いけど」

「さすが、姉弟《きょうだい》の絆ってやつだね。よし、じゃあ作るから、一口、試しに飲んでみるといいよ。飲んでみて、ダメだったら、僕がもらうからさ」

「それはどうかな、熊谷さん」叔父が、捨てられた子犬のような顔をし続けながら、言う。「ワクチンを接種して、少しは安心出来るようになってきたから、僕たちもこうして、同居人以外の君を招いているけど……やっぱり、まだ人が口をつけたものをもらうのは、ね」

叔父は数年前から感染流行が拡大した新型コロナウイルスの蔓延《まんえん》に、人一倍敏感に反応していた。元から、会社を継がず、不動産の運営と株取引で資産運用をしてきて、しかも独り身ときているから、自分の家に籠りきりで生活をし、ウイルスを極端に怖がった。たまに俺たちとオンラインで通話すると、「人のぬくもりを感じる」と大げさなほどに喜んでくれたのをよく覚えている。

今日の食卓も、楽叔父さんたっての要望で、大皿に一つの料理をドンと盛るのではなく、一人に一つのプレート、という配膳の仕方がされている。吉澤の負担ばかりが増えるので、俺はそこまでしなくてもいいと言ったのだが、「見た目が可愛い」と早紀には好評だった。

だから叔父にとっては当然の心配事なのだが、どうにも説教めいて聞こえる。そこで熊谷の反応を心配したのだが――。

「その通りですね。そしたら、グラスに半分くらいで作るから、美味《おい》しくなかったら捨てることにしましょう」

本当に、そつがない。

俺はますます気分が悪くなった。

早紀は横から空いているグラスと氷の入ったアイスペールを渡す。もう阿吽《あうん》の呼吸といった感じだ。

熊谷はカットされたライムをグラスの底に搾《しぼ》り、その上からたっぷりの氷を入れた。あれがジンのボトルなのだろう、いかにも度数が高そうな透明の液体をグラスに少し注いだ。熊谷はグラスをわずかに傾け、ペットボトルのトニックウォーターを注ぐ。泡はあまり立たず、注ぐ時の繊細そうな手つきは、どこか人を惹《ひ》きつけるものがあった。

熊谷は柄《え》の長いスプーンで一回だけ、グラスの中を混ぜた。カラン、と氷が鳴る。その音を聞くだけで、暑さが和《やわ》らぐようだ——と俺は、不覚にも聞き入った。

「どうぞ」

「あ、ありがとうございます」

俺だって、礼儀作法ってやつはわきまえている。でも、一言くらい、味に文句をつけてやっても——。

そう思いながらグラスを傾け、俺はハッとした。

ビターな味がまず舌先に来るが、その苦みが心地よさになって、今度はライムの爽やかな香りが鼻に抜ける。最初に入れたライムが、ちゃんと味を引き立てていた。

「ほら見てよ。智章の顔がもう、『美味しい』って言ってる」

早紀が熊谷に向けて言った。もう、幸せ満点！　という感じの笑みで、智章は恥ずかしくなった。

「違っ――」

しかし、熊谷の作った飲み物は腹が立つほど美味《うま》かった。自宅でもよくこういうのを作っているのだろう。

「そんなに美味しいのか。それにしても手慣れたものだったね、熊谷さん、前にバーとかで働いてたの？」

「大学生の頃に、アルバイトで少しだけ。シェイカーがあれば、もっと本格的なものも作れますよ」

「おおっ。こりゃあ、早紀ちゃんもとんだ逸材を見つけてくれたわけだ」

「太一さん、本当、色んなところでのバイト経験があるんです。バーだけじゃなくて、塾講師とか、リゾートホテルとか、変わったところではハウスクリーニングとか。あ、レストランでバイトしてたこともあるから、料理も上手《うま》くて」

「のろけてくれるねえ」叔父がニヤニヤと笑う。「熊谷さん、私にも同じもの、作ってもらってもいいかい？」

「もちろんですよ。叔父さん、それに、太一でいいですから」

「君に叔父さんなんて呼ばれる筋合いはないっ！」叔父は一目で冗談と分かるような、キリッとした表情を作って言った。「なんて、こういうのは泰造義兄《にい》さんの役目だね」

父の名前を出され、黙々と食事をしていた母がわずかに表情を強張《こわば》らせた。

母は五年前に交通事故に遭ったことで、下半身不随となり、車椅子での生活になっている。性能の良い電動車椅子で、今では母の操作も手慣れたもので、強いて手を貸そうとすると嫌がられてしまう。そのあたりの線引きは姉がいち早く摑《つか》んだので、俺は姉の動きを参考にしていた。

「本当に」母がぼそっと言った。「どこで何をやっているんだか」

「もう、お母さん、そんな風に言わないで。仕事なんでしょう？　一週間前にブラジルからエアメールがあったじゃない」

母は、フン、と鼻を鳴らした。

祖父の巌《いわお》が設立した大野物産は総合商社にまで成長して、かつて父は輸入雑貨を扱うセクションで部長を務めていた。

巌の子供は、母の美佳と叔父の楽の二人で、巌は長男である楽に会社を継がせようとしたのだが、遊び人気質である楽が、会社を運営するのを嫌がって、不動産と株の取引で身を立てると、美佳に婿《むこ》養子を取らせて会社を継がせよう、ということになった。巌にとっては、自分の血と、その心血を注いで作り上げた会社を存続させることが、何よりの重大事だったのだ。

そして、婿養子としてやってきたのが、父の泰造である。彼は逆玉で婿に入り、会社の後継者として育てられることになった。四年前に祖父が病気で倒れ、父が祖父の会社を本格的に受け継いでから、父は家にも日本にも帰る暇がないほど働いていた。もちろん、下半身に障害がある母を家に残して出張することは、父も不安に思っていた。そこで雇われたのが、吉澤だったのだ。

「智章、醤油《しょうゆ》がなくなったわ。吉澤に言ってきてくれる？」

「あっ、はい」

母の車椅子の横を通った時、手のひらの中にメモを握らされる。

メモは四つに折り畳まれていたが、開く前から内容を察することが出来た。

吉澤のいるキッチンまで行くと、熊谷たちからは俺の姿は見えなくなる。

母親から渡されたメモを開いた。

『あなたまであの男に取り込まれてどうするの。しっかりなさい』

はぁ、と長いため息が漏れる。

俺の憂鬱《ゆううつ》の原因は三つある。一つは、このホームパーティーのために、友人の誘いを断ることになったこと。バイクの免許を取って、新しいバイクも買ったので、ツーリングに出かけることになっていたのに。

二つ目は、あの熊谷太一という、完璧すぎていけすかない男のことだ。勘違いしないでほしいのだが、俺はシスコンでもなんでもない。姉が幸せになるのは願ってもないことだし、姉に対して独占欲めいたものを発揮しているわけでもない。せいぜい、結婚願望丸出しだった姉を、からかえなくなるのが残念なくらいだ。

俺は手のひらのメモをもう一度見た。

――で、三つ目がこれだ。

「父さんは結婚の許可を出しましたが、私は未だに納得がいっていません」

昨日、姉が吉澤と一緒にパーティーの買い出しに出かけている時、俺は母にそう切り出された。

「父さんと母さんへの報告は済ませているんでしょう。で、姉さんだって幸せそうにしている。文句なんて俺にはないけどな」

俺が言うと、母は蛇も射殺《いころ》せそうな目つきで俺を睨《にら》んだ。おっかないことこの上ない。

「私と父さんへは、って言いますけどね、あの人はリモートで済ませたのよ？　熊谷さんと早紀が横一列にピシッと並んでるのに、私の横にはパソコン上の父さん。居心地が悪いったらなかったわ。東京へ帰れないからって言って。そりゃあ、あのご時世でオンラインツールは随分一般的になったし、若い熊谷さんは抵抗もなかったでしょうけどね、私はそ

よりも重んじる。

ういう大事な席さえリモートでっていうのは、大野家の沽券《こけん》にも関わることで――」

家。俺は眉根を寄せた。祖父の影響を強く受けたためか、母は、『家』というものを何よりも重んじる。

「分かった母さん。俺が悪かった。父さんにはキツく言ってやらないとね」

「もう言ったわ。四人で話した後、テレビ通話でしこたま説教したの」

さすが母さん、行動が早かった。事故に遭ってからしばらくは新しい生活に慣れるのに難儀していたが、最近は家族の前では、こうやって以前と変わらない活発さを見せてくれる。俺はうんざりしてしまう時もあるが、母が元気なのは好ましいことだと思っている。

一通りぶちまけてスッキリしたのか、ふう、と母は長い息を吐いた。

「熊谷さんのこと、探偵にはもう調べさせたんだけどね、どうにも前歴が洗えないのよ。児童養護施設の出身だってところまでは分かっているんだけど、そこから先は辿《たど》れない」

俺は頭が真っ白になった。

「ま、待ってくれよ。探偵？　熊谷さんの周辺を嗅ぎ回ったたってことか？」

母は俺を無表情に見た。

「そう言いたかったら、そうよ。あなたは古い価値観だと思うかもしれないけど、万が一にもこの大野の家に、不審な人物を迎えるわけにはいきませんから」

母はもっと苛烈《かれつ》な言葉をそこに付け加えたかったのかもしれない。それを言われていたら、俺は母への不快感をますます強めただろう。

「探偵、っていうのは、兄さんのところか？」

「紘のところ……ああ、『大野探偵事務所』のことね。まさか、身内に頼むわけないじゃない。紘を含めて三人しかいないのよ。そんな小さいところじゃ、紘に知られないように依頼することだって出来やしない。第一、あの子はこういう時に甲斐甲斐《かいがい》しく、私を手伝ってくれたりしないもの。まったく、誰に似たんだか……」

母は複雑な表情をして、またため息を漏らした。

紘兄さんの話になると、俺も感情が揺れ動いてしまう。ここ数年はお盆にだけ実家に顔を出すが、あとは実家のことなど知らんぷりで、自由に暮らしている。気質としては、楽叔父さんの気質を完全に受け継いでいた。

そもそも、本来なら祖父の会社の跡継ぎになる予定だったところを、その話を蹴って探偵事務所なんかを始めたのだ。それも、大学時代から交流のある女性と設立したのだという。

「分かるでしょう、智章。いずれ、あの会社はお前が継がなければいけないの。その時に、あの熊谷という男はライバルになる。それが早紀と結婚する動機かもしれない」

俺はあくびを噛《か》み殺した。

また、いつものこれである。

兄は学内で一年留年し、大学を卒業して探偵事務所を開いたのがちょうど五年前。その頃、母は交通事故の傷が肉体的に癒えてくると、俺に一流大学を目指せとしきりに言い、それ以外の道は許さないとばかり追い立てた。

確かにこの事業は、祖父から一世、二世と受け継いできたのかもしれない。だが、そこまで押し付けられるいわれはないではないか。俺は最初こそ抵抗したが、献身的に母を介護する姉を見て、考えが変わってきた。俺は姉ほどには、母の気持ちを敏感に察することが出来ない。いつ地雷を踏むか分からないのだ。だったら、従っているふりを続けておこう、と。こうして一流大学に通うのは、何も会社を継ぐためではない。自分の将来の選択肢を広げ、こっそりと確保するためだ。

面従腹背《めんじゅうふくはい》。祖父の強権的な性質を受け継いだ母の前で、俺に出来ることはそんな心ばかりの抵抗だけだった。

「それに、おじいさまの遺産を狙っているだけかもしれないでしょう」

「どうかな。それって、じいちゃんが死んだとき、どこかに隠したっていう隠し財産のことだろう。母さんも叔父さんも、誰もありかを知らないんだ——本当にそんなものがあるかどうかだって、分からないわけだしね」

また母が睨んでくるので、おとなしく口をつぐむ。

祖父は四年前から衰弱し、半年前に亡くなった。新型コロナウイルスの感染も疑われたが、結局は天寿を全うしての死だった。俺はその時、コロナの流行が落ち着いて、人流が戻って来た時期だったのもあって、海外に留学していたから、祖父の死に目には会えなかった。

祖父は身体的な衰弱から始まり、今から三年前には、アルツハイマー型認知症が重度に進行した。親しい人の顔でも、見分けがつかなかったので、あの母でさえショックを受けた。俺としてもそんな祖父を見るのは辛《つら》くて、留学の間だけでも離れられたことは、ある種、助かったが、死に目に会えなかったことにやはり悔恨《かいこん》は残っている。

そんな祖父だったが、家屋敷や財産の他に、どこかに「隠し財産」を持っているらしいと俺たち家族は噂していた。計算が合わないというのだ。その「隠し財産」については両親ともに知らされておらず、叔父も知らず、ヒントのカケラさえなかった。俺は次第に、「隠し財産」など母の妄想の産物だという態度をとるようになっていた。ちなみに、祖母は老衰で八年前に亡くなっており、もちろん隠し財産については何も関係がない。そんなものがあるとすれば、祖父の独断ということになる。

「――まあ、いいわ。とにかく、早紀とあの男が別れれば、全部済む話ですからね。そこで、よ」

母は俺を指さした。

「あんた、熊谷の本性を引き出して、早紀を幻滅させなさい」

「は？」

俺はあんぐりと口を開けた。

「正攻法で本人を探れないなら、搦《から》め手で勝負ってこと。大丈夫よ。カバンでも預かっておいて、財布でも探れば、知らない女の名刺とか連絡先くらい持っているかもしれないでしょう。あんたが上手いこと煽《あお》って、会話で本性を引き出してもいい」

「ちょっ、ちょっと待ってくれよ、母さん。俺にスパイをやれってのか？」

「そう言いたかったら、そうよ」

俺は首を振った。

「母さん！　それはいくらなんでも無茶だ！　そんなことして、俺は姉さんになんて弁明すればいいんだよ」

「何も嘘をつけなんて言ってないでしょう。本当のことを暴けばいいの。真実なんだから、最終的には感謝されるでしょう」

「そんなわけあるかよ――」

俺は口調が荒くなるのを抑えることが出来なかった。

もう、ダメだ。付き合い切れない――これまでは従っているふりをしてきたが、我慢の限界だ。

「母さん、俺は――」

「あなたしか頼れないの」

俺は口を閉じた。

「紀はあの通り、家を出て行って、こういう時に手伝ってくれないし、弟……楽はこういう秘密を守れるタイプじゃない。肝心の父さんはさっきも言った調子だし、そもそもあんな人……ねえ、お願いだから母さんを見捨てないで」

見捨てているつもりなど毛頭ない。むしろ、俺は今までよくやってきた方だ！

俺はすぐにでも反論したくなったが、グッとこらえ、譲歩した。

「……当日、俺もその人の様子を見て、自分で判断する。協力するかどうかは、それからだ」

「いいでしょう」と母はすぐに言った。大方、俺がこの意見に落ち着くことを想定しながら議論を進め、泣き落としに入っていたのだろう。腹の立つことだ！　同時に、いつまで経《た》ってもこの人の手のひらの上で踊らされている自分が悲しくなる。

昨日の一件から考えるに、母さんの「醬油を取ってこい」などという言葉は、俺がカバンを漁《あさ》るための時間を作ったということなのだろう。

俺は自分の心に聞いてみる。

自分で判断する——あの時はあんなに偉そうな口を利いていたが、本当のところはどう思っている？

今の気持ち――悔しいけどあいつは完璧だ。だけど、姉が彼を捕まえられたなんて、どうにも信じられない。

これは姉に対するやっかみだろうか？　あえて心の中で何度も繰り返しておくが、俺はシスコンでもなんでもない。

だが、おっとりとした気質の、あの姉のことである。自分からガツガツいくとはとても思えない。熊谷ほどの男なら、正直、同期生が放っておかないだろう。それがどうして姉なのだ。

これは身内バイアスというやつなのだろうか。家ではああなだけで、姉は案外モテるのかもしれない。

さっき姉が席を外した時、俺は探りを入れる意図を込めて、どうして姉が好きなのか聞いてみた。母は無表情を装いながら、さっきまで忙《せわ》しなく料理を口に運んでいた箸を止め、答えを待ち望んでいた。

熊谷は照れくさそうに頬を掻《か》きながら、言った。

――見ていると、なんだか放っておけなくて。早紀さんと過ごしていると、ハラハラしながらも、彼女のオーラが気を和ませてくれるんです。智章君も分かるだろう？

正直、分かる。

だが、分かるとは絶対に口に出してやらなかった。

　姉の言動が熊谷の庇護欲《ひごよく》をそそったというなら、俺としても頷かざるを得ない。俺も経験があるが、姉が自分より年上の女性に見えたことがない。危なっかしくて、そそっかしい。「放っておけない」とは、なんと巧くてロマンチックな言い草だろう。

　ＯＫ、分かった。こいつは本当の姉をちゃんと見ている。見たうえで、結婚しようと言っているのだ。おまけに姉も幸せの絶頂にいる。言うことなんて何もないではないか？

　頭ではそう、分かっている。

　しかし、心の奥底で、俺は納得がいっていないのだ。

「ありゃ、お坊ちゃま。どうなさったんです」

　俺は飛び上がるほど驚いた。

　キッチンから吉澤が顔を覗《のぞ》かせている。

「脅かさないでくれよ」相手が熊谷でないと分かり、少し冷静になった。「それに俺、もうお坊ちゃまなんて年じゃないって。二十歳だぞ」

「私からしたら、みんなお坊ちゃま、お嬢様ですよ。早紀さんだって『お嬢様』です」

　俺は苦笑する。

　吉澤は有能な家政婦なのだが、もう二十歳を過ぎている俺や姉を『お坊ちゃま』『お嬢様』と呼ぶなど、たまに距離感がおかしい時がある。だが、彼女にそう呼ばれることは、なんだかしっくりくるような感じがした。それが、少し不思議だった。

「姉さんはいいんじゃないの。呼ばれるとまんざらでもなさそうだし」

家政婦の吉澤は四年前から我が家で雇っている。父が会社を継いだ時期だ。それ以前にも、何せ屋敷が広いので、ハウスキーパーはいたが、常駐の家政婦を雇うようになったのは吉澤が初めてだ。四十代前半だが経験豊富で、母からすっかり頼りにされている。

「ちょうど、奥様が好きな海老のフリットが出来たので、人数分の小皿によそって、持っていくところだったんです」

「それなら、ちょうどいいや。一緒に醤油も持っていってください。ちょうど、母さんから頼まれていて。俺はこのままトイレに行ってくるから、お願い」

「かしこまりました」

吉澤は手早く準備すると、そそくさとリビングに向かった。

……さて。

熊谷は薄手のジャケットを羽織って家に来た。パーティーに招かれたのだからと、この八月の暑気の中でも、正装に見える格好を心掛けたのだろう。しかし、楽叔父さんの勧めもあって、玄関先のハンガー掛けに掛けてリビングに入っていた。

ジャケットのポケットの中に、母を満足させるようなものがあるかもしれない。

これは決して、母の意見に従ったわけではない……。

ただ、どうも話が上手すぎる、と思ってしまうだけだ。

さっきも言った通り、姉は放っておけない性格である。誰かに騙されたりしないか、心配なのだ。

これは保険だ……万が一のために、やるだけ……。

俺は自分にそう言い聞かせながら、玄関先のハンガー掛けに向かう。黒いジャケットが熊谷のものだ。俺が手をかけた時——。

インターホンが鳴った。

「はいはい、今行きますよ」

台所から吉澤の声が聞こえる。俺はすかさず声をかけた。

「いいよ、吉澤さん。俺出るよ」

今吉澤に来られたらたまったものではない。熊谷に対する俺の悪巧みがバレてしまう。

小さく舌打ちし、玄関先に向かう。

ちょうどその時、背後で電話が鳴った。リビングにある固定電話の音だ。そちらの対応はリビングにいる誰かに任せよう。

一体誰だろう。誰かが通販でも頼んだのだろうか。

「はい、どちら様——」

扉を開けた俺は、玄関に立っていた女性に、おや、と目を惹かれた。

随分と可愛らしい、ショートカットの女性だった。くりっとした目鼻立ちと、形の良い耳が印象的だ。パリッとしたパンツスーツで、スタイリッシュな装いである。年上には違いなさそうだが、身長の低さも相まって、小動物のような印象だった。

彼女は俺の方を向いて、ピッと顔を上げ、次いで勢いよくお辞儀をした。

「お忙しいところ失礼します。私、大野探偵事務所の山口美々香と申します。紕さんはいらっしゃいますでしょうか」

「紕さん……」

それが兄の名前だとはすぐ認識するが、そう呼ばれている兄を、なかなか想像することが出来ない。

俺はひとまず名乗って、ちょうど姉の誕生日会をしていることを告げた。

「そうでしたか！　まずい時にお邪魔しちゃったみたいですね」

うっかりしたというように、彼女は口元を押さえる。

「いえ、ちょうど俺も中座してきたところだったんです。ところで、探偵事務所ということは、兄さんの同僚の方ですか」

「はい。紕さんには大変お世話になっております」

美々香の口調は馬鹿に丁寧だった。

不意に、目の前の光景と記憶が繋がる。

「……もしかして、大学時代からの旧友で、今も一緒に勤めていらっしゃる親友、というのは」

「あー……はい、私のことだと思います」

美々香ははにかむように笑った。

ふぅん。なるほどねぇ。

俺はにやけそうになる口元をなんとか抑えつけた。

大学時代からの友人である女性を連れて、探偵事務所を始めた、という話を思い出す。目の前の美々香という女性が、その彼女に違いない。

まさか、あの兄に女っ気が出てくるなんてねぇ。

我ながら現金なものだが、さっきまで姉の恋人のことで悩んでいたというのに、兄の彼女を目の前にするとなんだか愉快な気分になってくる。兄はもう母からもすっかり放任されているので、俺も気楽な気持ちで成り行きを見守れるのかもしれない。

「兄なんですが、申し訳ないんですけど、まだ来ていないんですよ。姉のパーティーがあるっていうのはSMSで伝えているので、きっと来るとは思うんですが」

「そうだったんですか。職場にも自宅にもいないので、てっきりこちらかと思ったんですが」

バサッ、と物音がした。

俺は驚いて、パッと、隣の家を見る。

カラスが飛び去って行くのが見えた。原因が分かっても、なお心が落ち着かない。

「……どうかしましたか？」

美々香に問われ、慌てて首を振る。

「い、いえ、なんでも」

隣家を思わず見てしまったのは、また、見られているのではないか、と思ったからだった。

隣には、野田島勲《のだしまいさお》が一人で住んでいる。

五十代後半くらいの男だが、定職についている様子はない。うちの両親が若い頃ここに越してきて、その頃はバリバリ働いていたというが、俺はそんな様子を一度たりとも見たことがなかった。息子、娘はおらず、妻は十五年ほど前に自殺したと噂で聞いた。母は隣人の話になると口が重く、父にその話を一度振った時も、困ったような笑みを浮かべられて、はぐらかされてしまった。何かあるのではないか、と思いつつ、俺は何か恐ろしくて、過去を調べられずにいる。

一人で住むには広すぎる家のはずだが、ずっと一人で住んでいるのだとか。俺が小さい頃から、無遠慮な視線でこちらの様子を窺《うかが》っている。兄の糺、姉の早紀も同じようにされたことがあるという。

なんにしても、気分の良いものではなかった。俺は野田島の姿を思い浮かべる。髭面《ひげづら》でボーボー髪の、薄気味悪い隣人。俺にとってはそれ以上の存在ではない。

ここ数日、ぱったり姿を見せないので、それが逆に不安を駆り立てていた。今日も家の明かりは、どこもついていない。昼間なので、電気の節約のためにそうしているのかもしれないが、気味が悪かった。

俺は首を振って、美々香に向き直る。

「あの、兄もきっともうすぐ来ると思います。せっかくだから、中で待っていてください」

嘘をついた。さっきまで兄は来ないと決め込んでいたというのに。ただ、なんとなく目の前の女性ともっと話してみたくなった。

「……そうですか？　でも、家族の団らんの場にお邪魔しちゃ……それに、まだ諸々が落ち着いてから程ないですから、部外者の私が同席するのは……」

美々香が言っているのは新型コロナウイルスのことだろう。ようやく落ち着いてきたとは言っても、一旦無理に変えた生活様式を元に戻すことをためらう気持ちは分かる。美々香の態度はとても慎重で、それも好感が持てた。

「大丈夫です。気になるなら、パーティーをしているリビング以外に客間もありますし」

俺は半ば強引に美々香を誘う。

「そうですか――それでは」

美々香はそう言って、家に上がった。

ほっと一息ついた時、スマートフォンの着信音がした。

「あ、いけない。私だ……」

美々香がカバンからスマートフォンを取り出す。その表情が強張った。

「ごめんなさい、家族からで……一本だけ、電話取らせてください」

俺が頷くと、美々香は後ろを向いて電話に出た。

その時、リビングに続く扉が出し抜けに開いた。扉と壁がぶつかってひどい音を立てた。

早紀だった。姉に美々香を紹介しようとした時、姉の異変に気が付いた。肩が上下して、顔が青ざめている。俺の顔を見ると、ハッと息を吸い込んで、「――良かった」と口にした。

姉は俺の両肩にしがみつくようにして、荒い息を吐いた。

「私、びっくりして。智章にも、何かあったら、どうしようって」

姉の言葉は要領を得なかった。過呼吸気味になっているので、背中をさすって、落ち着かせる。

「姉さん、一体どうしたんだ。パーティーは？　俺に何かあったらって、どういう意味？」

ひどく嫌な予感がした。おっとりした姉がこんなにも取り乱すなんて。それに、「智章に『も』」とはどういうことだろう。誰かの身に何かがあったのか。

「姉さん……何があったの」

落ち着いて聞き返すと、姉は必死な声で言った。

「攫《さら》われたの」

「え？」

「紀兄さんが、攫われたの」

2

大野所長は、いつも人使いが荒い。

大野探偵事務所の助手、望田は尾行調査を終えて事務所に戻るところだった。

「二人とも、事務所にいるかな」

望田は独り言《ひとりご》ちた。新宿の雑踏をかきわけながら、額の汗を拭う。暑い季節がやってきていた。

駅前や歌舞伎町《かぶきちょう》のぎらついた賑《にぎ》わいからは離れ、三丁目に差し掛かったところの雑居ビルの二階に、大野探偵事務所がある。エレベーターもなく、急勾配の階段を上がってようやく戸口に辿り着く。

事務所の電気は消えていた。望田はため息をつきながら、カバンから鍵を取り出す。傘の雫《しずく》を払いながら咳《せ》き込んだ。空気が埃《ほこり》っぽい。窓を開けると雨と共に、もわっとした風が入ってくる。

しばらく誰も戻っていないのだろうか。もしくは、誰も掃除をする余裕がなかったか。望田はため息をつきながら、掃除機をかけ始めた。

三人で顔を合わせたのはもう一週間ほど前のことになる。大野探偵事務所は三人きりの零細事務所なので、いつも鼻を突き合わせて仕事をしているような始末だが、ここのところそれぞれが忙しく、なかなか事務所にいる時間が被《かぶ》らなかった。

望田は尾行調査に忙しく、今日、目的の写真を撮り終えてようやく手が空いたところだった。いつもは望田はカウンセラーとしての経験を生かして、依頼人や調査対象者の話を引き出す――尋問するのがメインとなる。だが、今は人手が足りず、美々香や所長と分担して、一般的な調査業務を多くこなしていた。

美々香は仕事ではなく、実家のことで慌ただしそうにしていた。静岡に住む父親が救急搬送され、その対応のため、母親からの相談の電話をたびたび取ったり、病院でのカンファレンスに母親と共に行ったりしている。今は訪問看護と往診ドクターを入れて、自宅での療養になったということだった。

「今はご家族のことを何より優先してくれ。事務所のことは気にしないでいい」

大野はそう言い切り、美々香の業務も引き継いで忙殺されている。望田も尾行に勤《いそ》しんでいたが、大野はその三倍は働いているだろう。最近は事務所どころか自宅に帰っているかさえ定かではない。

もちろん文句はない。美々香のことは誰の身にも起こり得ることだ。

とはいえ――。

「最近は、なんだかバラバラだな」

望田はその辺に転がったゴミを拾い上げて、手遊《てすさ》びにゴミ箱に放り投げた。一発で入った。

スマートフォンの着信音が鳴った。

美々香からだ。

「――もしもし」

『……望田君？』

自分からかけてきているのに、名前を確かめる必要もないはずだが、それ以上に、声に元気がないのが気になった。

「どうしましたか？」

前職の職業意識が蘇《よみがえ》ってくる。相談者からの電話を受けた時の、あの緊張感。

集中しろ。

耳を研《と》ぎ澄ませ。

電話をかけてきた理由を探せ。

「美々香さん、今、どこにいらっしゃ――」

『――ごめん、ちょっと、こっちの音がうるさくて聞こえないや。メッセージに切り替えてもいい？　望田君の携帯番号に送るから』

美々香は早口で言い、電話を切った。

拍子抜けだった。

研ぎ澄まされた緊張感が、雲散霧消していく。

……なんだったんだ、今のは。

自分からかけてきておいて、メッセージに切り替える、とは。

スマートフォンのメッセージ――ＳＭＳに通知があった。

『今、大野所長の実家に来ているの。今からこっちに来て、私と代わってもらえない？』

説明が圧倒的に不足していた。望田は返信を打ち込む。

『どういうことなんです？　代わる、というのは』

『私の実家の方も大変なことになっているの』

『ご病気のお父さんのことですか』

『さっき、お母さんから電話がかかってきたの。父の容体が急変して、この二年でもう三回目だから、いよいよかもしれないって。往診の先生を呼んで待っているところだって言うから、心配せずに先生を待つように言っているんだけど……少し、パニックを起こしているみたいで。お母さん、最近、不眠気味で、お母さん自身もかなり追い込まれてるから』

気がせくあまり、こっちに気遣う余裕がないのだろう。望田は慎重に返事した。

『美々香さんの家のことは分かりました。そちらを優先してください。僕は大野所長の家に行って、何をすればいいですか？』

『警察の捜査に協力して欲しい』

望田の手が止まった。

『どういうことですか？』

『大野所長、誰かに攫われたの』

そのメッセージを見るなり、望田の顔は凍り付いた。

大野所長が、誘拐？

二つの単語が頭の中で結びつかなかった。誘拐というと、どうしても子供や女性が被害者になるイメージがある。成人男性では拉致の際に抵抗されるリスクが高いからだろう。

どうやって？

そして、なんのために？

聞きたいことは山ほどあったが、グッとこらえる。おそらく、文面から感じられる印象より強く、美々香は動揺している。電話からメッセージに切り替えたのも、大野の家族の前で遠慮したためだろう。

(美々香の分まで、自分が冷静にならなくては。どうするのが最善だろうか)

望田は一分ほど動きを止めていたが、何かを決意したように指を動かした。

『私に、ご家族のことを任せてくれませんか』

『望田君に？』

『お父さんの体の状態と、心の状態。それにお母さんの心の状態。どれもカウンセラーの経験を生かしてケア出来ると思います。もし、万一、入院などになった場合、病院関係の手続き等で、お母さんを一人にするのが不安、ということであれば、サポート出来ます』

かなり思い切った提案だった。混乱の最中にいる家族の中に、第三者が立ち入るのは、冷静に判断を下せるなどメリットもあるが、リスクも高い。少なくとも望田は、カウンセラーとしての職を辞した以上、特別な理由でもなければ首を突っ込む必要はない。

しかし、今は、その時だろう。

ダメ押しでメッセージを打ち込む。

『そこで犯罪が起きているなら、美々香さんの耳が役に立つはずです』

『出来ない、そんなの』

かなり取り乱しているようだ。大野の身に事件が降りかかったのだ。無理もない。

『現実的にも、誘拐が起きてパニックに陥っている大野家の皆さんの前から、断りを入れて退出するのは難しいと思います。一刻も早くお父さんの元に駆け付けたい気持ちは分かりますが、今はとどまって、事態の収束を目指してください』

望田は自分のやり方が少し強引に感じ、ためらう思いもあった。しかし、ことが営利誘拐なら、大野の家は犯人に監視されているかもしれない。そんな中、家族以外の第三者が家から出てきたら、どう思われるか。警察関係者と誤解され、人質である大野に危害が及ぶかもしれない。

ベストではないかもしれないが、この動きがベターなはずだ。

美々香は考え込んでいるのか、メッセージ画面は固まってしまった。美々香の実家は静岡だ。事務所の机に置いている身支度品をカバンに移し替え、新幹線の時間を調べておく。

数分後、メッセージの通知音がした。

『本当に、お父さんとお母さんのこと、望田君に頼んでいいの？』

望田は間髪《かんはつ》を容《い》れず返信した。

『もちろんです』

それで話はまとまった。望田は美々香から実家の住所の情報をもらった。美々香の母親には、美々香から一報を入れておいてもらえるということだった。

『ご両親のことは逐一報告を入れます。心配せず、今は目の前のことに集中してください』

『分かった。とりあえず、望田君が行くことは、お母さんに連絡を入れておくね』

美々香の実家へのルートを調べている時に、また連絡が入った。

『望田君、頼み事をしてもいいかな』

『もちろんです』

『お父さん、最近、病気のこととは別に……何か、悩み事があるみたいなの』

望田の背筋に、ぴりっとした刺激が走った。

『でもその内容について、お父さんは教えてくれなかった。

ううん、それだけじゃない。それどころか、こうも言われた』

一拍置いて、続きが届いた。

『美々香にだけは、絶対に言わない』

『だけは、ということは、どなたか、相談している相手はいらっしゃるのですか』

『お母さんは、何か気付いていると思う。でも、何も教えてくれないの。お父さんから口止めされているのかもしれない』

望田の好奇心が疼《うず》いた。

集中力がもう一度研ぎ澄まされていく。

『任せてください。私が必ず、解き明かしてみせます』

望田はそう書くなり、事務所を飛び出し、東京駅に向かった。

頭の中で、前の職場で相談を受けた少女の声が聞こえた。

——踏み込んでこないでよ。

仕事を始めたばかりの頃、根掘り葉掘り質問を繰り返して、相手の少女の心を閉ざしてしまった。慣れていないがゆえの失敗だった。その少女は、ベテランの同僚に引き継がれて、今は元気に過ごしているが、あの時の拒絶するような声音《こわね》は、望田の中に戒《いまし》めとして残り続けている。

この声がする限り、望田がどんなに悪癖に誘惑されようと、道を踏み外すことはない。美々香の抱える謎を解き、同時に、両親のケアもする。

望田には、自分にはやり遂げられる、という自信があった。

それにしても——。

ここしばらくの不安の種が怒濤《どとう》のように芽を吹いた。望田はそう感じていた。美々香の父親のこと。大野の実家が資産家だと知ったこと。それを嗅ぎ回っている記者がいること。美々香の心配はいかほどだろうか。大野所長は無事でいるのだろうか。

一切、先が読めなかった。

3

——一体どうして、兄が。

俺の頭の中では、最前からその疑問が躍り回っていた。

姉が誘拐の事実を告げた後、俺と美々香はそのままリビングに入った。美々香は当然、自分は帰ろうかと申し出てくれたのだが、玄関先に現れた叔父が先回りして引き止めたのだ。

——もし犯人がこの家を監視していたら、出入りする人を怪しむかもしれません。おまけに山口さんは、私立探偵だというのでしょう。紀君と同じ職場なら、犯人に顔が割れているかも……。私立探偵だけでなく、そこから警察に連絡がいったと誤解されでもしたら……。

その意見を汲《く》んで、美々香は家に残ってくれた。叔父にしては、細かいところまで頭が回ったものだと思う。

リビングに戻ると、警察を呼ぶかどうか、議論が始まった。

母の美佳は電話の真偽自体に否定的だった。

「どうも、信じられない話です。紀だっていい年ですから。そうやすやすと攫われるとは思えません。それに、うちを出て行って、探偵なんてやってるんですからねえ。それが犯罪の被害者になるなんて、ちゃんちゃらおかしいじゃないですか」

何もそこまで言わなくてもいいのに、と俺は呆《あき》れた。

とはいえ、疑り深いのはいつもの母の性格である。大方、詐欺か何かの電話だと思っているのだろう。我が家の固定電話には自動通話録音機が設置されている。もとはといえば、重度の認知症を患《わずら》っていた祖父が電話に出た時、詐欺電話をかけてきた相手を牽制し、防止するために設置したものだ。大事な商談をその腕一つでバンバンまとめ上げてきた祖父にとって、電話のベルは昔の仕事の記憶を刺激するもののようで、どれだけ母が注意しても、祖父は勝手に家電《いえでん》を取ってしまったのだ。

今も取り外さないでいるのは、取り外すのが面倒だからかもしれないが……実は、疑り深い母が気に入ったからではないかと思う。

「だけど姉さん、今の段階で判断を下すのは早急じゃないか。慎重に動くべきだ」

叔父の楽はやはり肯定派というか、兄が誘拐されたと信じていた。始終顔色が悪く、落ち着きがない。

「姉さんは声を聞いているんだよね。どんな相手だった?」

俺が姉に聞くと、代わりに叔父が言った。

「いや、実を言うと、リビングにいた人間は全員、誘拐犯の声を聞いているんだ。早紀ちゃんがとっさに、スピーカーホンに切り替えてくれたからな」

叔父の表情は険しい。

「廊下までは聞こえてこなかったな……ね、山口さん」

美々香は何か考え事でもしているのか、俯《うつむ》いていた。

「それが……なんか、変だったの。人間の声じゃないみたいで」

「そうなんだよ」熊谷の顔も強張っている。「機械音声だった。何かの合成で作ったよう

「太一さん、もしかして、アレだったのかな。ほら、この前テレビで特集してた……」

姉の言葉でピンときた。

「ボーカロイド？」

「そう、それ。あれみたいな声だった」

ボーカロイドとは、特定のキャラクターの音声データを用いて音声合成が出来るソフトのことだ。二〇〇〇年代から多くの楽曲が作成されてきたが、先般のコロナ禍で録音スタジオやスタッフなどに依存しないシステムが有効に使われ、かねてソフトを使いこなしてきた制作者が名曲を次々生み出し、人口《じんこう》に膾炙《かいしゃ》した。

「スピーカーホンにして、会話は姉さんが担当したの？」

「うん。受話器に一番近かったから」

「機械音声ってことは、一方的に用件を告げるだけだったんじゃない？」

「うん、そうなの。兄さんを誘拐したことと、次の連絡は三十分後に行う、ってことを告げられただけで……それでも、かなり聞きづらかったの」

「姉さんは何か言った？」

「信じられないとか、兄さんは無事なのかとか、聞いたけど、それに反応はなくて……」

つまり、あらかじめプログラムを組んで喋らせていたということだ。トークロイドに喋らせ、かつ、それを聞き取りやすくするには母音や促音便の処理などが必要になるので、即興で喋らせるわけにはいかない。決められた受け答えしか出来ない、ということだ。犯人は、自動通話録音機の存在を知っていたのだろうか？

「犯人はそういうのに詳しい人物ってことか？」

叔父が俺に聞く。

「少なくとも一人、詳しいのがいるんだと思う。本当に兄さんを攫ったなら、複数犯と考えた方がよさそうだしね」

叔父が頷く。

「次の電話は三十分後ということは」と叔父が言う。「次の電話が来るのは、六時四十五分頃か。もう十五分もないな……」

「ねえ」姉が吉澤に声をかけた。「お父さんはどうだった？　連絡は取れた？」

吉澤は首を振る。

「……先ほどお電話いたしましたが、お出になりません」

母が、はぁ、とため息をついた。

「本当、肝心な時に役に立たない人」

「お母さん、そんな言い方……」

姉が咎《とが》めるように言う。

吉澤も顔色が悪く、口数が少なかった。

「なあ姉さん」叔父が母に言った。「それより、あの声、――」

「楽……！　その話は」

母がぴしゃりと遮った。

声？　俺は不審に思った。さっきの話だと、姉がスピーカーホンの設定にしたことで、叔父も母も、リビングにいた全員が電話の声を聞いたことになるが……もしや、叔父はその声に聞き覚えがある、ということだろうか。

と同時に、そんな考えを内心で笑い飛ばした。犯人は合成音声を作っていたんだ。そんな声に、聞き覚えがあるはずがない。自分の考えすぎだろう。

「太一君も」叔父が取り繕うように言う。「すまないね。こんなことに巻き込んでしまって」

「とんでもない」熊谷が首を振った。「今ここで僕が出て行って、早紀さんのお兄さんに何かある方が大変ですから。むしろ、僕のことは気にせずに、話を進めてください」

姉の体が震えているのを見て、熊谷がテーブルの下で、姉の手をそっと握った。こんな時にも見せつけてくれちゃって、と俺は鼻を鳴らす。

俺と母の、熊谷への妨害作戦は結局うやむやになったが、どうにもタイミングが合いすぎていると感じた。全て偶然なのかもしれないし、この家にいては誘拐を起こすことなど不可能だが。熊谷の、物分かりが良すぎる態度も、俺は釈然としなかった。

「本当、ただのいたずらだったらいいのに……」姉が言った。「ほら、兄さん自身のいたずら、ってことも……」

「狂言誘拐ってこと？」母が鼻を鳴らした。「本当にそうなら、あの子と縁を切りますよ」

あながち冗談に聞こえないのが、母の怖いところだ。

狂言誘拐、という可能性はどうだろうか。

俺は自由人然とした兄のことが憎たらしいが、兄が犯罪を憎む気持ちだけは尊敬していた。そんな兄が、お金欲しさで狂言誘拐などに手を染めるはずがない。

「あの……私、一本電話をかけてきてもいいですか。事務所にもう一人いて、私と所長が戻らないから心配していると思うんです」

美々香が母の方を見て、おずおずと言った。

「あなた、何もこんな非常時に……」母が咎めるような声音で言った。「息子の命がかかってるんですよ」

「姉さん、まあ、そんなにめくじら立てないで」と叔父がとりなすように言う。「この人は、犯人に見咎められたらまずいっていう理由で、仕方なくいてもらってるんだから……突然こんなことになって、連絡したいのが人情って──」

「あの、ダメなら……」

せっかく叔父が弁護しようとしてくれていたのに、美々香はそれを遮って、控えめに言った。美々香はなにやら不快げに、額に手を当て、顔をしかめていた。嫌がっている、というより、頭痛にでも耐えているように見えた。

「……やむを得ませんね」

母が美々香の方を向く。

「山口さん、廊下でなら、電話をかけてきても構いませんよ。ただ、紀の現状については口外なさらないように」

「それは――」

「まだ真偽も定かでないし、警察を呼ぶかどうかも……考えが整理できていませんから」

美々香は頷いた。ハンドバッグを自分の座っていた椅子に置き、廊下に出て行った。

俺はこの隙に、美々香の来意をみんなに話した。

ふうん、と熊谷が頷いた。

「じゃあ山口さんは紀さんに会いに来たんだね。それじゃあ、タイミングが悪かったな」

「どうだろうねえ」母が首を傾《かし》げた。「逆じゃないかい？　どうもタイミングが良すぎるじゃないか。あの人、誘拐に関わりがあるのかもしれないよ」

「ええ？　山口さんが？　どうしてだよ」

「だってそうじゃない？　狂言誘拐をやらかすにも、共犯者が必要でしょう。あの人はそれなのよ。あるいは実行部隊を率いて、自分はここでアリバイを作っているのかもしれない」

俺はため息をついた。

「ねえ母さん、いくらなんでも考えすぎだよ。ただの偶然だって」

「今の電話だって、案外、誘拐犯と通話して指示を出しているのかもしれないじゃないか」

俺は半ば呆れ返り、それ以上反論するのをやめた。

美々香が戻ってくる。

「六時四十五分だ」

叔父が時計を見て言った。

電話が鳴った。

4

二日酔いの人間が体の重さをこらえるように、ゆっくりと頭をもたげると、大野は呻《うめ》き声を上げた。

（……ここは？）

大野の頭がズキン、と痛み、表情が歪んだ。

（ああ……そうだ、確か……）

パイプ椅子に座らされ、両腕が後ろで縛られていた。両足も椅子の脚にガムテープでぐくりつけられている。全く身動きが取れない。自分の体を見ると、さっきまで着ていたジャケット、シャツとスーツのズボンではなくなっていた。紺色のジャージのようなものに着替えさせられている。

（歩いている時に、いきなり襲われて……）

足元にコンクリートの床が見えた。かなり広い、倉庫のような空間だ。周囲は薄暗いが、二十平米くらいはありそうだった。

大野は突然、ぐらあっ……と世界が傾くような感覚に襲われた。

大の大人を、それも男を拉致監禁する理由なんて、そう多くは思いつかない。拷問して殺されでもするのか、あるいは、誘拐でもされたのか。いずれにせよ、最悪の事態に巻き込まれたのは間違いなさそうだった。

（——誘拐）

大野の脳裏にその言葉がよぎった。馬鹿馬鹿しい考えだが、この状況を説明出来そうな言葉はそれしかなかった。

（自分を誘拐して、一体何になる）

大野家の金を狙ってのことか。頭がぼうっとして、考えがまとまらなかった。

いや、敵の正体にならば、心当たりがある。大野はしかし、その考えをしばらく受け入れられずにいた。もしこの推測が正しければ、犯人は隣の――。

「お、こいつ、目を覚ましましたぜ、兄貴」

薄目を開けると、背の低い男が大野の顔を覗き込んでいた。彼は大きな白いマスクと黒いサングラスをしていて、顔が分からない。

「やっと起きたか、大野ちゃん」

また別の男の声だ。

大野はゆっくりと顔を上げ、声のした方を見た。

その男を見た時、自分の置かれている状況にもかかわらず、大野は一瞬、油断させられた。

それほどに、彼のまとう印象は無邪気だった。童顔に冗談みたいに大きなサングラス、毛先も遊ばせて、まるでキャンパス内を歩く大学生みたいだった。相手にまるで警戒心というものを抱かせない。いつの間にか懐に入り込んでくる。

無邪気。

無邪気な表情の裏に隠した、純粋な悪意。

大野はぞくりとした。

「いやー、緊張したんだよ、これでもさ。手際よくやったつもりだったけど、薬の量が多すぎたらどうしようとか、ね。もし昏睡したまま目覚めなかったら、目的を果たせなくなるしねー」

男は能天気な口調で話したが、内容はあくまでも物騒だった。

「へっへ」マスクの方の男が言った。「俺たちはしっかりリハーサルしてきやしたからね。何も心配いりやせんよ」

「とか言いながら、どこか抜けてるんだからなあ、サンは」

「チェッ、ひでぇこと言いますねえ」

大野は何も言えずにいた。

「やあ、驚かせたかな」

男は大野に顔を寄せた。息がかかるほどの位置だった。

「初めまして。僕の名前はカミムラだ。君のことを誘拐させてもらった」

「……名前も名乗って、顔まで見せてくれるのか？　随分な厚遇だ」

カミムラは首を傾げる。

「おや、つれないね。もっと泣いたり騒いだり、動揺したりするかと思ったよ。まあ大人ならこんなもんか」

カミムラは近くの椅子を引き寄せ、無邪気そうな顔で笑った。

「それとも、探偵なら荒事には慣れている……かな？」

「何？」

大野はカミムラを見た。

「おいおい、そんなに睨むなよ。結構苦労したんだぜ。君を一人きりにさせて、しかも穏便に拉致する。それが計画成功の最低条件だった。ところが、君の事務所にはお仲間が二人、いるからね。山口ちゃんと、望田くん。君が二人から離れて、一人になる機会を作らなきゃならなかった。そのために嘘の依頼までデッチ上げた」

大野は目を見開いた。

彼が拉致されたのは、失踪した女子高生探しに取り掛かり、彼女が最後に目撃された錦《きん》糸《し》町《ちょう》の雑居ビルの近くにいた時だった。

「あの依頼人……」

大野の脳裏に、娘を探してほしいと涙ながらに訴えていた父親の姿が浮かんだ。

クックッ、とひきつるような笑い声がした。

「お分かりのようだね。あの男は僕の可愛い傀儡《かいらい》の一人だよ。〈劇団〉と言ってね。僕のためならなんでもやる。僕の部隊は二つに分かれていてね。僕直属の実行部隊と、彼のような一回限りの傀儡だ。だから顔が割れようと問題ない。ああ、でもここにいるサンは、その〈劇団〉の元締めみたいなものだから、顔は隠させてるんだ」

「どうもっす」

サンと紹介された男は、ぺこり、と頭を下げた。

とてもではないが、犯罪組織の男どもには見えない。優男とそれにくっついている三下。どこかのコメディー漫画でもあるまいし。

しかし、そんな二人に嵌《は》められたようだ、と大野は内心でほぞを噛んだ。しかし、もしあれが偽装の依頼だとするなら……美々香や望田のことはどうなる？　このタイミングで美々香の両親の具合が悪くなったのも、望田が単独で動かねばならないほど依頼が増えたのも、偶然なのか？　いや、もしかしたら、あの父親以外にも複数の依頼が偽装されたものので、大野はそのうちの一つを摑み取ったに過ぎないのかもしれない。

「顔を見せるってことは、生かして帰すつもりはないってことか？」

「だったらどうする？」

「この状況で、どうにも出来るかよ」

大野が毒づくと、カミムラは楽しそうに笑った。

「いいね。話せそうな男だ。サン、君よりもずっとユーモアのセンスがあるぞ」

「ええっ、兄貴、そんな風に思ってたんですか。おい、お前、兄貴に褒められたからっていい気になんなよな」

へいへい、と大野は軽く受け答えしておく。

「……なんのためにこんなことを？」

「誘拐だよ。昭和の時代から繰り返される、俗悪で醜悪で、そしてロマンに溢《あふ》れる営利誘拐さ。誘拐ものの映画ってたまらないよね。警察と犯人の息詰まる攻防、電話での連絡、身代金受け渡しシーンの興奮、そして最後の対決！　まさに波瀾万丈だ」

「つまり、大野家の金が欲しいわけだ」

「違う違う。金はあくまでも手段なんだよ。僕としては、この鬱屈《うっくつ》した時代に、かつての大それた誘拐劇を復活させたいだけさ」

大野は顔をしかめた。

「無理もありませんや。いきなり兄貴の理想を理解できるわけがないでしょう」

「じゃあ僕は教祖にはなれないな。まあ、なるつもりもないんだけどね」

「こんな犯罪、上手く行くわけがない」

「どうしてそう思う？」

「営利誘拐は元々、リスクに見合わない犯罪だ。現在進行形だから警察も躍起になって解決しようとする。犯人と警察は、身代金受け渡しのタイミングで絶対に接触しないといけない。おまけに、奪った金を安全に使うシステムを考えないと、犯罪の後に逃げ続けるのも難しい。元がそういう犯罪だったうえに、テクノロジーが発達して、ますます誘拐はそのリスクに見合わなくなった。逆探知技術も向上し、数秒あればピンポイントで位置を特定出来る。使ったのが携帯電話でもな。昔の刑事ドラマに、なんとか誘拐犯との電話を引き延ばそうとするシーンがあるが、あんなの、もう必要ないんだ。変声機を使っても元の声を割り出せる。車両のNシステム検知も全国区で精度を上げている。身代金受け渡し現場の微細証拠からも足がつく。金の流れだって……」

大野は鼻を鳴らした。

「無理だね。あんたには絶対に、この犯罪をやりおおせることが出来ない」

「偉大なる冒険家とは、不可能と思われる難事をやり遂げる人間のことを言う。僕がそれだよ」

大野がどれだけ言っても、カミムラは揺らぐ気配がない。気取ったセリフを吐く時も、ためらいや照れなどは一切見えない。この男は、本当に自分がそう出来ると信じているのだ。

大野はカミムラを睨んだ。

「なぜ俺なんだ?」

「ん?」

「こういう言い方はなんだが、俺よりも誘拐しやすいターゲットはいくらでもいるだろう。お前が本当にそのお説の通り、誘拐事件を起こしたいだけなら他に選択肢はいくらでもあったはずだ。あいにくだが、俺はあの家に特段愛されてもいない。金は引き出せないぞ」

「ねえ兄貴、今の聞きました？　『俺はあの家に特段愛されてもいない』って。いいっすねえ、ハードボイルドっすねえ。俺、なんかこいつのこと気に入ってきましたぜ」

サンが嘲《あざけ》るような笑いを立てる。

「やめなよ、サン。彼は自分の中の恐怖を必死に押し殺しているのさ。彼も一生懸命なんだよ」

カミムラは笑ってから、手にしていたタバコを口から離し、携帯灰皿でもみ消した。指が焼け焦げるのではないかというくらい、短くなるまで吸っていた。

大野は表情を変えず、二人の様子を観察している。

「まあ、君の指摘は的を射ている。君を誘拐するのには苦労したからね。だが、君でなければいけない理由があった。一つには、これが依頼人のオーダーだったからさ」

「依頼人？」

カミムラが長い息を吐いた。

「やり直し」

「は？」

「僕はね、そういう頭を使っていないやり取りが一番嫌いなの。言われたことをそのまま返すならオウムでも出来るよ。僕はオウムと話をするつもりはない」

どうやらそれがカミムラという男の妙なこだわりらしい。ヘソを曲げられて会話を続けられなくなっては困る、と大野は思った。大野は眉をひそめながら、冷静に言った。

「……つまり、お前にこんなことを依頼した誰かが、俺を恨んでいるってわけだな」

「さあ、それはどうだろう」

カミムラはフクロウのような動きで首を捻った。

「僕はあくまでも犯罪請負人だからね。僕がするのは、依頼人が持っている『犯罪の種』をもとに、芸術的な犯罪を組み上げることだけ。あとのことには興味がない」

大野は耳慣れない単語をそのまま繰り返そうとして、思いとどまった。

「犯罪の種……アイデアのもとは依頼人から得る、ということか？」

「その通り。ただ、それはあくまで『種』に過ぎない。栄養を与え、手間をかけて、花を咲かせるためには僕の力が必要なんだ。僕が売っているのはこの頭脳と、実行力、というわけさ」

「……で？　依頼人がいるってことは、大野家の金を本当に狙っているのは、お前以外の誰か、ってわけだ」

「その通り。心当たりでもあるの？」

「さあ、それはどうだろう」

意趣返しとばかりに同じセリフを返すと、カミムラはくすくすと笑った。

「いいね。これなら事件が終わるまで退屈しなそうだ」

「一つ」

「ん？」

「さっき、俺を誘拐する理由を話す時、『一つには』と言っただろう。続きはなんだ？」

ああ、とカミムラは笑顔を浮かべた。

「二つ目は、君から金を引き出せる確信があるからだよ」

「おいおい、さっきも言った通り、あの家は俺のためには金を出さないぞ。それに、俺のやっている事務所は赤字ギリギリの零細事務所で――」

カミムラは笑う。

「僕は、嘘つきも嫌いなんだ」

大野はゾッとした。どこまで知っているのか、という言葉だけは、なんとか呑み込んだ。

カミムラは椅子から立ち上がると、スマートフォンを胸元から取り出した。

「さて、二度目の連絡の時間だ」

「今時携帯で連絡とはお粗末だな」

「警察が到着するまでの時間を読んでのことさ。通報していたとしても、まだ警察は来ていないはずだよ。

それに、こいつはジャンク品の機種に、買い上げたＳＩＭカードを挿《さ》して作ったクローン端末だよ。番号を含めてどこからも足がつかない。何に利用されるかも知らず、はした金に食いつく人間が、世の中にはたくさんいるからね。遅効性の貧困はこういうところでも役に立つ。ついでに、喋らせるのはこのサンがあらかじめプログラミングしたボーカロイドさ。さっき変声機がどうとか言っていたけど、そんなものに頼るつもりもないよ。もしかして、実家の自動通話録音機に期待でもしていたかな？」

大野は目の前の男を睨みつけた。

「お前……」

「一体どこまで知っている？　……その先は、こんな風に続くのかな」

大野は唇を噛んだ。

——このままではこいつの手のひらの上だ……どうする？

——捕らわれている俺に、何か、出来ることはあるのか？

——希望は一つ……一つしかない……そう、美々香の……。

「ちなみに、ついでだから聞かせてあげようか」

「何？」

「これが、一回目の電話連絡で使ったボーカロイドの音声だよ」

カミムラがスマートフォンを操作する。

突然、ざらついた、合成音声が流れた。

——お前のところの息子を預かった。

肌がぞくりと粟立った。

大野はその声を実際には聞いたことがない。だが、その合成音声が持つ、生々《なまなま》しい質感が、最悪の想像をさせた。

「まさか……」

「うーん、やっぱりちょっと不自然だったかな？　これでも詳しいやつに聞いて、かなり頑張ったんだけどねえ」

カミムラが得意げに説明する。

「ボーカロイドって、母音と子音からなる基本の音を構築して、思い思いの言葉を喋らせる、というところに主眼があるんだよね。これを応用すると、例えば、ある芸能人がテレビで喋っていた音声をある程度サンプリングすることが出来れば、その芸能人のボーカロイドもどきも作ることが出来る。もちろん、そのために発声された音ではないので、精度は低く、実際はインターネットなどでネタ動画などに使われるのが主だけど——こんな風に使うことも出来る」

「お前……さっき〈劇団〉と言ったな。どこまで蔓延《はびこ》ってるんだ、そいつらは……」

「お察しの通りだよ——このボーカロイドは、十五年前、とある事件の証拠品からサンプリングして作ったものだ」

カミムラはニヤリと笑った。

「どうだい？　やっぱりゾクゾクするのかな？　――十五年前、自分を誘拐しようとした犯人の声を聞くのは」

5

四十五分ジャスト、電話が鳴った。家の固定電話だ。電話の音が鳴った瞬間、叔父や姉、熊谷までもがぶるりと肩を震わせた。

目配せをしてから、叔父が電話に出る。

「――はい」

『家族会議は終わったか？』

突然、リビングに不気味な声が響き、俺はぞくりとした。人工的に作られた、声音のない声。気味が悪い。

もう叔父がスピーカーホンの設定に切り替えた、ということだろう。

「おい、貴様一体……」

叔父が顔を紅潮させ、声を荒らげる。

『指示は一度しか言わない。紙とペンを用意しろ。いいな？』

有無を言わさぬ口調だった。

叔父が小さく舌打ちしながら、ペンを取り、手元のメモ帳を引き寄せる。

『身代金は三千万円。全て新札の一万円札で用意しろ。金はアタッシェケース一つに詰めること。札の番号を控えたり、発信機でも付けるようならその時点で交渉は決裂だ。身代金の受け渡しは明日行う。詳細は追って指示する』

「こちらは君の言っていることをどう信じればいいんだ？　電話口に紀君を出せ」

叔父の口から唾が飛んだ。犯人を逆上させせないだろうかと、俺の胃がキリキリ痛んだ。

やや間があって、電話の向こうから物音が聞こえる。

『……もしもし』

兄さんの声だ！

俺は思わず叫び出しそうになった。

横を見ると、母の顔色も悪い。

そう、今、この誘拐が本物であることが実証されたのだ。

「紀君か？」

『叔父さん、ですか？』

「無事なのか？　一体どうしてこんな……」

『すみません、叔父さんまでこんなことに巻き込んで』

「いや、それはいい……」

『しかし早紀の誕生会が台無しでしょう。どうでしたか、フィアンセの方は。好青年でしたか』

さっき、兄が狂言誘拐をしたのではという推測も出ていたが、やはり俺は信じられない。こんな状況になっても、姉のことを考えているような人なのだから。

「ああ、もちろんだ。今はお前の職場の方も来ていて……」

『職場？　ちょっと待ってください、叔父さん。今そこに、美々香が来ているんですか？』

兄の声の様子が変わった。

「え？　何？」

『美々香と話させてください。今すぐに！』

「なんだって？」

その間も、美々香はじっと電話を見ていた。

困惑して、俺も反応が遅れた。

「……山口さん」

叔父が呼びかけると、美々香は一拍おいて、驚いたように背筋をピンと伸ばした。

「わ、私ですか？」

反応が鈍すぎるようにも思えるが、俺自身、ここで美々香が呼ばれる意味が分からず、反応が遅れてしまった。

「ああ。紗君が君に代わってほしいと言っている」

「え、ええ……」

美々香が今抱いているであろう困惑は、リビングにいる全員が共有していたと思う。

——なぜ、このタイミングで山口さんなのだ？

俺は首を捻った。兄は、家族との会話ではなく、美々香との会話を優先したということだ。犯人から許されて電話口に出してもらって——いつ、犯人に会話を打ち切られるか分からないというのに。

それだけ、兄にとって、美々香が大切な存在ということか？

それとも。

——どうもタイミングが良すぎるじゃないか。あの人、誘拐に関わりがあるのかもしれないよ。

母の言葉が脳裏にひらめく。

美々香はもたもたと、受話器を持ち上げた。スピーカーホンなのだから、受話器を持つ必要はないのだが。

『美々香か？』

「……はい」

『美々香、大丈夫か』

不自然な間があって、美々香が答える。ショックが大きいのかもしれない。

「はい、ええ……」

『……大丈夫か、声に元気がないぞ』

「……所長、私……」

『……分かった。美々香、テディベアは持ってきてくれたか？』

「……」

『持ってきたなら、中のテープは大切にしてくれ。その中のものが、俺たち二人の宝物なんだからな』

美々香は黙りこくったままだった。

「山口さん、大丈夫ですか？」

叔父が顔を覗き込むと、美々香の体はびくっと跳ね上がった。

「あの、すみません、私動揺していて、楽さんが話を聞いた方が――」

『叔父さんゴメン。もう少しだけ美々香と話をさせてくれ』

電話の向こうの兄の声は頑《かたく》なだった。

『一方的に話すだけでも気持ちが軽くなるんだ……なあ美々香、こいつ、このカミムラってやつ、ひどいんだぜ。俺の服皺くちゃにして、そのままにすんの。参るよな、ほんと』

叔父が美々香の目を見て、「すまん、聞いてやるだけ、聞いてやってくれないか」と言った。美々香の目は、動揺しているのか、少し泳いだ。

「……そう、なんですね」

美々香がぎこちなく相槌《あいづち》を打ち始める。

「あんまり心配するな。大丈夫だ。これが終わったら、望田と三人でドライブにでも行こう。二回くらいは行こう。カメラ持って、いつもと違う人と一緒に行くのもいいな」

兄の口調は、どことなくロマンチックなものになった。

「——いいか、最後に一つだけ言っておくぞ。よく聞け。十五年前だ」

その瞬間リビングに、ピンと緊張が張り詰めるのを感じた。

叔父が目を見開き、「十五年前……」と呟く。吉澤と姉が息を呑んだ。母の顔もわずかに強張った。

熊谷と俺は、思わず顔を見合わせた。心当たりがないもの同士の連帯に思えた。

熊谷の目配せはこう告げていた。

——何かがあるのだ、と。

「十五年前……ですか？」

美々香が言う。

兄の声は続ける。

「十五年前、我が家の周辺で起きた事件を調べろ。そこに必ず犯人の手掛かりが——」

兄の声が不自然に途切れた。

「うぐっ」

直後、硬いコンクリートの床にものが落ちるような音が響く。

「紀君！」

電話の近くにいた叔父が叫ぶ。

再び、合成音声が聞こえた。

「悪いが、サービスはここまでだ。じゃあな、明日を楽しみにしているぜ」

電話はかかってきた時と同じくらい、唐突に切れた。

「紀君は無事なのか！　おい！」

叔父は通話が終わった直後も、まだ犯人に繋がっているのではと、電話に向けて怒鳴っていた。

「くそっ！」

叔父が激しくテーブルを叩いた。

「落ち着きなさい、楽。さっき書いたメモを見せて」

母はゆっくりとした口調で言ったが、いつもより顔が蒼白に見える。

叔父がメモを見せた。

三千万円。アタッシェケース一つ。詳細は明日。

簡単にその三点だけが書き留められていた。

「詳細は追って指示する、確かにそう言っていましたよね」熊谷が言った。「場所とか、時間とか、そういう情報はありませんでした。そうですよね？」

「ああ……」俺は頷く。「注意して聞いてたけど、それはなかったはずだ」

「次の連絡で指示されるんだろう……」と叔父。

「くそっ、犯人の奴、一体何を考えているんだ……？」

熊谷が吐き捨てるように言った。

なぜ一度で伝えなかったのだろうか、と俺は訝《いぶか》しんだ。警察に通報される可能性を考慮して、準備されないようにするためか。だとしても、次に連絡するときは、足がつく可能性がますます高くなるだろう。なぜ……。

「三千万円、なんて……そんな金、すぐに用意出来るのですか」

熊谷は言った。母の視線を感じ、彼は首を振る。

「いえ……部外者の私がこんなことを聞くのは、不躾《ぶしつけ》であることは承知していますが」

「別に、少しも気にしていないわ」

母は、少しも、を強調して言った。

「付き合いのある銀行にいくつか声をかけて、まとめて引き出させてもらうしかないでしょうね」母は何かを覚悟するような口ぶりで言った。「払えない金額では、ありません」

「え、母さん、本当にいいのか」

父さんに相談せずに——と言いかけて、呑み込んだ。

良いに決まっている。

巌の強権的な気質を、娘である美佳も受け継いでいる。娘婿である父に——それも、海外に出ていて、この瞬間傍《そば》にいない父に、選択権はない、ということなのだろう。

俺の心の真ん中に、モヤモヤとしたものが溜《た》まった。

「大丈夫です。何も心配はいりません。私が一切の責任を持ちます。泰造さんには私から話しておきましょう」

母は毅然《きぜん》として言った。

「楽、銀行との交渉をお願いできますか。早紀も動いてもらえるかしら。お目出度《めでた》い席なのに申し訳ないけれど」

「は、はい、お母さん」姉が立ち上がった。「任せてください」

「母さん、俺は」

「智章は私の傍にいなさい」

有無を言わせぬ口調だった。

「それにしても、さっきの電話――」姉が呆れた顔で言う。「後半の方は、兄さんが一方的に美々香さんに話すばっかり……それも、事件とは関係のないこと」

「そう見せかけて、実は紀君のことだから、ヒントを話していたんだとしたら？」

「まさか……監禁場所、とかでしょうか？」

吉澤が出し抜けに言い、叔父が「それだ！」と指を立てる。

姉も何度も頷きながら言った。

「兄さんなら、運ばれている間に場所を推理した、なんてこともあるかも――」

俺たちは電話の内容を思い返す。が――。

「……思い当たらないな。ドライブっていう単語が唐突には聞こえるけど、車で移動させられた……っていうのじゃ、ほとんど意味はないし」

「カミムラっていう相手の男に、服を皺くちゃにされた、って言ってたよね。兄さん、変なことされてないかな」

「変なことって……」

母が呆れた声を出す。

「僕は」熊谷が言った。「山口さんと話し始めて最初の頃に言った、テディベア、っていう単語が気になりました。山口さん、何か心当たりはないんですか？」

熊谷が問いかけるも、美々香はボーッと母の方を見るばかりで、返答がない。

「山口さん、あなたに聞いているんですよ」母が言う。「それだけじゃなく、会話の内容に、何か心当たりはなかったんですか。紀はあなたを指名して聞かせたのですから、何か意味があるのでしょう」

美々香は少し目を伏せ、ゆっくり首を振った。

「……ごめんなさい。心当たりがないんです。ショックが大きくて……」

美々香の言い分は無理もなかったが、母は残念そうに首を振った。

母は一度、静かに目をつむった。

「今から、警察に電話をかけます。残念ながら、さっきの電話で……この誘拐が本物であることが分かりましたから」

「姉さん！」叔父が立ち上がる。「それは……それはダメだ！　紀君の身を危険に晒すことになる！」

「でも叔父さん、お金を渡したからといって、兄さんが無事に帰ってくる保証なんてないじゃない！」

姉が言った。顔が青ざめている。

「しかし、もし警察に連絡したことが、相手にバレたとしたら？」

「それは……そうだけど……」

姉が視線を落とした。

「……早紀の言うことには一理あります。警察に犯人を追跡してもらえば、その分、紀を保護できる可能性も高まるでしょう。私たちだけでは出来ることも限られています。警察の協力を求めるのが、筋というものです」

「ですが、それではあの子たちと――」

叔父の喉仏が上下した。

母の眼が厳しく、叔父を見つめている。

「それに」母が言った。「気付きませんか？　犯人は二度も電話してきたのに、『警察に連絡するな』とは一言も言っていません」

唖然《あぜん》とした。

「そうだったか？」叔父が言う。

「恐れながら、三千万円の番号を控えるな、発信機もつけるな、とは言っていたような……」と吉澤。

「いや、そうだ」俺は母の冷静さに舌を巻いていた。「確かに……そうとしか言っていない。警察に連絡するな、とは言わなかった。一言も言っていない」

「屁理屈だ」と叔父が苦虫を噛み潰したような顔で言った。「言い忘れただけかもしれない」

「合成音声で、あらかじめ会話内容を決めておくような犯人が、ですか？」母がとどめを刺すように言う。「答えは明らかです。犯人は、警察の介入を想定している。それなら、私たちもためらう理由はありません」

「……分かりましたよ、姉さん。警察に連絡をしましょう」

確かに屁理屈だが、俺も納得はいった。だが、さっきのやり取りの中に、不思議な言葉があった。

あの子たち？　あの子たちとはなんのことだ？　子供……そこには、先ほどの「十五年前」という言葉が関連しているのだろうか。何かそこに、秘密があるのだろうか。

途端に、家族の顔が他人のそれに見える。

気味が悪かった。

「智章、隣の部屋へ。私の携帯で連絡しましょう。傍についていなさい」

「おう……」

「皆さんは、それぞれ指示したことをお願いします。熊谷さんは……申し訳ないけれど、早紀と一緒に動いてくださる？」

「分かりました」

熊谷は物分かりよく頷く。

俺は母の車椅子を押して、隣の部屋へ入った。母は顎をしゃくり、扉を閉めるように命じた。

「……警察に連絡する前に、泰造さんに連絡するわ。吉澤からも連絡させたけど、何か手が離せなかったのかもしれないしね」

「あ、うん」

俺が答えるより先に、母は電話をかけている。

「あいつ、出やしない」

母が舌打ちをして、自分の膝の上にスマートフォンを置く。俺の顔を見て、低い声で言った。

「あいつ、今どこにいるんだか覚えている？」

「確か……ブラジルだよ。買い付けに行ってる」

「時差は？」

「確か……こっちが十二時間早いはずだよ。今が夜の七時七分だから……向こうでは朝の七時だ」

「じゃあ、起きていても全然おかしくはないってことね」

母は手の中でスマートフォンを弄《もてあそ》んでいた。

「本当に、そこにいると思う？」

「何？」

「海外にいるなんて、随分良いアリバイだと思わない？」

俺は鼻面を殴られたような気がした。

「疑っているのか……父さんを」

「こんな肝心な時にいないんですもの。疑いたくもなるでしょう？　それに——」

母は言いかけて、言葉を切った。

「それに、なんだよ」

「いえ、なんでもない。つまらないことよ」

俺は唾を呑み込んだ。

「それは、十五年前のことがあるからか？」

「紕が言ったことを気にしているなら、忘れなさい。あの子の見当違いだわ」

「十五年前……俺はまだ五歳だったし、記憶も薄いけど、確か、隣の野田島さんの奥さんが自殺した時期だよな。俺、家族の誰からも詳しく聞いたことないけど——何かあったんだろ？」

「調べれば分かることよ。別に隠そうとなんてしてない。ただ……そうね……私にとっても、楽にとっても、あまり蒸し返したくない記憶なだけ」

俺はじっと母を見つめた。

「いくら視線で訴えても無駄ですよ。今はそれどころではありません」

「兄さんの言う通りなら、十五年前の事件が、今に繋がっている」

「ただの推測に過ぎませんよ」

母はそれ以上、まともに話す気はないようだった。俺は舌打ちをして、母に促す。

「いいさ、なんでも……ともかく、電話かけろよ。そのためにここに来たんだろ」

「そうだったね」

母は幾分どうでも良さそうに、一一〇番にかけた。

その手はかすかに震えている。

6

「僕という人間を、決して誤解しないでほしいんだ」

大野は背を丸めて咳き込んでいた。咳には苦痛の呻きが混じっている。

その横を、カミムラは歩き回っていた。

「僕は暴力を好まない。人をいたぶって傷つけて、なんらの痛痒《つうよう》も感じず、むしろそれ自体を愉《たの》しむような下衆《げす》とは違うんだよ。僕はただ、合理性をもって暴力を使うだけさ」

芝居がかった口調で話しているせいで、さながら舞台俳優に見える。

「じゃあ……今……俺の腹を……蹴り飛ばした……のには、どんな意味があるんだ？」

大野はさっき電話中に蹴られ、スマートフォンを取り落とした。床に落ちたスマートフォンはすぐにサンが拾い上げ、合成音声の応答口に戻されたが、落ちた時の音や、大野の呻き声は聞こえたはずだ。

(心配をかけていなければいいが……)

カミムラはニヤッと笑う。

「君の発言を止めるにはあれが最も効果的だと思ってね。君の家の人間に切迫感を与えることも出来る。それにだ。君にあんまり変なことを言われると、僕の美しい犯罪に不純物が混ざる」

「美しい犯罪、ねえ……」

大野は大きく肩を上下させ、少しずつ呼吸を整える。

「なんだてめえ、何がおかしいんだ」

サンが息巻いた。大野は冷たい目で彼らを見つめる。

「……どうしてこんなことをする?」

「三十三人目だ」

「は?」

「僕にその質問をしたのは、君で三十三人目だ。みんな芸がないよ。揃いも揃って右へならえだ」

「がっかりっすね、兄貴。私立探偵だっていうから、もうちょっと気の利いた質問が来るかもと思ってましたぜ」

　大野はじっとカミムラを見つめた。

「復讐が理由か？」

「なんだって？」

「復讐だ。十五年前の事件の音声をサンプリングに使ったのは、そういうことだろう？　大野家の人間に、十五年前の事件を思い出させたいんだ。お前は依頼を受けて、復讐の代行をしている」

　カミムラがニヤニヤと笑った。

「そうらしいね……君は十五年前、誘拐されかけた……」

「そこがね、兄貴、ちょいと分からないんですが、『されかけた』っていうのはどういうことなんでしょう？」

「サン、君は本当に人の話を聞いていないね」

　カミムラは呆れるように言った。

「十五年前、二人組の誘拐犯が二人の子供を攫った——その二人組はね、当然お金持ちである大野家の子供たちを狙ったんだ。大野紀と、大野早紀。この二人の兄妹を。大野家にはあともう一人、智章という次男がいるが、当時はまだ五歳だった。

　ところがね、誘拐犯たちは恐ろしいミスを犯した。大野家の人間を攫うはずが、隣人の野田島家の子供を攫ってしまったんだよ」

サンは、ええっ、と声を漏らした。

「そりゃ……随分、間抜けな犯人ですね」

「だろう？　彼らが誘拐したのは、大野糺と大野早紀でなく、野田島加奈子《かなこ》と野田島秀人《ひでと》、という姉弟だった。

ボイスチェンジャーもなしに脅迫電話もかけているし、まあおかげで、こんな風にサンプリングの素材に使えたんだけどね。おまけに、その誘拐犯二人組は、野田島加奈子という娘が監禁中に持病の発作を起こして死亡してしまった後、動揺して、監禁場所だった山小屋から逃走、途中の崖から車ごと転落して死亡しているんだ。しかも、その車に同乗していたとみられる秀人は、遺体さえもいまだ見つからずじまい……」

「つくづく間抜けですなあ、そいつらは。しかし、野田島の夫婦にすると、その間抜けのせいで、二人の子供を一挙に失った、ということになるんでしょう？」

やりきれませんねえ、とサンは言う。どこまで本気なのか分からない。

十五年前――その事件の直後だ。野田島勲の妻、華《はな》が自殺したのは。

大野は考える。確かに、このカミムラという男、十五年前の事件についてよく調べているらしい。十五年前の事件の顚末《てんまつ》について、非常に要領よくまとめている。事実関係だけを見れば、カミムラの要約で完璧だった。

しかし——それだけではない。

あの事件には、今の要約では到底語り尽くせない真実がある。

大野は首を振った。

（……十五年前のことは、美々香に探らせないと意味がない。今の自分は、目の前の相手に集中しなければ——）

大野は、すうっと、呼吸を整えた。

「お前は犯罪を請け負うんだったな。そうすると、十五年前の事件で大野家に恨みを持つ人間が怪しいってわけだ。子供と妻を失って、野田島勲が逆恨みしたか、それとも、遺体が見つからなかった野田島秀人がどこかで生きているのか。あるいは——」

大野の思考は、自分の口にした言葉に引きずられた。他にも可能性はあるか？　あの時、野田島家とかかわりのあった誰か——。

カミムラは笑い出した。

「ふふ……」

「何がおかしい？」

「違う、と言ってやりたいところなんだがね。しかし、そうもいかない。何せ僕たちは、本当に知らないんだから……」

大野は目を見開いた。

サンが笑う。

「こいつ、驚いてやがるぜ、兄貴」

「彼のように百パーセント理屈で動いている人間は、僕らのように高尚な行動を理解できないのさ、サン……仕方のないことだよ」

カミムラは腕を組んだ。

「正確に言い直そうか。僕らには依頼人がいる。僕らの目的は、依頼人が持っていた『犯罪の種』から、この世に美しい犯罪を作り上げることであり、その副次的な効果として金をもらうに過ぎない」

「それはもう聞いた」

「よろしい。で、僕が聞いたのは二つだけだ。

一つ目は、十五年前に起きた、興味深い『間違い誘拐』のこと。

二つ目は、この依頼人が温めていた、身代金奪取のアイデア」

だが、と彼は続ける。

「僕は十五年前の事件の真相も知らないし、依頼人の正体も知らない。興味がないんだ。

まあもちろん、顔ぐらいは見てるし、依頼を受ける時に名乗ってもらうけど……十中八九、あんなの偽名だろうからね」

「馬鹿な……！」

大野が食って掛かった。

「聞いていない、というのか。それで構わないと？」

「興味がなく、必要もないからね」

「矛盾している。十五年前の誘拐を今回の事件のモチーフに選択しているのに、関係がない、だなんて……」

「関係がないとは言っていないさ。ただ、なぜ依頼人が十五年前の誘拐のことを知っているか、あるいは、執着しているかに踏み込まなかっただけだ。それにほら、十五年前の事件が、現代に蘇る——これって、なんともそそるだろう？　間違い誘拐となってしまったせいで攫われずに済んだ君が——十五年越しに攫われる。そんなドラマチックなダイナミズムもある」

カミムラはとことん無邪気な声で言った。

大野は愕然《がくぜん》とした。彼の中では、これは矛盾することではないのだ。過去に感情を持たないままに、過去の出来事を利用する。この男には、それが出来るのだ。

だが、依頼人はそうではないはずだ。

君は、とカミムラは続ける。

「犯罪が失敗する最大の要因は、なんだと思う？」

カミムラは大野に持論を語って聞かせた。まるでセミナーの講師が舞台上を闊歩《かっぽ》しながら自分の体験談を語るような口調だった。犯罪の当事者は、自分の動機に呑み込まれてしまうこと。それを克服するために、あくまでビジネスとして関わる自分のような存在が必要であること。

「机上の空論だ」大野は吐き捨てた。「大体、動機がなければ犯罪を犯すメリットがない。なんのために、お前は多くのリスクを買って出てやるんだ？」

カミムラは唇を人差し指でひと撫でした。

「うーん、いわば慈善事業だね」

「へへっ、慈善事業たぁ、よく言ったもんでやんすね。兄貴」

「うるさいよ。君には与えていた仕事があっただろう。そっちに取り掛かれ」

「へいへい」

カミムラがサンをあしらう。大野はその間にも、ずっと計算を巡らせていた。

(今は、これを続ける。俺の武器は今、言葉しかない。こいつを揺さぶって、情報を吐かせる)

「……ご立派なチャリティ活動もあったもんだ。だが、それは理屈が通らないぞ。お前は結局金を受け取っている。お前の動機は金だ。お前はそこから自由になっていない。矛盾している」

「金はあくまでも重しだよ。もちろん僕はビジネスパートナーのことを信頼しているつもりだ。でも、悲しいかな、手ひどい裏切りを受けたこともあってね。正直に言って懲りているんだ。だから金を重しにする。裏切って自分の利得に走った時に、僕が取り立てる分を明瞭にしておくのさ」

「パートナーの首根っこに手をかけているわけか」大野が笑った。「おっかないね」

カミムラは微笑んだ。自分は全く気を悪くしていない、と示すような笑み。聞き分けの悪い生徒を受け止める教師のような笑みだった。

「それに、金にはもう一つの効果もある」

カミムラは両手を広げた。

「――自分がこれから手を染めることの重みを、分かってもらうのさ」

大野はぞくりとした。

「盗み、詐欺、人攫い、殺し……素人ほど、自分のしようとしていることの本当の意味を分かっていない。だから、金額という形で突き付けてあげるんだよ。それほどの金を払ってもなお、成し遂げたいことなのかどうか。それを金という形で突き付ける。それで依頼をやめるというなら、それはそれでよしだ。だってそれは、結局その人は越えられないってことだからね……善悪の境界線を」

「お前の中には、そもそもそんな線があるとも思えないがな」

「はは、手厳しいね」

カミムラの自信のほどが気味悪かった。

「それにしても、あんた、身代金奪取のアイデアは依頼人からもらったのか？　犯罪請負人も形無しだな。一番重要な部分のアイデアが、他人任せっていうんじゃ」

「言葉足らずだったかな。僕がもらったのは、情報一つだけだよ。ただ、それが値千金のものなんだ」

「へえ、どんな情報なんだ？」

「それはまだ言えないなあ。ともかく、その情報に僕が命を吹き込むことで、美しい犯罪へと姿を変えるってわけさ」

カミムラは芝居がかった口調で続ける。

「僕はね、依頼人に約束したんだ。ランプの魔人にあやかって――君の『三つの願い』を叶えてあげよう、とね」

三つの願い？　と繰り返そうとして、言葉を呑み込む。この男はオウム返しを嫌う。この男の興味を引き続けるには、嫌われるわけにはいかない。

（どうして自分を攫った男の好感度を気にしなければいけない？）

大野は頭が痛くなった。

カミムラは続けた。

「一つ目。いかに拉致し、追跡をかわすか。

二つ目。家族との連絡をいかに取り、証拠を残さないか。三つ目。身代金をいかに奪い、その場面をどう演出するか」

確かに、誘拐犯罪の難しいポイントを列挙しているようだ。

「今、一つ目の願いは成就せり」

カミムラが言う。大野は嘲笑《あざわら》うように口を歪めた。

「そりゃどうだか。まだ、半分だ。追跡をかわせるかどうかは、これからの話だろ」

「理屈だね。だけど、手抜かりはないよ。仕掛けは施した」

「それに、二つ目はどうだ？　合成音声を使った電話が、お前の言うアイデアってやつなのか？　お粗末なもんだな」

「違う違う。この二回の電話は、警察の介入の前に、不意をついただけのものだよ。本番はこれから。君の母親の性格なら、今頃、警察に連絡を入れる頃合いだろう。その警察の目をかいくぐって……もう一度、連絡を取る手段のことさ」

「ベタに宅配便でも使うか？」

「ダメダメ。宅配便に依頼する時に、伝票とか箱とか、大量の証拠が残るだろう。指紋に気を付けたとしても、紙には多くの微細証拠が残る。たとえ申し込みを電子で済ませても、集荷の時にはその人に顔を見られるし、住所は別のところにするにしても、結局見られるリスクがある」

「へーへーそうですか。俺にはどうも、犯罪者の才能はねえみてえだな」

大野はわざとらしくため息をつく。

「ところでお前、さっきの言い方だと、依頼人とは会ったことがあるようだな」

「うん。直接会って依頼を受けることにしている。間に誰か入ってもらう方法もやったけど、あれはやはり性に合わなかったんだ。結局、最後は人と人、だよ。年寄り臭い説教だけど、これは真実を言い当てている。そう思わない？」

「それなら、お前は自分の言葉通り、そいつが誰か知らないとしても、そいつの顔を見たことはあるわけだ。俺を捕まえて、俺の家から金を吐き出させようとした奴の顔を」

「言わずもがな」

大野は頭を巡らせた。

（この男を雇っていれば、主犯は何もせずに見ているだけでいい。だが、俺の見立てでは……）

やはり、敵の正体は見えている。大野はその確信を深めた。

策はある。予定外のアクシデントも起こったが、まだ切り札は死んでいない。

カミムラは笑った。

「分かる……分かるよ。君の考えていることは、手に取るようにね。僕から依頼人の情報を聞き出そうっていうんだ」

大野は黙っていた。

「だけど、それが出来たからってなんだっていうのさ？　君は今、こうしてここに攫われて、誰かに連絡を取ることも出来ないときた。何か企《たくら》んでいるのかな？」

「さあ……どうだろうな」

「あくまでとぼけるか」

カミムラは笑う。

「まあ見当はつくけどね……あの女性だろう？　山口美々香」

大野はわずかに反応した。

「耳が良いって噂だね」

「調べたのか？」

「まあ、君を調べていたら必然的にね。華々しい活躍ぶりじゃないか。警察内でもまだ『知る人ぞ知る』という感じだが、君たちの事務所の評判はなかなかのものだ」

「……そりゃ、どうも」

「だが、それだけではね。彼女に何が出来る？　君が彼女に与えられたものと言えば、十五年前、なんてチャチなヒントだけだ」

「どうかな？　お前は、あいつを舐めすぎている」

「ふうん。そうか。そいつは楽しみだね。でもそれなら」

カミムラはポケットから拳銃を覗かせた。

「――始末しておいた方が、得策かもね」

「貴様……！」

カミムラがニヤリと笑った。

「残念だけど、必要とあらば、人を殺すことは厭《いと》わない。これは『必要な暴力』だ。そうは思わないかい？」

7

「世田谷署管内にて、所在不明事案発生」

警視庁通信指令センターから捜査第一課特殊犯捜査第一係の田辺警部補に電話が入ったのは、午後七時十分のことだった。誘拐や立てこもり事件などを専門に扱う部署である。

「所在不明者の母親から通報あり。不明者の実家に被疑者から二回架電あり。不明者の生命と引き換えに、身代金三千万円を要求。不明者の姓名は大野紀。東京都新宿区に一人暮らし。被疑者は大野紀の実家を今後の連絡先にしており、住所は……」

「誘拐ぃ？」

田辺文彦《ふみひこ》警部補は事件の概要を聞くなり、素《す》っ頓狂《とんきょう》な声を上げた。四十過ぎで強面《こわもて》の、いかにも現場の叩き上げといった風情の男である。

「田辺さん、何がそんなに気になるんすか」

相棒である川島が口をもごもご動かしながら言った。短髪で上背があり、童顔ぽい顔には愛嬌がある。二十四歳の若手だ。キャリア組だが研修で来ている。口を動かしているのはチューインガムを噛んでいるからで、「ものを噛むと頭が活性化されるんですよ」と川島はよく言う。

「今時誘拐なんかやるのが、だよ。どう考えてもリスクに見合わねえ。逆探知技術にNシステム、防犯カメラ、おまけに最近では色んな車両にドライブレコーダーまでついている。どこもかしこも監視の目だらけだ。そんな状況で誘拐なんかやっても、すぐに足がつくだろ」

「なるほど。それだったら、振り込め詐欺でもやった方が金になるってことですか」

「川島、お前、二課が聞いたら卒倒するぞ……」

川島の発言は警察官のそれとしてはあまりに不謹慎だったが、田辺もクスッと笑ってしまう。川島がボソッとこぼす、自分には思いつかない類《たぐい》のコメントが、田辺には妙にツボだった。

「それに身代金の受け渡しのタイミングには、犯人は必ず被害者側と接触せざるを得ない。

逆に言えば、警察からすればこの瞬間が犯人を捕らえる絶好の機会になる」

「それなら、もう始まる前から、勝負はついたも同然ですね。これがドラマなら、二時間も持たないってやつです」

「だからといって油断はするな」

そう言うと、川島は生真面目に、顔を引き締めた。

いずれにせよ、誘拐事案は現在進行形の事件であるため、警察もまた、自らの威信をかけて捜査にあたる。当然、田辺と川島に向けられる眼差《まなざ》しも、厳しいものになるだろう。

緊急の捜査会議が招集され、それぞれの配置につく。

田辺警部補は所轄署の女性警察官、冬川利香《ふゆかわりか》と、科捜研《かそうけん》の佐久間宗親《さくまむねちか》の三名で、大野家に常駐することになった。科捜研の佐久間には、いわゆる捜査権や逮捕権はないが、その場で証拠物件の解析を行ってもらいたいと、田辺たっての希望で同行させることにした。

他の警察官がNシステムや監視カメラの確認、身代金受け渡し時の緊急配備のための待機にあたる。川島もその一人だ。

川島は不満げだった。

「ええっ、俺、納得いかないですよ。なんで田辺さんと一緒にいられないんですか。俺だって最前線に行きたい――」

「馬鹿。最前線と言うなら、真犯人の尻尾を追いかけることの方がよっぽど大事な仕事だ。

グダグダ言わずに与えられた仕事をこなせ」

田辺は気合を入れ直した。

彼は、これから一時的とはいえ自分の手を離れる自分の部下に必要な情報を与えておくために、事件について分かっていることを整理しておくことにした。自分の頭の中をスッキリさせておく意図もある。まだ、川島の相棒になる所轄署の刑事が着くまで時間があるので、無駄な時間とは言えない。

「最初の脅迫電話が六時十五分。二度目が六時四十五分、そして通報が七時十分か。大方、警察に相談するかどうか決めかねていたってことだな」

川島は顎を撫でた。

「二度目の電話のタイミングは、逆探知を嫌ってのことですかね」

「しかし、なぜ二度も電話をかけたんだろうな」

「ええ、確かに気になりますよね」

分かっているのかいないのか、川島は大げさな身振りでうんうんと頷いた。

部屋に刑事が一人、飛び込んできた。

「通報があった。今日の午後六時、錦糸町の路上で男が一人、黒のワンボックスカーで連れ去られた。詳しい話はこれから聞くが、外見の特徴は所在不明者と完全に一致している」

「通報者は？」

「大野紀だ」田辺は頷いた。「その道路に面した喫茶店で打ち合わせをしていた編集者と小説家だ。今から人を回して、錦糸町の周辺でも聞き込みを開始する。付近一帯に検問の要請も出した」

抜かりはない。拉致発生から一時間程度なら、検問の緊急配備で網の中に捕らえられるかもしれない。犯人の使った車が黒のワンボックスと分かっているのも大きい。

「これから現場周辺の防犯カメラを洗う。川島、お前はこっちだ」

「へーい」

川島は刑事らしからぬ口調で言って、部屋を後にした。

田辺は苦笑する。

カメラの映像から車のナンバーが分かれば、Nシステムで追跡が可能だ。これでもう、犯人に逃げ場はない。

技術が発達しているだけに、今は誘拐のリスクは高すぎる。変な言い方だが、田辺は犯人に対して軽い憐《あわ》れみさえ覚えた。

――自分一人だけ頭が良い気でいるんだろうが、そうはさせない。

田辺は内心で呟き、一人頷いた。この事件の解決は早いだろう。

「田辺さん――」

自分のデスクの傍に、血色の悪い男が一人立っていた。

科捜研の研究員、佐久間宗親。

「機材は用意しました。早く行きましょう」

「ああ」

佐久間は科学解析のエキスパート、とりわけ、音の専門家だった。

今回の事件の犯人は、合成音声を使って脅迫電話をかけてきている。その電話から、何かの手掛かりを摑める可能性が高かった。今後の犯人からの連絡が電話だった場合も、逆探知の用意が必要になる。佐久間の存在は必要不可欠だった。

「すまないな、急にご登板願って」

「いえ。ついさっき解析を終えて暇を持て余していたところです。今回の犯人は、二度も電話をかけているんでしょう。どんなに気をつけていても、環境音は入るものです。踏切や自動車、換気扇、放送――どのみち、大した難易度ではないでしょう」

「お前……ことは誘拐なのに、随分落ち着いているじゃないか」

「どうも」

褒めていない。マイペースだと皮肉を言ったつもりなのだが。

佐久間は解決の難易度以外に、事件の尺度を知らないのだ。根本的に興味がないのだろう。変に緊張しているよりもいいかもしれないが、被害者の家族の前では気を付けてほしいものだ。

「ところで、大野紀というのは、私立探偵の?」

「そうだ。知ってるのか?」

「いえ。ただ、その事務所にいる、『耳の良い助手』について聞いたことがあります。同期が事件で関わった、ということで」

田辺のところには、その話は漏れ聞こえてこなかった。川島や冬川も聞いたことがないという。大野探偵事務所は、何度も事件解決に協力しているようだが、やはり「知る人ぞ知る」といったところなのだろう。

それにしても、この佐久間が他人に興味を持つとは、意外だった。

「それがどうかしたのか?」

「耳が良い、というのは一体、どのような意味で『良い』のでしょうか? 絶対音感ということか、どんな小さな音でも聞き逃さないという意味か、あるいは地獄耳ということかもしれない。いや、それとも……」

佐久間がぶつぶつと呟く。田辺は彼の顔を見上げた。佐久間の目は、どこか興奮に輝いているように見える。

「熱心でご苦労なことだ。その一パーセントでいいから、ちゃんと事件に興味を持ってくれ」

「どうも」

「褒めていない」

その時、また通信指令センターからの入電があった。他の刑事が取り、応答する。

「変死……場所は……」

刑事がメモを取りながら電話を聞いている。このクソ忙しい時に、死体まで挙がってくるとは。面倒な殺人事件でなければいいが。しかし、今田辺と佐久間は、大野家への潜入を優先しなければならない。

部屋を出ようとした田辺が立ち止まった。

「おい——今、どこでホトケが出たと言った?」

「は?」

問われた刑事は困惑げである。

「住所だ。復唱しろ」

刑事が答える。

「おやおや、これは困りましたね」

背後で佐久間がスマートフォンを操作していた。彼が画面を田辺の方に向ける。

地図アプリの画面だ。先ほど告げられた住所が、地図上に赤く表示されている。

「この場所……田辺さんが気になっているのはこれでしょう」

「ああ。やはりそうだ」

「ちょっとお二人とも、どういうことなんですか」

刑事が言った。

「死体が見つかったのは、大野家の斜向かいだ」

刑事が絶句する。

田辺は顎を撫でた。

今発覚した変死事件は、誘拐と何か繋がりがあるのだろうか？

「ちょっと伝言を頼まれてくれ。川島を現場に急行させろ。相棒の刑事もだ。まだ仕事に取り掛かる前だろう。な？」

8

「ほんと、横暴なんだから」

川島はブツブツと不平を垂れながら、通報があった変死事件の現場に向け、車を走らせていた。

確かに頼りになる先輩ではあるが、人使いの荒さといったら尋常ではない。拉致現場と目されている錦糸町周辺の防犯カメラ映像の収集に出かけようとしたところ、急遽こちらに回された。

「そうカッカしないでよ、川島クン。こっちの方がよっぽど面白そうじゃない。徹夜で防犯カメラ映像のチェックするよりさ」

　助手席に座る板尾《いたお》がケラケラと笑う。一時的に田辺とのコンビを解消し、今回バディを務めるのがこの板尾だ。三十後半の男で、階級は巡査部長だが、川島は板尾のなれなれしい態度が前から苦手だった。いつからアイロンをあてていないのか、と疑問に思うほどよれたワイシャツも、タバコの臭《にお》いが染みついた上着も。

「ま、俺としては、川島クンのバディを拝命したおかげで、こうやって殺人事件の捜査が出来るわけだしさ。ありがたいと思ってるよー。やっぱり、田辺御大の寵愛《ちょうあい》を受けているだけあるねえ」

「寵愛って……あんなに厳しいのに？」

「愛のムチってやつじゃないの？　インテリの川島クンにあそこまで現場踏ませるのも珍しいよね」

　インテリ。その言葉を聞くたび、川島は深いため息をつきそうになる。

　川島は国家公務員総合職のキャリア組として警視庁に出向し、その後、人間関係のトラブルで早くも出世街道から外れた人間だ。もやしっ子だとか、頭だけのインテリだとか、現場組からは舐められがちだ。板尾の態度は、その代表例のようなものである。

　田辺は川島のそうした経歴は全く気にしていないようだ。一人の人間、同僚として、相棒として、川島に敬意を持っていると感じる。無愛想ではあるが、裏を返せば、人に無用な干渉をしないということでもある。

一度、田辺が同僚の刑事に、「インテリの子守りは大変だな」とあてこすりを言われているのを見かけてしまったことがある。川島がトイレに立ったタイミングだったので、両者とも、川島が聞いているとは知らないはずだ。

田辺は、無感動な目で言った。

——良い仕事さえすりゃ、後はどうでもいいさ。

同僚の刑事が鼻白んだような顔をして去って行ったのを覚えている。

物思いにふけっている間に、現場に到着したようだ。

「着いたよ、川島クン。さっさと行って、持ち前の頭脳でチャチャッと解決しちゃってよ」

「はいはい、チャチャッとね」

川島も皮肉めいたやり取りを軽く流すのに慣れきっていた。

先に現場に到着していた鑑識課員や所轄署の刑事が忙しなく行き来していた。現場となったのは、空き家となっている一軒家の庭である。

「お疲れ様です」

現場にいた刑事・山脇《やまわき》に声をかけられる。

「お疲れ様です。マルガイは？」

「こちらです」

　山脇に案内され、庭に向かう。

　庭は荒れ放題で、雑草が生い茂り、蔦《つた》のようなものが塀を這《は》っていた。空き家となって随分経っているのだろう。庭の一角には、レンガで囲われた一隅があり、元の家主が花を育てるか、家庭菜園でもしていたのだろう。

　被害者はその庭の中央に倒れていた。仰向《あおむ》けに、大の字の姿勢である。

　左胸にはナイフが突き刺さっていた。

　山脇が言った。

「心臓をナイフで一突きです。鮮やかなもんですよ。ナイフが栓の役割を果たしていて、血は少ないですが」

「凶器はもちろん、このナイフか」

「ええ。詳しい結果は解剖に回してからですが」

　山脇が近寄って来て、ビニール袋に入った財布を掲げる。

「上着のポケットにこれが入っていました。現金はほとんどなし。持ち歩かない主義らしいですね」

「身元は？」

「財布の中の免許証から、新島国俊、三十八歳と判明。名刺から職業はフリーライターと判明しています」

「なるほどね。何かの取材中だった、ってわけだ。この空き家の元住人でも調べていたか、あるいは……」

「いえ、斜向《はす》かいの家を張っていたんじゃないですか?」

川島が言うと、板尾と山脇がこちらに注目する。居心地が悪かった。

川島は咳払いをして言う。

「見てください。庭を出てすぐの、塀の陰。タバコの吸い殻が四、五本あるでしょう」

川島の指さしたあたりには、特徴的な吸い殻が落ちていた。半分以上吸い残されていて、真ん中のあたりで、二つに曲げられているのだ。吸った人間の癖なのだろう。あたりには吸い殻以外は何もなかった。

板尾はタバコの吸い殻に視線を落とす。そこから目を上げて、ははあ、と息を漏らした。

「どうやら、坊ちゃんの言うことが正しいらしいぜ。ここからよく見えるぞ。例の誘拐事案が起きてる家……」

「板尾さん!」

川島がぴしゃりと遮った。どこに誰の耳があるか分からない屋外で、不用意に誘拐の単語は口に出来ない。

板尾は口を歪めて笑う。

「へいへい、その通りだな。俺が軽率だったよ」

川島は息を吐く。

新島という記者が、この空き家の庭から、大野家を見張っていた……その家では誘拐事件が起こり、新島は殺された。二つの事件に関連性はないのだろうか？

新島は何らかの理由で大野家を見張っていた。その時、誘拐を実行中の犯人と出くわしたのかもしれない。顔を見られたと思った誘拐犯は、新島を殺害した……。

川島はぶるっと震えた。

――田辺さん……。

先輩の身を案じる。あるいは、誘拐されたという大野家の長男のことを。相手は、人を殺すことも厭わない。いつ何時、彼らの身に危険が降りかかるか分からないのだ。

川島は今すぐにでも、それを知らせに行きたかった。

川島が自分の推理を語って聞かせると、山脇が眉根を寄せた。

「いや……その推理はちょっとどうでしょうか」

「お、なんだなんだ。こいつにケチをつけるってのか。やめといた方がいいぜ。なんせこいつは有名大――」

「間違っているっていうのは、どういうことだろう」

板尾の当てこすりを遮るように川島は言った。

山脇は顔を曇らせた。

「いえ、決して批難したいわけではないのですが……もしその推理通りだとすれば、マルガイの手持ち品に、ライターやタバコがあっていいはずなんです」

「そういうものは一切なかった？」

「はい……」

山脇はどこか、申し訳なさそうに言う。

「犯人が持ち去って、処分したとか？」と板尾が言う。

「ライターとタバコだけ、ですか？　考えづらいですね」

「じゃあ、あの吸い殻は犯人が吸っていたもの、とか」

「犯人が？」

川島は反論しようとしかけ、いや、あり得るか、と思い直す。吸い殻を処分せず、そのまま残しておくとは間抜けな犯人だが、慌てていたのかもしれない。

「吸い殻を鑑定にかけてみれば分かるだろう。唾液からＤＮＡが取れるはずだ」

「依頼しておきます」

山脇は言い、証拠品となる吸い殻を回収した。

「しかしこいつ、一体何を嗅ぎ回っていたんだろうな？」

「やはり、大野家に関する何かでしょうか」

「おい、こいつの所持品の中に、何か残ってなかったのか。写真とか、メモ帳とか」

板尾に高圧的に問われ、山脇は萎縮した。

「はっ、はい。リュックの中にはペットボトルの水と軽食が入っていた程度で、中は荒らされた形跡がありました。おそらく、殺害した後、犯人が中身を持ち去ったものと思われます。リュックの中にも、マルガイの衣類のポケットにも、スマートフォンがありませんでした。カメラやICレコーダーなど、職業柄持っていそうなものも見当たりません」

「やはり、動機は何かのスクープってわけか」

「具体的なことが分からないんじゃ、手の打ちようがありませんよ」

「ですが、一つだけ、これが……」

山脇がおずおずとビニールの証拠袋を持ってくる。写真が一枚、入っていた。写真にはいくつも折り目が残っていて、一度くしゃくしゃにされたように見える。

「リュックサックの内ポケットの底に、潰れるような形で残っていました。おそらく、新島が写真をしまったことを忘れて、上から別のものをポケットに入れたから、ポケットの中で押されて潰れたんでしょう。そのせいで、犯人がリュックを漁《あさ》った時にも、見落とされたんじゃないかと……」

「なんだよ、あるんじゃねえか。びっくりさせないでくれよなー。そういうのがあるなら、早く出せばいいのに」

板尾が妙な猫撫で声を出して写真を受け取る。山脇はぶるっと身を震わせた。

板尾は写真に目を落とす。

途端に、真剣な顔つきになった。

「大野探偵事務所……」

板尾の肩越しに写真を覗き込んだ。

写真はヨレヨレになっているが、写っているものは明瞭に見える。

「大野探偵事務所」という看板を掲げた雑居ビルと、その建物に入ろうとしている一組の男女。

「大野……ってことは、例のゆ……あの騒ぎの？」

誘拐、と言いかけて引っ込めたようだ。学習能力があるのは素晴らしいことだ。

「そうだと思います。そうすると、男の方は所長の大野紀でしょうか。そっちの事件の被害者です」

「じゃあ、女の方は？」

「さあ……助手か何かでしょうか」

川島はまだ、その女性の名前を知らなかった。

「だが、この写真が出てきたとすると、やはり新島の標的は大野紀……？　もしくは大野家ってことか」

「……いや」

天邪鬼《あまのじやく》の気質が頭をもたげてきたこともあって、あえて川島は反発するようなことを言ってみる。

「もしかして、この女性の方では……？」

「あ……？」

板尾は不思議そうな目で、女性の顔を見る。

「この人は、大野家の人間なのか？」

「いえ、それは分かりませんが……少なくとも、事務所に出入りしているんだから、同僚と考えた方が良さそうです」

「じゃあ、そっちが本線とは考えにくいだろ。それとも何か？　新島って男が、その女性を嗅ぎまわっていたって証拠でもあんのか？」

「ないですけど……」

川島の口調も自然と、拗《す》ねた子供のようなものになる。

「インテリ君の勘も、今回ばかりは大ハズレだな」

カッと頭が熱くなるが、なんとか呑み込む。

しかし。

もしこの新島という男が、やはり大野家を探っていて、その時に行き合った誘拐犯に殺されたとするなら。

(田辺さん……そっちでは、一体、何が起きているんですか)

川島はもどかしい思いで、大野家の方を見やった。

9

大野家は、誘拐犯に見張られている。

どんな時でも、その可能性を念頭に置いて、行動する必要がある。

田辺たちは、人知れず大野家に侵入するルートを探った。宅配便の業者を装って中に入る方法も考えたが、それだって不自然に時間がかかれば怪しまれる。それよりも確実なルートがあると、通報者の大野美佳は言った。

大野宅は成城《せいじょう》の閑静な住宅街の中にひっそりと聳《そび》えていた。裏口から入り、塀に沿って歩けば目立たないというので、そのルートで家に入る。このルートについては、佐久間の手によってインターネットの航空写真や、グーグルのストリートビューでも入念に検討され、安全性を確認してからことに臨んだ。

田辺は自分が空き巣でもしているような気分になった。

冗談を飛ばしたい気分だったが、佐久間に言えば、「いえ、我々は泥棒ではありませんよ」と冷たい声で返答されるのは分かっていた。もう一人の同伴者である冬川利香に至っては、いきなり前線に放り込まれる恐怖もあってか、緊張しきってガチガチである。あまり妙な冗談を飛ばして、変なミスをされても困る。

緊張の時間が過ぎ、無事に機材も運び込むことに成功した。

出迎えたのは楽と名乗る紀の叔父と、妹の早紀だった。

家には他に母親の美佳、弟の智章、家政婦の吉澤、早紀のフィアンセの熊谷、大野紀の同僚の山口美々香と、大勢詰めかけていた。

理由はリビングのテーブルの上を見てすぐに分かった。皿の上に載ったケーキとチョコレートプレート、赤い色が絶妙に食欲をそそるローストビーフ、開けられたままのシャンパン。パーティーの片づけをする暇もないまま、事件に巻き込まれてしまったのだろう。田辺は鼻白んだ。新型コロナウイルスが落ち着いたのは結構なことだが、田辺はまだ、これほど大胆にはなれない。

田辺たちは黙ったままで、警察手帳を見せ、自己紹介する。美佳たちには、口元に手をやって、黙っているように伝える。

冬川が、あらかじめ書いておいたスケッチブックを広げて、家族に告げる。

『念のため、盗聴器等がないか、先に確認します』

その文言を見た家族に、静かな動揺が走る。山口という女性も、下唇を噛む仕草を見せた。

冬川がページをめくる。

『家族の皆さんは、一度、我々がいないものと思って、会話を続けてください』

言葉にすれば簡単な指示でも、実際にやるとなるとそうはいかない。初めに口を開いたのは、楽だった。誘拐事件への不安を口にしつつ、話題を振って、必死に会話を続けようとしている。美佳はその間、ほとんど黙り込んで、たまに話に入る程度だったが、あれが普通ということだろう。

その隙に、佐久間が素早く、盗聴器の捜索を始める。専用の機械で微弱な電波の反応がないかを調べた。

結果は十五分ほどで明らかになった。

佐久間はノートに書いて知らせる。

『リビングに一つ。壁際のどこかにあるようです。廊下を挟んだところにある応接間なら、防音性・距離共に心配ないと判断』

田辺はペンを取った。

『固定電話はそこに引いてこられるか』

『可能です』

ならば迷う必要はなかった。田辺はノートに用件を書いて、応接間を明け渡してもらえるよう、美佳に交渉する。美佳は即座に了承してくれた。

田辺は応接間に入るなり、佐久間に聞いた。

「盗聴器の場所の特定は？」

「リビングにあるところまでは分かったのですが、特定しきれませんでした。コンセントや電子機器の中ではなさそうです。家族の監視の目がなければ、もっと徹底的にやれますが」

「構わん。今は十分だ」

しかし、だとするとまずいことになる。犯人側には、リビングで、警察を呼んだ時の家族の会話が筒抜けになっているということだ。

田辺たちに通報した時、美佳は、「犯人は一度も、警察を呼ぶなとは言わなかった」と屁理屈をこねたが、たったそれだけの理由で、警察の介入を犯人が許していると、楽観は出来なかった。

応接間に、美佳、一度目の電話を受けた早紀、二度目の電話で会話をした楽と美々香を呼び、田辺は聴取と事実関係の確認を行った。二度の通話とも、電話の相手はトークロイドと呼ばれる合成音声のようなものを使用していた。

「認知症だった父のために、自動通話録音機を付けておいたので、音声は残っています。もう、父は亡くなったんですけど、外すのが何か億劫《おっくう》で……」

美佳が言った。

「何が幸いするか分かりませんな」田辺はため息を漏らした。「必ず、犯人を捕まえるための手掛かりになるでしょう」

「刑事さん、必ず、紗を取り戻してください。金銭的協力は惜しみません」

金銭的協力。高慢な言い方で、いやでも美佳という女性の性格が伝わってくる。田辺は表情を変えないように努めた。

「痛み入ります。犯人逮捕と、息子さんの保護のため尽力いたします」

田辺は小さく首を振り、頭に浮かぶ違和感を振り払った。

「固定電話には私たちが持ってきた逆探知のための機械を取り付けます。作業させていただきますが、よろしいですかな」

「ええ、構いません」

美佳が答える。簡潔で、有無を言わせぬ口調だ。他の家族が口を挟む時間もない。田辺には、この家族の力関係がおぼろげに見えてきた気がした。

田辺はテキパキと指示を飛ばす。

「佐久間、これの解析を頼む」

「分かりました」

「発話内容の書き起こしを頼めるか。後で俺も聞くが、文字でも確認しておきたい」

「私、やります」

冬川が勢い込んで言う。何か役に立ちたい一心なのだろう。

「いえ」佐久間が首を振る。「一からやるには、あまりに非効率です」

「え……でも……」

「下処理は、書き起こし用のソフトにしてもらいましょう。冬川さんは、出力された書き起こし原稿と音声とを比べて、読み取りが上手く行っていない箇所を直すようにしてください」

佐久間は薄く笑った。

「ソフトは完全ではありませんから。そうでしょう？」

「……分かりました！」

冬川は頷く。佐久間の顔をまっすぐ見据えていた。迷いがなくなったように見える。

佐久間のソフトと冬川による合作である「自動通話録音機の書き起こし」は、以下の通りである。上手く聞き取れなかった部分は、電話に出た、早紀、楽、美々香の証言も参考にしながら穴を埋めていった。

一回目の電話　午後六時十五分

早紀「はい、大野です」
??「お前のところの息子を預かった」
早紀「はい？　あの、どちら様ですか」
??「大野紀を誘拐した。こう言った方が分かりやすいか？」
早紀「……えっと、あなた一体」
??「名前か？　カミムラだ。また三十分後に連絡する。せいぜい家族会議でもしてろ。早紀お嬢ちゃんにもよろしくな」

二回目の電話　午後六時四十五分

楽「——はい」
??「家族会議は終わったか？」
楽「おい、貴様一体……」
??「指示は一度しか言わない。紙とペンを用意しろ。いいな？　身代金は三千万円。全て新札の一万円札で用意しろ。金はアタッシェケース一つに詰めること。札の番号を控えたり、発信機でも付けるようならその時点で交渉は決裂だ。身代金の受け渡しは明日行う。詳細は追って指示する」
楽「こちらは君の言っていることをどう信じればいいんだ？　電話口に紗君を出せ」

　やや間が空いてから。

紗「……もしもし」
楽「紗君か？」
紗「叔父さん、ですか？」
楽「無事なのか？　一体どうしてこんな……」
紗「すみません、叔父さんまでこんなことに巻き込んで」
楽「いや、それはいい……」
紗「しかし早紀の誕生会が台無しでしょう。どうでしたか、フィアンセの方は。好青年でしたか」
楽「ああ、もちろんだ。今はお前の職場の方も来ていて……」
紗「職場？　ちょっと待ってください、叔父さん。今そこに、美々香が来ているんですか？」

楽「え？　何？」

紀「美々香と話させてください。今すぐに！」

楽「なんだって？」

　ここで、楽が山口美々香に呼びかけるまで間がある。

楽「……山口さん」

山口「わ、私ですか？」

楽「ああ。紀君が君に代わってほしいと言っている」

山口「え、ええ……」

紀「美々香か？」

山口「……はい」

紀「美々香、大丈夫か」

山口「はい、ええ……」

紀「……大丈夫か、声に元気がないぞ」

山口「……所長、私……」

紀「……分かった。美々香、テディベアは持ってきてくれたか？」
山口「(無言)」
紀「持ってきたなら、中のテープは大切にしてくれ。その中のものが、俺たち二人の宝物なんだからな」
楽「山口さん、大丈夫ですか？」
山口「あの、すみません、私動揺していて、楽さんが話を聞いた方が――」

ここの楽と山口の対話は、もちろんこちら側の音声として記録されている。紀・??組のものとは音質の差がある。

紀「叔父さんゴメン。もう少しだけ美々香と話をさせてくれ。一方的に話すだけでも気持ちが軽くなるんだ……なあ美々香、こいつ、このカミムラってやつ、ひどいんだぜ。俺の服皺くちゃにして、そのままにすんの。参るよな、ほんと」
楽「すまん、聞いてやるだけ、聞いてやってくれないか」
山口「……そう、なんですね」
楽「あんまり心配するな。大丈夫だ。これが終わったら、望田と三人でドライブにでも行こう。二回くらいは行こう。カメラ持って、いつもと違う人と一緒に行くのもいいな――

いいか、最後に一つだけ言っておくぞ。よく聞け。十五年前だ」

楽「十五年前……」

山口「十五年前……ですか？」

紀「十五年前、我が家の周辺で起きた事件を調べろ。そこに必ず犯人の手掛かりが――」

ここで大野紀の声が不自然に途切れる。

紀「うぐっ」

直後、硬いコンクリートの床にものが落ちるような音。

楽「糾君！」

？？「悪いが、サービスはここまでだ。じゃあな、明日を楽しみにしているぜ」

以上が、電話の通話記録である。

書き起こした文章を手渡して、一人一人に内容の確認を取る。この非常時にのんきなことを、と家族には思われるかもしれないが、犯人に繋がる重要で、唯一の情報だ。楽に

「お役所って、こういう時でも紙、紙、紙なんですね。時代はペーパーレスですよ」と当てこすりを言われたりもしたが。

最後の証人である美々香は紙を手に取って、食い入るように内容を見ていた。

田辺は薄く笑った。私立探偵の血とやらが騒いで、何か手掛かりでも摑もうとしているのかもしれない。

——もしこれで、彼女の方が先に何か見つけたとしたら、我々は形無しだな。

それにしても、「カミムラ」か。田辺の頭の中には、思い当たるような名前はない。大方偽名だろうが、こうした犯罪を犯す輩にしては、飾り気のない名前に思えた。大体、なぜ名乗ったのだろう。この犯罪に、自分の名前を刻み付けでもしたいのだろうか。

一回目の電話を、早紀が取っているにもかかわらず、「早紀お嬢ちゃんにもよろしくな」と伝えているあたりは、やはり犯人が合成音声をあらかじめ用意しているという推測を裏付けている。

田辺は美佳を見た。

「失礼ですが、身代金のあてはありますか？」

美佳が鼻を鳴らした。気を悪くしたかもしれない。

「今、楽と早紀に各銀行に問い合わせてもらっています。懇意にしているところですから、ある程度の融通は利かせてくれるでしょう」

自分たちが言えば必ずそうなると、微塵《みじん》も疑っていない口調だった。

「ですが、当日出金するとなると、銀行の方でも渋るところがあるでしょう」

「必ず用立てます。借りてもいいのです」

美佳はあくまで強気だった。

「ご家族さえ良ければ、何も全額差し出すことはありません。札束に見せかけた紙束を使って、束の一番上と下だけ本物のお札にしておけば、見分けは……」

「やめてください！　そんなこと！」

早紀が叫び出した。

「早紀、落ち着きなさい」

「で、でも……そんなことがバレたら、兄さんが危険に……」

「そうですよ、刑事さん」楽が言った。「金は必ず用立てます。ですから、いたずらに犯人を刺激するようなことは……札の番号を控えたり、発信機を仕掛けるのも、指示通り、やめていただきたい」

佐久間が何か言いかけるのを、田辺は手で制した。

美佳が口を開いた。

「……刑事さん。勘違いしないでほしいのですが、私は別に、身代金を取られるのが苦しいわけではないのです。警察の皆さんをお呼び立てしたのは……犯人を追跡し、報いを受けさせるためです。大野家にこんな無礼を働いた人間を……」

「……分かりました。失礼な発言をしてしまったこと、お詫び申し上げます」

田辺は重苦しく頭を下げる。

これで分かった。

美佳。楽。早紀。山口美々香。この場にはいない、智章、熊谷太一、吉澤を含めて、この家には七人の人間がいる。

この七人のうち、今、この場で主要な発言力を持つ人間は三人。美佳、楽、早紀だ。

このうち、楽と早紀は、人命救助を第一に考えている。これが当然の家族の反応だ。

だが、美佳は違う。

彼女は、犯人の逮捕を第一に考えている。息子の命は二の次だ。

発言力を持つ三人の意見が、「警察を呼ぶかどうか」という問いではたまたま一致した。だから田辺たちが呼ばれた。しかし、この意見の違いは、どこかで齟齬《そご》をきたすだろう。

だが——なぜだろう？　なぜ、美佳は犯人逮捕を最優先とするのか。

彼女は「家」、というキーワードを発した。家を重んじる、古い気質の女性。彼女の親世代の影響だろうか。ここにいない夫の泰造も、その気質に影響したのか。だが、家を大事にするというなら、まず、その家の構成員を守るのではないか。彼女の中で、大野紘はどういう存在なのか。

田辺には、まだ見えていない事実があるに違いない。それに繋がる言葉は……。

田辺は書き起こしの通話記録に目を落とす。

十五年前……。

「あの」

美々香が言った。

田辺たちが一斉に、美々香を振り返る。

「調べてほしいことがあります」

田辺は唾を呑み込んだ。

だが、それより大きな反応を示した人間がいる。

佐久間だ。彼は逆探知用の装置を設置する手を止め、美々香の顔をじっと見つめた。

田辺は首を振り、少し顔をそむけた。

「……山口さん。あなたは私立探偵で、こうしたことに通じているかもしれません。ですが、今はこちらの指示に従っ……」

田辺としては、一応苦言を呈すつもりであった。

「お手間は取らせません」

美々香は唐突に田辺の言葉を遮った。

「一つ目は、大野紀さんが拉致された時、目撃証言がないかどうか調べてほしい、ということです。監視カメラの映像や、ドライブレコーダーの映像など、何か記録が残っていればなお良いです」

　どのみち現場にいる刑事が調べるであろうことだ。田辺に異存はないが、どうしてそんなことを言いだしたのかは気になった。

「……その中に、音声が残っている記録があれば、ベストです」

　佐久間の眼がきらりと光った。

　田辺は聞く。

「山口さん、それはなぜですか？」

「自慢ではありませんが、私、耳の良さには自信があります。もしかしたら、何か手掛かりを摑めるかもしれません」

「ほう」

　佐久間が声を漏らした。今にも何か聞きたそうに立ち上がろうとしていたが、田辺は咳払いでそれを制する。

「音声記録が見つかった場合、その記録をここまで持ってこい、ということですか？」

「……そうなります」

「さあ、そこまでとなると、どうでしょうね」

　田辺は曖昧に答えをはぐらかしながら、山口の利用価値を測っていた。

「さっき、『二つ目は』とおっしゃいましたね。他の頼み事も、参考までに聞くだけ聞きましょうか」

「あと一つだけです。十五年前の事件……紅さんが言った、その事件について調べてください。大野家周辺で起きた、という」

「山口さん、あなた……」

美佳が冷たい声で言う。

美々香は彼女の方を一顧《いっこ》だにせず、言った。

「私の勘では、十五年前――同じような誘拐事件が発生しているのではないかと思います」

美佳が口を閉じる。目をわずかに伏せた。田辺でなければ見落としていたであろう、微細な動き。

ビンゴ。

田辺は即座にそう確信した。

田辺はこの機に、家族の面々を見渡す。

一様に驚きの表情――その中で、何か気まずい話題が持ち上がったように、目を伏せているのは二人。美佳と楽だ。

間違いない。この二人は知っているのだ。

大野紀が言い残した「十五年前」に、何が起きたのか。

10

傍を通り過ぎた乗客の話し声で、目が覚めた。

望田は腫れぼったい目を擦《こす》った。

(……あれ、今、どこだ)

電光掲示板に「次は静岡」の文字。望田はゆっくりと身を起こし、背伸びをした。

東京駅から新幹線に乗り込み、自由席の座席を確保した瞬間、寝落ちしてしまったようだ。静岡に着く前に腹ごしらえしようと思って買ったサンドイッチは、手付かずのままテーブルに載っていた。

(やれやれ……席に座った瞬間、眠りこけてしまったな)

望田は徹夜の張り込み明けだった。無理もなかった。

なんでもいいから胃に入れないと動けなそうだ。彼はサンドイッチを無理矢理口に押し込み、お茶で飲み下した。車内アナウンスが、まもなく静岡駅に到着すると告げる。

(さあ、やることをやらないとな)

美々香からSMSにメッセージが入っていた。望田に伝えていいと許可を取ったから、と、母親の電話番号が書いてある。

時刻はまもなく午後八時半。

夕方に、往診のドクターが入って、今回の急変はどうやら重症の感染症だったようで、抗生物質を投与して様子を見ているところだという。入院にはならずにすみそう、ということだが、昼間の夫の急変時のことが恐ろしかったと、美々香の母は衝撃冷めやらぬ様子だという。

思いつめていないといいな、と望田は思った。

あまり大げさな手土産を持っていくと、かえって失礼になる。礼儀を重んじるよりも、今は、実を取るべきだろう。ミネラルウォーターと手を汚さずに食べられるスティック羊《よう》羹《かん》等、軽食類を仕入れて、駅のロータリーからタクシーに乗り込む。

車の中のわずか十分間も、望田は微睡《まどろ》んでいた。

その間、望田はこれまでのことを思い出していた。


「お父さんの様子が、変なの」

一か月前、事務所でランチを取っていた時、美々香は望田にそう打ち明けた。

「へえ。変って、どんな風にですか」

美々香は両手で握り込むようにして持っていたスープのカップを机に置き、はあ、とため息をついた。

「最近……ここ二年くらいかな。なんだか人が変わっちゃったみたいで、すごく無口で怒りっぽいの」

望田は美々香に父親の年齢を聞いた。六十四歳。今の超高齢化社会を思えば、まだまだ若いと言えるだろう。母親は六十歳というから、セカンドライフを始めて、悠々自適の生活を送るには、いい頃合いだ、と、望田は内心で分析する。

前職の経験がなせるわざか、頭の中に世帯関係が整理されていく。これも一種の職業病だな、と望田は内心で苦笑する。

「お父さん、お仕事は何をなさってたんですか」

「定年までは中学校の教師だったの。教科は国語」

「美々香さんの知っている、以前のお父さんは、どんな人だったんですか」

「優しくてしっかりしていて、しかも面倒見が良かったから、生徒からよく慕われていたの。手間のかかる子ほど手塩にかけていて、お父さんのおかげで夢が見つかりましたとか、今はこんな仕事が出来てますって、嬉しそうに報告に来た教え子たちの話を、いくつも知ってる」

「素敵な先生じゃないですか。憧れるな」

「うん。お父さん、一人一人のことを、ちゃんと覚えていてね。アルバムをめくりながら、嬉しそうに目を細めて、喋ってくれたのを覚えている。そうしていると、一度も会ったことのないお父さんの教え子が、なんだか何年も昔から知っている友達のように思えて、子供の頃の私はその時間が大好きだった」

「それだけ、お父さんの話しぶりが上手かったんでしょう。本当に心から生徒さんのことを大切に思っていたんですね」

「ええ」美々香は笑った。「ちょっと望田君、また喋り方がカウンセラーっぽくなってる。私相手にはもっと砕けた喋り方でいいのに」

「ああ、申し訳ありません。どうも、これは性分のようで」

望田は後頭部を掻いた。

「まあ、いいんだけどどね。望田君に話してると、なんだか少し気が楽になる気がするし」

美々香はふーっと長い息を吐いた。

「それが、今ではちょっとしたことでカッカしちゃうんだもの。お母さんのこともやたらと怒鳴りつけるし、私が後ろから肩を叩いたら急に驚いて『なんだ!』なんて大きな声出すし。性格も気難しくなったみたいで、趣味の句会にも参加しなくなっちゃったの」

重い病の急性期には、人が変わったように聖人君子が荒れた言動を見せることがある。カウンセラーとして、望田にはもはや見慣れた光景だったが、家族にとっては衝撃的だろう。

「句会ですか。良いご趣味ですね」

「そう。六十歳になった時くらいかな。ある時から突然、俳句作りに凝っちゃって、月に一回、地域の句会に参加して作品を披露するようになったの。家の近所の生涯学習センターだったかな。おじいちゃんやおばあちゃんが多いからか、えらく気に入られてね。しかも地元の学校の先生だし。句会に行くと、お酒好きのおじいちゃんに連れられて、お父さん、へべれけになるまで飲んで帰ってきちゃって」

「六十歳なら、周りよりは若くて気に入られるでしょうね。引っ張りだこだったでしょう」

「確かに」

美々香がくすっと笑った。

「でも、その句会もめっきり行かなくなっちゃった。理由を聞いてもはっきりしなくてね。聞いても教えてくれないの。お母さんも、何か聞いているのかいないのか、はぐらかすし……」

「何か理由があったのでしょうか。新しい人で、よほどひどい人が、入ったとか。誰かと喧嘩《けんか》したのかもしれません」

「うーん、そこまでは。第一、それで私やお母さんにまで当たってるなら、八つ当たりだよ」

美々香は不満げに言い、スープをぐっと飲みほした。

「まあ、お父さんの気難しさの被害を一番受けているのはお母さんだし、私がここで悩んでても意味ないんだけどさ」

「意味がない、ってことはないでしょう。お母さんにも打ち明ける相手が必要です」

美々香はにこっと笑った。

「そうだね。ふうっ、なんだか話したら少し楽になった。ありがとね、聞いてくれて」

「いえ」

そのまま二人は、自分の仕事に戻って行った。

望田は一通り聞いたが、その時は深く心配はしていなかった。美々香はくよくよ思い悩むようなタイプではない。負けん気の強さは所長も認めているところだ。壁を感じたら、むしろパワーで越えて行けるような人だと思っている。

だけど、今は……。


「お客さん、お客さん、着きましたよ」

タクシーの運転手の大声で目覚めた。

「あっ……！」望田は跳ね起きる。「ごめんなさい！」

「良かったー、目覚めて。ほら、数年前のアレで、こんなもん付いちゃったから、体揺さぶって起こすわけにもいかないしね」

運転手が、運転席と助手席、後部座席の間にあるアクリル板を手の甲で叩く。

「あれ以来、色んなことが変わっちまいましたね。いや、ご迷惑おかけしました」

「とんでもない。兄さん、お疲れだね」

「どうも」

代金を払って、タクシーを降りた。この通りから道一本入ったところに、美々香の実家がある。

スマートフォンが胸ポケットで振動した。

美々香からのメッセージだ。

『望田君。忙しい中ありがとう』

『お願いばかりで悪いんだけど、余裕のある時に、調べてみてほしいことがあって。十五年前に大野家かその周辺で大きな事件が起きていないか調べてほしい。私の勘では、誘拐事件が起きているはず』

そんな無茶な。

所長の人使いの荒さが伝染したな、と望田は苦笑する。

大野の実家があるのは、成城だったはずだ。成城、スペース、事件。ヒットさせる気さえないような気の抜けた文言を、ふと打ち込んでみるが、やはりそうそうヒットしない。

明日、時間を見つけて図書館で古い新聞でも調べてみるか。

その時、わずか三十分前に投稿された記事が目に留まった。


『男性の刺殺体、見つかる』


望田の手が止まった。

(うっ……!)

望田は手近な公園のベンチに腰掛けて、記事を詳細に読み始めた。

大野家のある地区だ。その地区にある空き家から、男性の死体が発見された。刺し傷があり、警察は殺人事件とみて捜査を……。

だが、望田の眼はその被害者の名に釘付けになっていた。

(新島国俊〈38〉、フリーライター……)

顔写真はもちろんないが、間違いない。あの新島だ。

望田は次にツイッターを立ち上げて、「成城　事件」「成城　警官」などで検索をかける。

おそらく、周辺の学校に通う学生や、成城の住民のものだろう。かなりの数の投稿が引つかってきた。


『部活帰り、駅に警官たくさんいた。何あれ？』

『○丁目で人が殺されてるってマジ？　この辺も物騒になってきたな』

『ほんとに例の空き家にブルーシート張られてるわ。制服警官も出入りしてるし、ものものしいな……』


写真付きの投稿を見つけ、画像を拡大してみる。

カバンからタブレット端末を取り出し、ストリートビューを開く。写真の情報と角度から、問題となっている空き家を特定する。

「うっ……」

一度だけ、酔いつぶれた大野を家まで連れて帰ったことがある。望田は下戸なので、酒は飲めない。その時、酔った大野が、自分の一人暮らしのアパートではなく、間違えて実家の住所を伝えてきた。望田は言われた通りの住所に車を走らせたが、実家を見るなり所長の酔いは醒《さ》め、すぐに引き返してほしいと言った。

あの時、望田は一度だけ、大野の実家を見ている。立派な門構えや、広い庭、大きな家……暗い中だったが、やけに印象に残った。

事件のあった空き家の斜向かいに、その大野家があった。

大野が誘拐されたその日に、斜向かいの空き家で死体が発見された。しかも、被害者である新島という男は、事件の前に大野に接触していたのだ。

これが偶然であるはずがない。

――許さないからな！　彼女を危険に晒すことだけは……！

大野所長が新島に言った言葉が脳裏に蘇る。

（「彼女」……美々香さん……）

彼女はまだ、この事態に気付いていないはずだ。

（彼女のことを嗅ぎ回っていた記者が殺されたんだ。美々香さんの身も危ない）

伝えなければ。

望田はスマートフォンを握りしめたまま、ベンチにもたれかかった。

11

『――十五年前の事件について調べろ』

田辺がＳＭＳで寄越したメッセージは、そんな素っ気ない命令だった。

午後九時過ぎ。新島国俊殺しの現場から戻ってきた川島は、田辺の命令を受けて、事件について調べていた。ファイルと証拠品の山を調べ、頭の中で整理する――。

「やってるな」

板尾が証拠保管室の扉のあたりに立っていた。

川島はため息をつく。

「そんなところで油を売ってるなら、手伝ってくれませんか？」

「やらねえよ。俺は耳学習派でな。こういう過去の事件だなんだってのは、頭の良い人間に調書を読ませて、そいつに話をさせるって決めてるんだ」

「子供みたいだ」

「あん？」

「だってそうでしょう。まるで絵本を自分で読まずに、読み聞かせてくれと親にせがんでいる子供です」

板尾が、ヘッと笑い声を立てた。

「なんとでも言えよ。ほら、聞かせてくれよ、パパさん」

ああ言えばこう言う。本当にこの男のことが気に入らなかった。

川島はため息をつく。まあ、いい。話しているうちに整理できることもある。

「事件の概要は知っていますか？」

「十五年前、それなりに話題になったからな。少しは聞いたことがあるが、細かいところまでは。まあ、俺が入庁する前の事件だからな。お前も調書を読む前は、似たようなもんか？」

「ええ。そういう事件があったことくらいは知っていましたが、強いて調べようとは思いませんでした。それなら、最初から話した方が良さそうですね」

川島は一拍置いて続けた。

「十五年前、誘拐するターゲットを取り違える、という形で、『間違い誘拐』の事案が発生しました。犯人は二人組で、西田漱《にしだそう》、二十九歳と東裕一《あずまゆういち》、三十二歳。彼らは大野紀、早紀の兄妹を誘拐しようとして、誤って、野田島加奈子、秀人の姉弟を誘拐してしまいます」

事件の結果は、板尾も、もう聞いていた。

誘拐の進行中、野田島加奈子が病死。

動揺した西田と東は、監禁場所の山小屋から逃げる際、車ごと崖下に転落して死亡。同乗していたはずの野田島秀人の死体は未だに見つかっていない。

そして、事件後、野田島の妻、野田島華が自殺する。

「当時、野田島加奈子、秀人はそれぞれ十三歳と十歳。一方、大野紀と早紀は十三歳と十歳だった。性別ごとの年長・年少の順番は逆になっていますが、年齢差が同じことから、間違えて誘拐されたものとみられています」

板尾は何か言いたそうだったが、「……まあいい、続けてくれ」と言った。

「で——これから話すのは、警察の目から見た、この事件の経過です」

川島は咳払いをした。別に、板尾相手に緊張する必要もないのだが。

「十五年前の八月二日。午後八時に警察に入電。これが、大野美佳から警察への電話でした」

「なぜ大野美佳から？　攫われたのは野田島の家の人間だったんだろう」

「そうです。実際に西田と東が野田島家の子供を拉致したのは、同日の午後四時頃のこととみられています。二人で駅前のビルに買い物に出かけた帰り、行方知れずになったようです。

午後四時四十五分、大野家に、西田・東のコンビから入電。電話を取ったのは美佳です。『お前のところの娘と息子を預かった』という内容だったようですが、紀も早紀も智章も在宅しており、美佳は変ないたずらだろうとかなり強気に突っぱねて、電話を切ったそうです。

午後五時に野田島家に、西田・東から入電。電話を取ったのは野田島華。彼女は野田島加奈子、秀人の二人の子供を誘拐されたと聞いてパニックに陥ったと言います。身代金の要求は三千万円。……奇しくも、今回発生している営利誘拐の要求金額と同額です」

「妙なつながりを感じてしまうな。しかし、午後五時から、午後八時の通報までの、たっぷり三時間——空白の時間があるな」

「その通りです。警察の後の捜査では、この『空白の三時間』が議論の焦点になります。それもそのはず、午後八時の通報を受け、大野家に警察が駆け付けると——大野巌は、三千万円の支払いを、自ら引き受けると言い出したのです」

板尾の眉が上がった。

「巌……？　巌っていうのは、半年前に亡くなったっていう、美佳の父親のことか？　随分めちゃくちゃなこと言うじゃないか。確か、あれだろ？　巌は認知症を患って……」

「認知症は三年前からです。十五年前は意思も記憶もはっきりしていますよ。板尾さんが言いたいのが、そういうことならね」

板尾はばつが悪そうに目をそらした。

「当時の巌の言い分はこうでした。

『この度のことは、私の大切な孫たちを狙った犯行の側杖《そばづえ》を喰って、野田島さんの家に多大な迷惑をかけた形である。我が家も決して無関係ではない。隣人のよしみもあり、資金を援助しようと考えている』

この時、大野家側の人間では、巌、泰造、美佳、楽の四人がおり、子供たちは祖母と共に、親戚の家に預けていたようです。聞かせたくなかったのでしょう」

「泰造や美佳は、反論するそぶりはなかったのか？」

「調書には何も書かれていません。当時、事件関係者にどんな心の動きがあったかまでは、この記録からは追えませんでした」

「野田島側の反応は？」

「野田島勲は巌の手に縋《すが》りつき、涙さえ浮かべて礼を言った、とあります。野田島華もそんな夫の傍で、ありがたそうに深々とお辞儀をしていたと。捜査官の聞いた話では、野田島家は借金も抱え、日頃から資金繰りにあえいでいて、自分の家から三千万円捻出するのは不可能だったそうです」

「巌の申し出は、野田島にとってもありがたい申し出だったたというわけか」

「ただ、この『空白の三時間』の間に、大野家、野田島家の間で、なんらかの意思のやり取りがあったことは明白です。大野巌の言い分は一見もっともらしく、美談めいて聞こえますが、明らかに不自然です」

板尾はその点に関しても、まだ意見を述べなかった。

「続けます。翌日の八月三日、午前九時。宅配便で犯人からの指示書と、金を仕舞うためのアタッシェケースが届きます。アタッシェケース一つに三千万円を詰めて、身代金の受け渡し役には、野田島華が選ばれました。犯人は宅配便の中に無線機を同封しており、華に指示を与え、都内を電車で移動させました。最終的に、午後三時、新橋《しんばし》のＳＬ広場に連れてこられた華は、三十分ほど待ちぼうけを喰らった挙句、無線で犯人からこう告げられます」

——ドラッグストア前の角刈りの男は刑事。警察が介入したと判断し、取引は即刻中止する。

「大チョンボじゃないか」

「ええ。十五年前の野田島加奈子・秀人誘拐事件は、このために、警察史上最大級の汚点となっていました」

「いました、というのは、不思議な言い方だな」

「その後に、警察の捜査によって解決したからですね。今は、SL広場以降の事件の概要を追いましょう。

交渉決裂を宣言され、野田島華はパニックに陥ります。同日午後四時、華は帰宅し、なんとか勲がなだめますが、動揺のほどは大きく、問題の角刈りの刑事を詰《なじ》る場面もあったと言います。

時を少し巻き戻して、十二時半頃、栃木県山中の崖下に車が転落、爆発して炎上しているのが通報により発見されます。崖の途中のガードレールが破断しており、交通事故を起こして転落したものとみられました。車中から二名の遺体を発見。燃焼が激しく、身元の確認も困難なほどでしたが、ガードレールの付近に落ちていた携帯電話に、大野家との通話履歴があったことから繋がりが浮上。携帯電話についていた指紋と、宅配便の伝票の裏面に残っていた指紋が一致したことから、二人は誘拐事件の主犯格と断定されました。携帯電話には、大野家の番号の他、謎の携帯番号の記録が残っていました。

　二人の遺体が発見されたことから、警察は、周辺にアジトがあるとみて捜索を開始。三日後、付近の山小屋の中で、野田島加奈子とみられる少女の遺体が発見されました。夏場であり、腐敗が進行していましたが、持病の発作による病死と断定されました」

　板尾は首を振った。

「……痛ましいな」

　川島は目を瞬《しばたた》いた。少し意外だった。

「西田と東はどう捜査線上に上がった？　その分だと、遺体が上がった時には、身元が分かっていなかったんだろう？」

「それが……ここからが、ややこしい話になるのですが」

　川島は頭を掻《か》いた。

「八月六日に野田島加奈子が死んだと聞いた後、野田島華は一種の錯乱状態となり、翌七日の朝……首を吊って亡くなっているのが、自宅から発見されました」

「……残酷だ」

「話はそれで終わらないんです。華の遺品から、飛ばしの携帯電話が見つかり……その携帯電話の番号が、西田・東の持っていた電話に残っていた、謎の番号と一致、おまけに遺書も携帯のメモに残っていたんです。『このたびの誘拐事件は私が計画したことです。そのために二人の子供を失ってしまい、悔やんでも悔やみきれません。勲さん、先立つことをお許しください』という記述から始まり、以降、犯罪計画の具体的な内容について書き記されていたのです。西田と東の名前や交流関係についても、その遺書に書かれていたのです」

板尾は目を見開いた。

「つまり、華と西田たちは繋がっていた?」

「そうなります」

「関係性は?」

「不明です。交友関係はあたれなかったようです。大学時代の悪友か何かではないかと思われていますが、匿名掲示板等で募った仲間ではないか、とも」

「ということは……これは野田島華が仕組んだ、偽装誘拐なのか?」

「ええ。連れ去りと拉致監禁は実際に起きているので、偽装や狂言とは言い難いのですが、実質はそれに近いものです。間違い誘拐、という見せかけ自体がブラフで、華は大野家に三千万円を支出させ、横取りすることが目的だった……当時、警察はこのように事件の構図を読んだようです」

「だからこそ、身代金の受け渡し役も買って出たのか。しかし、それならなぜ、取引を続けて、三千万を奪わなかった？」

「西田と東は既に事故で亡くなっていて、来られなかったからです。栃木から東京まで高速を使って約二時間ですから、午後三時を目指して、彼らも東京に辿り着く予定だったはずです。

しかし、西田・東の携帯電話から、華の飛ばしの携帯電話に、午前十一時から何度も不在着信が入っていました。加奈子の死を伝える電話だと思いますが、華はこれを取れなかった。西田と東は、もう取引どころではなくなっているのに、伝える手段がなかったんです」

「その時、華は警察の監視下に置かれて、おまけに無線で指示を受けながら東京中を巡っていた……電話を取れるはずもないか」

ハッと板尾が息を吸う。

「待てよ、その時点で西田と東が死んでいた、ってことは」

「その通り。西田と東の死が知らされた時点で、警察内の一部では、『華は誰からの無線を受けていたのか』と疑問視する声があったようです。そして、答えは板尾さんも今考えた通りだった」

「華は、無線を受けているフリをして、最初から計画通りのコースを巡っていた」

「そうです。取引中止を告げる『角刈りの男は刑事』という無線があったという言葉も、華の嘘だと思われます」

「なるほど……だが、西田と東が新橋に現れたとして、身代金はどう奪う？　警察の監視下にあるんだぞ」

「いえ、西田と東は新宿駅に来る予定でした」

「新宿？」

「そもそも、刑事の尾行を指摘すること自体、華の計画通りだったんです。新橋でのやり取りは中断する手筈《てはず》だったんですから。本当の身代金受け渡しは、それより前に行われている——はずだった」

「それより前？　どういうことだ？」

「これも華の遺書から明らかになっていることですが、身代金奪取のための工作は、華は新橋駅に向かう前に立ち寄った、新宿駅で既に行われていたんです。車椅子利用者のための男女兼用のトイレに入った時のことでした」

板尾が言った。

「まさか、その中でアタッシェケースの中身のすり替えを？」

川島は頷く。

「華は、アタッシェケースの中身の三千万円をビニール袋に詰め、トイレのタンクの中に隠したのです。そして、空のアタッシェケースを持って新橋に向かった。華は警察の前では『無線からの指示通りにした』と証言しています。空のアタッシェケースを持ったまま、新橋で三十分そのまま待ち続けろ、と犯人に指示されていた、と。加奈子と秀人の命を救うために、犯人からの指示は全てその通りにこなさなければいけなかった、と話していたそうです。犯人は警察からの尾行を警戒していて、手の込んだ手口を使った……華はそういうストーリーを作ったようですね」

「その三千万円はどうなった？」

「華から事情聴取後、八月三日のうちに、問題のタンクの中が検《あらた》められ、見つかっています。西田と東は取引時点で亡くなっていますから、回収出来なかったのです」

「午後四時に自宅に戻ってきた時、問題の角刈りの刑事を詰ったのはなんだったんだ？嘘をもっともらしく見せるための演技か？」

「それも犯人からの指示だった、と話していたようです。華としては、西田と東が身代金を回収後、彼らが逃げ切る時間を確保するための間、しばらく警察を足止めしておきたい。そういう目的もあって、取り乱した母親を演じることにしたのでしょう」

板尾はかぶりを振る。

「華が前に出過ぎているな。あまりにも疑わしすぎる」

「華は大学の頃、演劇部に所属していたようですから、やりおおせる自信があったのでしょう。それに、今私たちは真相を知っているからそう思うだけで、警察の尾行がバレて取引が失敗、誘拐された子供も死んでいるとあっては、スキャンダルへの対応で手一杯だったんでしょう。想像するだけで胃が痛くなりますよ」

板尾は苦笑して、言った。

「三千万円がトイレから見つかった時点で、華は自分の犯罪計画が瓦解したことに気付いたんだろうな。八月六日に加奈子の死が判明、秀人は行方知れず。こうして、華はショックを受けて自殺……筋は通る」

板尾は顎を撫でて考え込んでいるようだった。

これで、事件の概要や事実に関しては話し終えたことになる。

「反論──」

「はい？」

「疑問点が多い。お前さえ良ければ、少し付き合ってくれよ。俺が反論と言って疑問点を挙げる。お前はそれに再反論する形で情報を追加してくれ。調書を読んだお前からすれば、既に知っている疑問も発するかもしれないが……」

「なるほど。いいですよ」

「よし、じゃあいくぞ」

板尾は指を立てた。

「反論。野田島秀人の遺体は見つかっていない。彼が生きている可能性は？」

「再反論。転落した車は四人乗りの乗用車で、運転席と助手席に西田と東とみられる男が座っていました。また、後部座席のウィンドウが全開になっており、後部座席の扉の内側などに、抵抗して蹴った時に残ったのか、二十一センチの靴跡があったことから、後部座席に同乗者が一人いたものと思われます。おそらく、この同乗者が野田島秀人です。

西田と東は、加奈子の死を受けて動揺し、秀人を連れて現場を離れることにしたのでしょうが、その時、秀人を後部座席に座らせて一緒に逃げた。事故の原因も、ウィンドウが開いているのは、秀人が抵抗して、助けを呼ぼうとしたのでしょう。事故の原因も、そのあたりにあるのかもしれません。ちなみに、転落現場のガードレール付近に携帯電話が残っていたのは、これが理由でした。

つまり、開いていたウィンドウから、秀人の体は投げ出されたものとみられています」

「シートベルトはしていなかったのか？　いや……そこまでは分からないか」

「いえ。分かります。運転席の西田と助手席の東は、シートベルトをしており、後部座席のシートベルトは外れていました」

「なぜ分かる？」

「シートベルトをした状態で火災が起こると、ベルトの部分は燃えてしまいますが、金具はロック部分に差し込まれた状態になるので、燃えずに残ります。西田と東は、まさにこの状態でした」

「なるほど。後部座席では、金具は挿さっていなかったんだな」

「その通りです。後部座席に金具が落ちていました。後部座席には代わりに、ロープの燃えカスがあったので、西田と東はそれで秀人を拘束していたと思われます」

「山の中で外に投げ出されたのだとしたら……確かに、助かる可能性は低いな」

「警察でも当時、以上の所見を元に、山中の捜索を大規模に行ったようですが、遺体は見つからなかったと。今も山中のどこかにあるのかもしれません」

「ちなみに、図面を見ると、転落現場の近くには川がある。ここに墜落したなら、下流に流されて助かる道もあったんじゃないか？」

川島は資料をめくる。

「周辺の川の水位や深さも調べてありますね。誰かが気になって確かめたようです。川の深さは十分ですが、水面に叩きつけられる時の衝撃はかなり大きいでしょうし……ごく小さな可能性としてはあり得ますが、どうでしょうね」

「下流域の方で、少年の遺体が上がった様子もない？」

「ないようです」

「これ以上の追及は無理そうだな」

重苦しい雰囲気になった。

「じゃあ次だ。

反論。野田島華が西田・東の両名を引き込んで偽装誘拐を仕掛けた。これはいいとして、なぜ、華は『間違い誘拐』に見せかければ、大野家から金をふんだくれると踏んだ？　あまりにも無理筋で、巌が言いださなければ成功率が低そうだ」

「再反論。野田島家は、実は大野家にゆかりがあるのです」

「どういうことだ？」

「大野巌が興した商社に、以前野田島勲は勤めていたようです。華も同じ会社の社員だったとか。大野泰造という男は、商社の跡取りとして巌が娘婿にもらってきた人間ですが、彼が就職した頃にちょうど重なるようです。泰造と勲、華の三人は、同年代の同僚として元々かかわりがあった。巌自身、勲に目をかけていた、という話もあります。隣の家に住んでいるのも、そうした事情があったと言います」

「反論。社長から目をかけられていたとはいえ、隣の家にまで住むものだろうか？　いくら元の関係性があったとはいえ、三千万円を出させることを期待できるほどだったのか？」

川島は首を振った。

「……反論の材料がありません。確かに、言われてみれば不自然な気がします」

「もう一歩、ここには何かあるんじゃないか、という気がする」

次、と板尾は言った。

「反論。本当に野田島加奈子の持病の発作は悲しい事故だったのか？　例えば、西田と東が裏切って、薬を飲ませないなど、故意に発作を起こした可能性は？」

「再反論。この点は、華の携帯電話に打ち込まれた遺書で確認が取れています。華は西田・東と計画を練る際、持病を抑える薬を西田・東に持たせるのを忘れたようです。これさえ忘れなければ、加奈子は死ぬことはなかったと、華は悔やんでいました。これが自殺の原因にもなっているようです。

監禁場所となっていた山小屋で、床に倒れた状態で加奈子は発見されましたが、遺体の下には毛布が敷かれていました。近くには加奈子と秀人が縛られていたと思われる椅子がありました。ロープは解かれ、加奈子の着衣に目立った乱れはなかった。念のために言い添えれば、暴行の痕跡や体液等もありません。

つまり、西田と東は、病状が急変した加奈子を見て本当に心配し、加奈子の拘束を解き、毛布の上に横たえた、と考えられます。この一事を見ても、病死がアクシデントだったという傍証になると思います」

川島は、無論、調書で読んだ情報を繋ぎ合わせただけなのだが、これなら文句のない立論だろうと思った。

しかし、板尾は指を立てた。

「再々反論。もし華が自分の犯行であることを隠そうと思っているなら、薬はむしろ、持たせるわけにはいかなかったのでは？」

「……どういうことですか？」

「だってそうだろう。あらかじめ薬なんて持たせて、それを飲まされたなんて証言が加奈子から取れたら……華が関与しているのが明らかじゃないか」

「あ」

川島はどうしてこんな単純なことに気付かなかったのか、と額を押さえた。

川島は当時の資料をめくる。

「……議論された様子はありますけど、結論は出ていませんね」

「この事件、おかしい点が多すぎるな。田辺さんたちが、何か掴んでくれているといいが……」

川島は押し黙った。

問題は、今こうして得た情報を——どうやって田辺に伝えようか、ということだった。

12

「さて、佐久間……お前は、さっき目にした大野一家の様子をどう思った？」

田辺、佐久間、冬川の警察官三名のために、大野家の人間は応接間を与えてくれた。固定電話はこの応接間のテーブルの上に置かれ、逆探知用の機材が取り付けられている。佐久間の解析用の機械もぞくぞくと応接間に集められていた。

冬川は家族の気分をなだめるために、リビングに残ってくれている。田辺と佐久間は機材の調整を口実に、この応接間に二人きりで入ったのだ。

「警察を呼ぶかどうかについても、かなりの言い争いがあったようですね。また、人命優先と考える楽と早紀、犯人逮捕を優先する美佳の立場も対立しているようでした。そして、山口美々香というあの女性が、十五年前に、似たような誘拐事件が起きていると言った時……やはり、リビング全体に緊張が走った。十五年前というのがキーワードのようですね。ある種地雷原といってもいい。ただ、こちらには情報が何もない」

佐久間が冷めた声で言った。

「川島たちからの連絡を待つしかないか……」

あいつは今、どこで何をしているだろう……田辺は少し、思いを馳《は》せた。

その時、佐久間の顔の上を赤い光が走った。

田辺はぎょっとした。振り返って窓の外を見、また驚くことになった。

赤色灯がすぐそこに見えたのである。

「なんですか、あの光は」

佐久間が珍しく鋭い声で言った。

この家からは距離があるとはいえ、あんなところに停められては、犯人に要らぬ勘繰りをされるかもしれない。何せ、犯人は大野家が警察に通報していないか、気が気でないはずだからだ。

何も知らない馬鹿がこの近辺にいるのか――？　田辺は瞬間的に沸騰しそうになった。

「今すぐ本部に問い合わせる。一体どういうつもりだってな」

田辺のスマートフォンが震えた。

川島からSMSが来た。

『ご迷惑をおかけしています』

『近隣で殺人事件が発生した件で、伝達不足で赤色灯をつけたまま臨場した警官がいました』

『すぐにやめるように伝えています。申し訳ありません』

田辺は顔をしかめた。

田辺はすぐに川島に電話をかけた。無論、声は潜めるようにして、だが。

川島は2コールで電話に出た。

『田辺さん⁉　電話なんてかけて大丈夫なんですか？』

「お前の数倍有能な男が既に調べてくれているよ。この部屋なら聞かれる心配はない」

『それなら良かったです』

川島は当てこすりを気にする風も見せなかった。田辺はこういう、川島の案外図太いところを気に入っていた。

「メッセージで言ってた殺人事件っていうのは、例の？」

『はい。大野家の斜向かいの空き家の庭から、新島というフリーライターの死体が発見されました。刺殺で、凶器とみられるナイフが傍らから発見されています』

田辺は一度佐久間に見せられた、周囲の地図を頭に思い浮かべた。その空き家は、大野家の斜向かいであると同時に、隣人である野田島家の真向かいでもあるのではないか？

「新島はなぜそこで殺された？　何を調べていたか見当はついているのか？」

『塀の陰にタバコの吸い殻がありました。真ん中から二つに折り曲げて捨てられていて、癖のある吸い殻です。新島はこの付近で張り込みをしていて、それを誘拐犯に見咎められたのではないか、というのが大方の見方です。そして……調べていたとみられるのは、大野探偵事務所、それも、大野紀と、もう一人、助手とみられる女性です』

「女性？」

山口美々香のことではないか。

大野探偵事務所は三人きりの小さな事務所だと聞いている。その中で女性は山口美々香だけだ。

「しかし、その記者はなぜそんなことを？」

『分かりません。手帳や記録媒体の類を持ち去ったのか、新島のリュックには物色された痕跡がありました』

「手掛かりなしか……」

『十五年前の事件についても、今、調書をあらかた読み終わって、板尾さんと意見交換をしました。携帯からで良ければ、なんとかまとめて送ります』

「助かるよ。今の誘拐の方は、そっちで何か分かったことはあるか？」

『大野紀が拉致された錦糸町での聞き込みも成果が上がっています。黒のワンボックスカーの目撃情報も複数。特徴を聞き取り、追跡させています。それと、近隣の店で打ち合わせをしていた作家と編集者のＩＣレコーダーの記録も』

「でかした」

田辺は大きく頷く。

『既に、監視カメラの映像からナンバープレートを特定、Ｎシステムで追跡を始めています。犯人の車は黒のワンボックスカー、錦糸町から京葉《けいよう》道路、靖国《やすくに》通りを西に行き、新宿御苑《しんじゅくぎょえん》近くの立体駐車場に入っていくところまで辿れています。そこで車を乗り捨てたんでしょう。今、件の立体駐車場に警官を向かわせ、同時並行で黒のワンボックスカーが入った後の立体駐車場の車の出入りを調べているところです』

「そこまでくればあと一歩だろう」

しかし、監視カメラの映像だけでなく、音声記録まであるのか。犯人は随分と多くの手掛かりを残したものだ。知能犯かと思っていたが、案外抜けているのかもしれない。

音声や映像がこちらの手に入れば。田辺はそう歯嚙みした。佐久間の目と技術なら、また別の手掛かりを見つけられたかもしれない。

——……その中に、音声が残っている記録があれば、ベストです。

——私、耳の良さには自信があります。もしかしたら、何か手掛かりを摑めるかもしれません。

美々香の言葉が不意に蘇る。

(まさか、その言葉通り本当に見つかるとはな)

もしここに記録があれば、彼女の耳を試してみるのも面白かったかもしれない。田辺はそう思った。

『でも、田辺さん、それどころじゃないんです！』

川島は勢い込んで言う。

『本部では今、大野家に聞き込みに向かうかどうかが議論されています』

「何？」

田辺は言った。

「そんなの認められるわけないだろう！　大野家は今、『警察にコンタクトを取っていない』というふりをしているんだぞ！　警察にとっては、通常通りの聞き込みかもしれない……だが、犯人に誤解される危険性もある！」

『僕だって分かってますよ。ですが、こう考えることも出来ます。犯人があの殺人事件のことを知っているのだとすれば、大野家にだけ聞き込みに行かないことを、何かのシグナルと捉えられるかもしれません』

田辺は一気に冷静になった。

「田辺さん」

佐久間が後ろから呼びかけてくる。パソコンの画面を田辺に向けてきた。

「既にネットニュースになっています」

田辺は文字を素早く目で追った。

本部の推測通り、新島殺しが誘拐犯の仕業だったとする。もし犯人がニュースを目にしていれば、警察が死体を発見したのは明々白々たる事実だ。

その時、もし、警察の聞き込みが大野家だけをスキップして行われれば……。

考えすぎかもしれない。だが、本部の苦悩は理解できた。

(とんだデッドロックではないか)

田辺は唇を噛んだ。

『田辺さん。僕は今、「現場」の意見を聞きたいと思っています』

「責任重大だな」

田辺は軽口を叩いてみるが、少しも気分が晴れない。

どうする？　どちらの選択肢を取るにしても、とんでもないギャンブルになる。

「家族の意向を聞かずには出来ない」

『ですが、それでは捜査情報を外部に漏らすことに……』

「今そんなことを言っている場合か」

川島が焦った声音で言った。

『田辺さん——もう本部を押しとどめておくのは難しいです』

「今考えている」

どうする——どうする。考えろ。考えろ。

田辺は賭けの天秤《てんびん》の軽重を推し量った。それぞれにメリットとデメリットが——そして付きまとうデッドエンドがある。

数秒後、田辺は決断した。

その口元には、不敵な笑みさえ浮かんでいる。

「川島。決めたぞ。俺にいい考えがある」

13

　地図アプリで何度も美々香の実家の住所を確かめてから、望田はインターホンを鳴らした。市の中心部からやや外れた住宅地に、山口家はひっそりと建っていた。年季の入った木造の一軒家だ。家の前に車が一台、停まっていた。

「はい」と戸の向こうで答える声があった。張りのある声で、少しだけ望田は安心する。ガタガタ、と重い音を立てて、玄関の引き戸が開いた。

　品があり、穏やかな女性だった。目尻の皺の深さが優しさを表しているように見え、望田は好感を抱いた。ただ、目の下に隈《くま》が出来ているように見えるのが心配だった。

「初めまして。美々香から話は聞いております。山口小百合《さゆり》です」

　望田は軽く自己紹介をし、美々香が仕事の都合で来られなかったことを詫びた。

「いえ！　むしろ、あの子があなたにご迷惑をかけたんじゃないかと思うと、心苦しくって」

　小百合は首を振る。父親の危篤時に同僚を送って寄越したことに腹を立てたり、不審に感じている素振りはない。どのみち、誘拐事件について口にするわけにはいかないのだが、小百合の素直さに、望田は救われた気持ちになった。

廊下の奥から、白い服を着た女性が現れる。

「じゃ、小百合さん、バイタルも安定してきてるし、お父さん落ち着いたみたいだから私は帰るけど、何かあったらまたすぐ先生に連絡してね。先生の話だと、抗生物質が効いてきて、今は大丈夫そうだって言うけど」

話からすると、看護師のようだ。小百合は彼女にお礼を言って、看護師の方はといえば、望田を不審そうに見ている。小百合が友人だと説明すると、やや後ろ髪を引かれるような様子で車に乗った。

誘拐の件については、母親には知らせないでくれと美々香からメッセージが入っていた。これは望田も同意見で、無用な心配をかけることになるし、情報漏洩《ろうえい》の危険も高めることになる。知っていることを言い出せないでいるというのは、視界に入るゾウを努めて無視しながら喋るようなものだ。大変負荷がかかるが、自分が黙っていればいいだけのことだ、と望田は思っていた。

「お医者さんや看護師、それに私まで色んな人が入れ替わり立ち替わりで、大変ですよね」

「一人でいると色々考え込んじゃうから、ありがたいくらいですよ。本当は美々香にも帰ってきてほしいけれど……」

ふう、と彼女はため息をつく。

「でも、そんなに仕事が大事かしらね」

小百合はそう言いながらも、嫌味めいた感じはなかった。呆れながら容認しているというような、柔らかい口調である。

望田はなんとかフォローを入れるが、やはり目の前のゾウを無視しながら話しているような気分になった。

「ご主人の様子はある程度伺っていますが、私も少し様子を見せていただいていいですか」

小百合は頷き、廊下を奥へと歩いた。ご主人、という、自分が口にした言葉の響きが、なんとなく嫌な粘りを持って口にまとわりつく気がした。いかにも古臭い家父長めいた言い方だ。こういう場面で急に「配偶者」などと口にしては、相手がまごつくのも分かってはいるが。耳にも聞こえよく、古い体制の色をまとっていない言葉を、何か思いつければいいのだが。

廊下の奥、一階の和室に、小百合の夫、純一《じゅんいち》はいた。畳の上に敷いた布団に横たわり、浅い呼吸を繰り返している。痩《や》せこけた頬と体は弱々しかったが、太い眉や引き結ばれた唇に強い意志のようなものが宿っている気がした。顔色は蒼白で、病状の重さを窺わせた。

計器類は、心拍数を記録するモニター以外はついていない。

「あなた、美々香の同僚の方が来てくれましたよ」

小百合は純一の手を取り、優しい口調で語りかけた。純一は規則正しい呼吸を繰り返すばかりで、反応はない。

望田は純一に丁寧な挨拶をした。

こういう時、相手には聞こえていないのだからと、侮ってはいけない。意識があればこちらの声は聞こえているし、こうした呼びかけに応じることだってあり得るのだ。辛抱強く声をかけることが、最後の最後で意識を繋ぎとめることもある。

小百合は望田の思いを察してか、微笑んだ。

「ね、ほら、立派な方でしょう？　こんな人と働いているんだから、美々香も安心でしょ、お父さん」

小百合は純一の体をそっと撫でた。

純一は未だ、なんの反応も見せない。病状の経過からすると、今は眠っているだけなのだろうが。

望田は、小百合に乞われるまま、美々香の仕事の様子を語って聞かせた。仕事ぶりや、日常のこと。大野所長との活躍のこと。必要以上に美化して語ることはしなかった。そんな必要がないほど、望田は美々香と大野所長、二人の同僚のことが好きだった。

「あの子、昔は甘えん坊だったのに、今では見違えたみたい。ねえ、お父さん」

小百合は笑い、純一に呼びかける。

「美々香、おじいちゃんのこと、大好きだったでしょう？　田舎に行くたび、いつもくっついて遊びに行ってた。虫取りとか川釣りとか、変なことばっかり覚えてねえ。それが今では、探偵さんですって。面白いと思わない？　昔は虫を追いかけて、今は人を追いかけている」

望田はその言葉に笑いながら、ふと、幼年期の美々香の生活に興味を覚えた。虫取りに、川釣り。男の子に交じって遊んだり、祖父に教われば、そんな遊びも覚えるだろうか。だが、今の美々香には、そうした趣味があるようには感じられない。大人なのだから、当然と言えば当然だが。

なぜ、幼い日の美々香は、そうした遊びに夢中になっていたのだろう。望田は後で小百合に聞いてみようと思った。

小百合は望田を振り返ると、フッと微笑んだ。

「——少し、外に出ましょうか」

部屋を出る直前、彼女は何か名残惜しそうに、夫の顔を見つめていた。

彼女に連れられ、居間に向かう。

場所を変えたのは、病状のことなど、本人に聞かせてはまずい話をするためだろう。自分の状態を言葉にされることが、大きな負荷をかけることもあるのだ。

「今、お茶を淹《い》れますから」

「どうぞ、おかまいなく……」

望田はそう言いながら、居間にさっと視線を巡らせていた。

ヒノキのタンス、石油ストーブ、壁のカレンダーにはビニールのポケットがついていて、一包化された薬が日ごとに入れてあった。ボードには買うべき日用品や家族の連絡先などのメモが綺麗に整理されて並んでいる。部屋の隅にある仏壇には、目尻に皺の寄った老夫婦の写真が飾られていた。美々香の祖父母だろうか。

ふと、仏壇の横に、美々香から届いた年賀状が立てかけられているのに気づいた。五年前のものらしい。年賀状には美々香の手で両親へのメッセージが一筆添えられている。

――東京での仕事で忙しくしていますが、元気です。探偵事務所の立ち上げでバタバタだけど。この前送ってもらったみかん、美味しかったよ。

年末年始は仕事だけど、次のお盆にはきっと帰るね！

年賀状は薄いフィルムのような入れ物に入れられている。小百合も純一も、「次のお盆」を楽しみにしていたのだろう。これ以降は、美々香も年賀状を作る習慣がなくなったか、作る時間がなかったのだろう。

小百合はお茶を机に置くと、望田に聞いた。

「望田さんは……カウンセラーさん、なんでしたっけ」

もう当然、美々香から話は伝わっているようだ。望田は居ずまいを正した。

「何か私、問題があると思われているのかしら？」

小百合は冗談めかして言ったが、探りを入れられているのは明らかだった。

「とんでもありません」望田の口からは嘘がすらすらと出てくる。「お身内のご病気のことで苦しんでいるご家族が、心理的に動揺するのは仕方のないことです。私は以前、そうしたご家族の心を支援する仕事もしてきました。美々香さんは、私の前歴を知っているので、私が小百合さんの助けになると期待されたようなのです」

「理屈をこねるところがあの子らしいわね。こんな時、本当はあの子が飛んできてくれたら、どんなに心強いか」

はあ、と小百合はため息をついた。ただ、拒絶するような口調ではない。警戒は一旦解けたようだ。

「……突然のこと、だったんですか」

小百合は机の上に両手を組み合わせて載せているのだが、その時、小百合は両の親指を、そっと擦り合わせた。

観察しろ、と望田は自分に命じる。

過度のストレスを感じた時の身体反応。

「末期の膵臓《すいぞう》がんが見つかったのは、半年前のことでした。夫も私も、覚悟の上ではあります」

「さぞ、お辛かったでしょう」

「ええ……」

肯定とも否定ともつかない声音だった。電灯の白く、無遠慮な光が、やけに冷たく感じられた。

望田は自分が飛び入りの珍客であることをよく心得ていた。心を開いてもらうのは容易ではない。それでも美々香の代わりに、自分がここにいる意味は何か。

望田の意識は、向こうが望む限り話をしてもらうこと、その気持ちを自分が受け止めること、の二点に集中していた。カウンセラー時代からの癖だった。

「……あの子がいなくても、幸い、この後のことはなんとかなりそうなんです」

やがて彼女は重荷を下ろすような口調で言った。

山口純一は半年前、膵臓がんステージ4の診断を受け、抗がん剤治療を開始した。その頃から気難しくなり、小百合の甲斐甲斐しい世話や、訪問看護と往診の態勢を整えることで、なんとか家庭生活を続けてきた。医師やケアマネージャーは医療施設や老人保健施設での生活を勧めたが、純一は在宅での生活を強く希望した。在宅での介護サービスも増やしながら、懸命にやってきたという。

「膵臓がんの前にも脳梗塞で倒れたの。『うちは脳に何か見つかる家系なんだ』なんて言っていましたけど……。言葉や頭には後遺症が残らずに、しっかりしていますが、ヒヤッとしました。その時から、徐々に体の調子が悪くなってきたのもあり、準備を始めたんです」

「準備、というと」

「近頃、『終活』って言うじゃありませんか」

ああ、と望田は頷いた。

「夫は脳梗塞の後、町内会が主催する終活講座に足しげく通い始めましてね。エンディングノート、というのに自分の死後の希望もしたためて、葬儀社の手配まで済ませてあるんです」

小百合は薄く微笑む。

「全部、万事整えてあるんですから。おかげで、私はやることがなくて退屈ですよ」

こんな時にでもユーモアの感覚を忘れない姿勢に、望田は好感を覚えた。

「それは立派なことでしたね。あらかじめ考えておいたおかげ、ですね」

「でも、こうなってみると、私も同じようにしておくべきかどうか、考えてしまいますよ」

「何をおっしゃいます。まだまだお若いじゃないですか」

小百合は、ふふ、と小さな声で笑った。

「あの子のお友達だというから、どんな人が来るのかと思っていましたけど、礼儀正しい方で安心しましたよ」

望田は話の端緒《たんしょ》を摑んだ気がした。

「と言いますと、子供の頃は活発なお子さんだったんですか？」

「ええ。それはもう、手の付けられないおてんばで」

小百合は首を振った。

「虫取りや川釣りが好きだったとか」

「ええ。あの子はおじいちゃんっ子で、おじいちゃんがそういう遊びが大好きだったんですよ。夏と正月に『じいじの田舎』に遊びに行くのを、いつも楽しみにしていましてね。虫や魚に詳しくなって、その知識をこの家に持って帰ってくるもんだから、女の子の友達は、あんまりいなくてね。男の子に間違われて、男の子と一緒に遊んでいるような子でした」

「今の美々香さんからは、想像もつかない」

「私もあの頃の美々香からは、今の美々香は想像出来ません。まあ、気が強いのは一緒ですね」

ようやく笑顔がこぼれた。望田も合わせて笑った。

「……美々香さんの耳は……幼い頃から、良かったのですか？」

小百合は親指を擦り合わせた。

望田はこの動きをもう見ている。強いストレス反応。

「……良かった、というか」

望田はあえて無邪気な声音で言った。

「凄いんですよ、美々香さん。今はあの耳を生かして大活躍なんです。どんな小さな音からも手掛かりを掴み上げて、事件を解決に導いていくんです。この前も、私がちょっと転んで足をくじいたのを、足音だけで聞き分けられて……本当、そんなことまで分かるんだって、こっちが驚くほどで」

突然の饒舌《じょうぜつ》。会話の主導権の変更。これまで望田が聞き役に徹してきたからこそ、会話のフェーズが変わったことを意識するだろう。

ここで、相手の心を掴む。

「――小さい頃からあのご様子だったなら、何かとご苦労もあったのかと思いまして」

小百合の雰囲気が変わる。やや押しつけがましく、明るく、自信に満ちた男――目の前の望田を目で捉える。夫が大変な時に現れた謎の第三者。その印象がすり替わる。

この人は、私のことを分かってくれる。

「……なんでも分かってしまうんですねえ」

相談相手から過度の信頼を得ることは、相手の依存傾向を強め、支援者側の負担を増やす危険もある。本職なら、どこかで一定の線引きを求めるべきだ。

――踏み込んでこないでよ。

そう、あの少女の言った通りだ。どこかで、ここから先は踏み込まない、と決めなければならない。

だが、今は状況が違う。

自分は美々香に彼女のことを託された。

「そう……なんです。美々香は、たまに、全部見てきたかのように、私や夫の行動を言い当てることがあって……子供の頃は、何かがおかしいんじゃないかって、不安だったんです」

やはり、美々香は幼少期からその傾向があった。自分の子供に、他と違う霊感めいた才能が宿っていると、不安を萌《きざ》す親もいる。

小百合は、はあーっと息をついた。

「……あなたになら、任せられるのかもしれません」

「え？」

「美々香と夫の諍《いさか》いのことです……夫の態度が変わって、怒りっぽくなった時、美々香は心配して、実家に帰った時も夫の世話をよく焼いてくれました。どうして急に怒るの？

って、冗談めかして聞いたりもして。でもそんなとき、夫が言ったんです」

——美々香にだけは、絶対に言わない。

美々香がショックを受けたという、あの言葉だ。

「そこに、美々香さんの耳が関わってくるんですね。まるで知っていたかのようにあなたちのことを言い当ててしまう——あの美々香さんの耳が」

小百合は、わずかに頷いた。

「夫は、美々香の耳の良さを誇りに思っていました。その点で、元々、私たち夫婦の意見は合わなかったのです。不安に思っていたのは、むしろ、私の方。だから、耳鼻科医にあの子を診《み》せに行ったのも私でした。夫は、そんな必要はないと言ったくらいで」

美々香の耳の秘密。いよいよ、それに迫る時が来たようだった。

「専門医の所見を得ているんですか？」

「はい……。夫には一度伝えたことがあるんですが、覚えているかどうか」

望田は唾を呑んだ。

心の中の悪癖を懸命に抑えつける。

「その時の所見が、今の純一さんと美々香さんのすれ違いにも影響している？」

「……かも、しれません」

「小百合さん、一つだけ確認させてください。あなたは、純一さんの状況について——何か、気付いていることがありますよね？」

小百合は親指を擦り合わせた。

「……夫からは、人に言わないでほしい、と言われています」

「私が自分から気付く、ということなら構いませんか？」

「……ええ、そうしてください。それなら、夫との約束も守れます」

小百合は自嘲気味に笑った。

「出来てしまうのでしょうね、あなたなら」

「大口を叩きましたが、買い被りに過ぎませんよ」

望田はさりげなく言ったが、頭の中では思考を巡らせていた。

純一には、何か隠し事がある。人には言えないようなこと。妻は気付くようなこと。もし、美々香からの理解を拒絶したとするなら、その秘密に美々香が持ち前の聴力で気付くことを、彼は恐れたのかもしれない。

だとすれば、最初の問いは明白だ。

――山口美々香の聴力の秘密とは何か？

彼女は、どこまで見通すことが出来るのか。

「あなたが夫のことに気付いて……そして、美々香とあそこまですれ違ってしまった心理を私に教えてくださったら……私も、あの人のことを理解出来る気がするんです」

「そしたら、美々香さんも含めて四人で、ちゃんと話しましょう。大丈夫です。私がついています」

望田は、トン、と自分の胸を叩いた。

「必ず、あなたからの信頼に応えてみせます。……ただ、一つだけお願いをしてもいいですか」

「なんでしょうか」

「美々香さんの耳を診たという、その主治医の方に、会わせていただくことは可能ですか」

小百合は少し逡巡《しゅんじゅん》するそぶりを見せてから、仏壇の前に向かった。仏壇の小さな引き出しから、名刺入れを取り出す。

「もしよければ、明日、この方に話を聞いてみてください。私からも電話を入れておきます」

名刺には、こうあった。

『真田《さなだ》耳鼻咽喉科診療所
医師　真田浩之《ひろゆき》』

14

「訪問しろ。大野家を。通常の捜査手続きに則《のっと》るんだ」

田辺は決然として言った。

『田辺さん、それじゃあ議論が振り出しですよ。まだ殺人まで誘拐犯のせいか分からないんです。もし、誘拐犯が大野家を監視していて、警察官が訪問しているのを見られたとしたら――？　それを、大野家が警察に通報したと勘違いされたとしたら――？　ダメです。リスクが大きすぎます』

川島は焦った声で言った。

「リスクは承知の上だ。だが、リスクだけをみすみす買うことはしない」

『……どういうことでしょうか？』

「まず、お前を安心させておこうか。仮に、誘拐犯が殺人を犯していないと仮定する。その時、警察が訪問したらどう思うか？　お前の言う通り通報と考えるかもしれない。だが、『そうではない』という情報を、誘拐犯に与えられるとしたらどうだ？」

『はあ。でも、どうやって？』

「お前の不安の通り、この家は監視されている。だが、それは目によってじゃない。耳だ」

『耳？　……つまり盗聴ですか』

「仕掛けられている位置はリビングだというところまではアタリがついている。この部屋の中の声は聞こえないが、逆に言うと、リビングの扉を開け放っておけば、廊下の声を聞かせられる」

川島が唸った。

『そこで来意を明確に話せば、犯人が勘違いすることもない、ということですね。殺人事件の話が嘘でないことも、ニュースサイトを調べればすぐに確かめることが出来る』

「ああ。すでにニュースになっているのも、佐久間が調べてくれた通り」

『佐久間、佐久間って……良かったですね、良い相棒が出来て』

川島の口調は投げやりで、どこか拗ねた子供のようだった。田辺は苦笑する。

「心配するな。これから、お前にもしゃかりきになって役立ってもらうぞ」

『え？』

「今のが話の半分だ。リスクだけを買うつもりはない、と言ったのは、ここから先の話が本題だからさ。

いいか。さっき言った話の通り、犯人はこの訪問を怪しむかもしれないが、その疑惑は後に氷解する。これはかなり良い状況だ。つまり――この機会を利用すれば、『犯人にも納得ずくの状況で、情報の受け渡しが出来る』ことになる」

川島が電話口で、ハッと息を吸い込むのが聞こえた。見ると、佐久間もわずかに目を見開いていた。

『……ほんっと田辺さんって、人使い荒いですよね！』

川島がため息をつく。しかし、どこか嬉しそうに田辺には聞こえた。

『それで？　何が欲しいんですか？』

「まず、拉致現場の錦糸町で録られたというその録音データ、監視カメラの映像が間に合えばそれもだ。それを佐久間に解析させる」

――あとは、出来れば山口というあの女性に。

田辺はそう思っていたが、彼女の能力は未知数だ。捜査関係者以外に見せることも、当然川島の反発を喰らうに違いない。だから田辺は、その考えは自分の胸中にとどめておいた。

「それと、十五年前の事件の資料も、携帯で送信したりしなくていいぞ。こっちにそのまま寄越してくれ。もし板尾と検討したことがあるなら、メモだけつけておいてくれるとありがたい。

加えて、聞き込みにかこつけて、隣人の野田島家の様子を探ってくれ。十五年前の事件が関わっているというなら、間違いなく、トップクラスの容疑者だ」

『……いや、分かってはいましたけど、本当に人使い荒いですね……』

川島はため息をついた。

『三十分ください。その間に手配します』

「怪しまれないためにもそれくらいの時間が限界だろう。頼んだぞ」

『はいはい。頼まれました』

目の前にいたら叱りつけている言葉遣いだ。田辺は笑って電話を切った。

15

「――ったく、本当に人使いが荒いんだから」

川島は電話を切った途端、愚痴を漏らした。

「厄介な要求でもされたのか？」

板尾がニヤニヤしながら聞いてくる。

二人は世田谷署に立った捜査本部にいた。大野家に聞き込みをするか、他の刑事たちは侃々諤々《かんかんがくがく》の議論を交わしているというのに、この人はどこ吹く風といった風情だ。

「ええ、宿題を三つも出されましたよ……」

「どうだった？　向こうの意見は？」

上司が聞いてくるので、川島は内容を簡潔に伝えた。彼はううんと唸り、「したたか者だな、あいつは」と、感心しているのか呆れているのか分からないことを言った。

「しかしまあ、ある種現実的な答えなのは確かだ。よし、その線で行こう。時間もあまりない。十五年前の資料は君らが調べていたな。じゃあ、それに加えて、錦糸町の映像と録音データも準備してくれ」

「承知しました」

川島は一度、自分でも内容を確認しておきたいと思っていた。ちょうどよい機会だ。

「『君ら』ってことは、当然俺も入ってるんだよな」

板尾が言った。

「当たり前です。働いてください」

「へーへー、手厳しいでやんの」

ペースを乱されっぱなしだ。川島は改めて気を引き締めた。ここから、ますます忙しくなる。

錦糸町の録音データと防犯カメラの映像データ、および、録音を行った作家と編集者からの聴取内容の書き起こしを手に入れ、USBメモリに入れた。

川島自身も、内容を確認しておく。

まずは聴取内容からだ。

作家・桜木《さくらぎ》一郎《いちろう》の供述

――名前と職業を。

桜木一郎です。ミステリー作家です。二年前ならサラリーマンと答えられたんですがね。仕事がしんどくなって体を壊し、今はフリーランスです。

――今日はあの喫茶店で何をしていましたか。

担当編集の会田《あいだ》さんと打ち合わせをしていました。あ、担当っていっても、今回の作品からのお付き合いで、今日会ったのが二回目なんですけどね。いつも、他の編集さんと打ち合わせするときは、神保町《じんぼうちょう》や御茶ノ水《おちゃのみず》まで繰り出すのですが、今日はおすすめの店があるというので、そこで。

――じゃあ、今日の店はその会田さんが選ばれた？

はい。ネットで調べて見つけたらしくて。面白いパンケーキがある店だったんですよ。わたがしの技術を……。あっ、ごめんなさい。脱線でしたね。

――いえ。今回、打ち合わせの時に録音していたＩＣレコーダーのデータが残っていましたが、これはいつもこのようになさっている？

ええ、そうですね。私は話しながら疑問点を整理して、組み立てていくタイプの人間なので、備忘録として打ち合わせはいつも録音しているんです。自分の声を聴くのは恥ずかしいんですが、背に腹は代えられません。あ、もちろん、嫌がる編集者さんもいらっしゃるので、ちゃんと許可を取ってから録音していますよ。

——なるほど。ICレコーダーのデータを、証拠品としてコピーさせていただいてもよろしいでしょうか。

はあ、そりゃ、もちろん、構いませんが。あ、でも、くれぐれも、事件に関係のあるところだけにしといてくださいよ。今回の打ち合わせはかなり収穫があって、世紀の傑作が出来上がる予定なんですから……！

——それについてはご安心ください。さて、それでは、目撃したことについて聞かせていただけますか。今、ご自分でもおっしゃられた「事件」について。

作品の中じゃ、いろいろと物騒なことを書いてきましたが、いやいやまさか、目の前であんなものを目にしてしまうとは。驚いたのなんのって。

——目撃したことだけを教えてください。

はいはい。情緒もへったくれもないね。打ち合わせをしていたら、外で叫び声がしたんですよ。誰か、様子を見ていた通行人が声を上げたようです。話し忘れてたけど、僕と会田さんは、ちょうど窓際の席に座っていたんです。で、先般のコロナのせいでどうも神経質でね、換気の時間だから窓が開いていた。それで、すぐに音が聞こえたってわけ。で、叫び声がしたから、会田さんと二人で外を見たら、大人の男たちが取っ組み合っているじゃないですか。

――どんな風に取っ組み合っていましたか。

男が四人、一人を取り囲むようにしていました。周囲の四人はマスクにサングラス姿で、顔はほとんど見えませんでした。真ん中の男の人は、サマーセーターとワイシャツを着て……その人が、両腕や肩を摑まれて、黒い車に押し込まれようとしていたんです。男の人は、口をハンカチで押さえられて、声を出すこともできないようでした。私も会田さんも、慌てちゃって。「何をしているんだ！」って窓の開いたところから声を出したんですけど、全然止められなくて。カフェの窓も、五センチまでしか開かないから、そこから出て止めに入るってわけにもいかず。会田さんが店の人に知らせようと立ち上がって、私はその場で、警察に通報して……。

――それから、どうなりましたか。

男の人はかなり激しく抵抗したんですが、四人に抱え上げられるようにして、車の中に押し込まれて。すぐにその四人も後部座席に乗り込んで、車が発進しました。その時、カフェの店員さんと会田さんがちょうど外に出てきて、車を見送るような形になって……。

――四人が乗り込んで、車は「すぐ」発進しましたか。

ええと……そうですね。四人目が乗り込んで、スライド式の扉を閉じかけた時に、もう発進した、ぐらいのタイミングで……ああそうか、だとすると、運転席に五人目の人物がいたことになりますね。ううん。ふがいないことに、その人の姿は見えなかったです。

——分かりました。

あ。

——どうしましたか？

そういえば、カフェの斜め向かいに、タクシーが一台停まってましたよ。コンビニの前に路駐していたんです。何かを買いに一時的に停まったんでしょうが、まあ交通量も少ないしいいだろうと思ったんでしょうね。で、タクシーには、ドライブレコーダーがついているでしょう。もしかしたら、あのタクシーなら……。

——なるほど。可能性はあります。タクシーの特徴を教えていただけますか？

以下、桜木の口からタクシーの色などが語られるが、他に目を引く情報はない。問題のタクシーは現在捜索中だそうだ。カフェの前はちょうど裏道で、防犯カメラの死角に当たる位置だったらしく、決定的な映像記録はまだ入手されていない。近隣の防犯カメラを一件ずつ当たり、少しずつ動きを追跡している。

川島はともかく、桜木のＩＣレコーダーの音声を聞いてみることにした。

手元には、誰かが書き起こしさせられたと思われる、レコーダーの音声の文字起こしを用意しておく。

ICレコーダーの音声記録

（前略）

桜木「――分かった！　きっと館の当主がこんな仕掛けを作ったのには、こんな背景があるんですよ……！」（↓コメント：桜木はまだ喋り続けているが、別の音が混じる。時折「うん、うん」と聞こえるのは編集者の会田の相槌と思われる）

コツ、コツ、とリズムの良い足音が聞こえる。

静かなエンジン音。次いで、ゴーッと何かが滑るような音。（↓コメント：桜木証言より黒のワンボックスカーの扉はスライド式。扉が開く音か？）

通行人の叫び声とドタドタした足音。

桜木「何をしているんだ！」
会田「通報！　通報して！　そこの君、今、店の前で……！」
桜木「もしもし警察ですか！　今カフェにいるんですが、目の前で男の人が連れ去られそうに……」

ゴーッと何かが滑るような音。エンジン音と車が発進する音。

タッタッ、と走ってくる足音。

会田「クソッ！　逃げられた！」

以上である。時間にして二分にも満たない。犯人グループの手際は見事だった。

しかし、これくらいでは大した手掛かりになりそうもない。

こんな物でも、佐久間という男に解析させれば、何か分かることがあるのだろうか。

川島は面白くない気分になった。

「自分のヤマでもないのに、随分ご執心だねえ」

板尾は横でどうでもよさそうに、プリントアウトされた証言のページをめくっている。

「連れ去りの現場でＩＣレコーダーが回ってたってだけでレアケースなのに、場合によっちゃ、映像まで押さえられそうって話だろ？　こんなに『よく出来た』話もねえじゃねえか」

川島は首を振った。

「……出来すぎている、と思いませんか」

「どういうことだ？」

板尾はいい聞き役だった。それは認めざるを得ない。

川島は語気を強くした。

「あまりにも揃いすぎてます。ＩＣレコーダーで録音していたこと、案内されたのが窓際の席だったこと、換気のために窓を開けていたこと。この三つの条件が揃わなければ、あの記録がこうして僕らの手元に残るはずはなかった」

「なるほどな。確かに、数《かぞ》え役満《やくまん》みたいな偶然だ。でも……だとしたら、このＩＣレコーダーの記録は、何を意味する？」

「それは……」

川島は言いよどんだ。そこで、彼の想像力はストップしてしまう。

田辺なら、何か突破口を見つけてくれるだろうか。

約束の時間だった。

川島と板尾は、大野家に向かう。

16

大野家のインターホンが鳴った瞬間、ピリッとした緊張がリビングに走った。

田辺をはじめとした警察陣は、受け入れ準備は入念に済ませていた。聞き込みの警官が来ることについて、大野家も了承していた。もちろん、警察の訪問を受けることについて、反対する家族もいたが、なんとかなだめられた。

俺はわきの下にじっとりと汗を掻いていた。

「母さん、俺が出るよ」

自分の声が不自然になっていなかったかどうか、自信がない。

「そうかい、悪いね」

母が素っ気なく言う。彼女には緊張の類は感じられない。クソッ、俺ばっかり、どうしてこんな目に……。

事前の打ち合わせで、警察の応対をするのは俺、ということになっていた。

さっき応接間に呼び出されて、田辺にこう言われた。

――あくまでも、自然に会話をしてくれればいい。知らない事には「分かりません」で構わない。あまり気負わないでくれ。

――あと、言い忘れていたが、リビングのどこかに盗聴器が仕掛けられている。その盗聴器が、玄関での会話も拾うはずだ。

――私たちは君に質問する間、極力音をさせないよう、事件の証拠品を家の中に持ち込む。

俺はあくまで抵抗した。警察の来訪を受けて、向こうがどう反応するか分からない。そんな無茶をするなんて言語道断だ。

だが、結局は要求を呑むことになった。田辺の熱心さにあてられてのことだ。

姉と叔父は、「紕の身を危険に晒すことになるのでは」とかなり抵抗したようだが、最後は折れることになった。母は「私は犯人側が警察の介入を当然予想しているという意見ですが、こっそり情報を持ち込むというのは、犯人を油断させる役に立ちそうですね」とあっさり了承したらしい。母は犯人逮捕にしか興味がないのだろうか。母の大切にしている「家」の中に、「家」を捨てた兄はもう含まれない、ということか？　それとも、犯人を捕まえてでも守らなければならない「秘密」があるのか？

俺が廊下に出ると、その背後にぴたっとまとわりつくように、田辺がくっついてきた。正直、あまり気分の良いものではない。

「はいはい、今出ますよっと」

俺はそれらしい声を出しながら扉を開いた。

外には二人組の警官が立っていた。警官と分かったのは事前に聞いていたせいで、どちらも、警官らしく見えなかった。片方はスーツをぴしっと着こなしたやり手のサラリーマンに見えたし、もう片方は軽薄な遊び人のように見えた。

遊び人風の男が、大きなエコバッグを持って立っていた。彼は玄関に入ってくるとき、一度、バタン、と扉を閉める音をさせてから、音をさせないよう扉をもう一度開いた。ドアストッパーを噛ませて、一時、扉が開けっぱなしの状態になる。

「夜分遅くに恐れ入ります。警視庁のものです」

「私が板尾で、こっちの真面目そうなのが川島です。よろしく。今、家には君一人かな?」

「あ、いえ」板尾という男が、スムーズに会話を始めたので驚いた。「姉さんと母さん、姉さんの婚約者、あと叔父さん……あとはお手伝いの方で」

「結構お揃いですね。パーティーか何かですか。もしかして、お邪魔しちゃいましたか」

川島という男が白々しく言う。

「いえ……あの……」

その瞬間、後ろから脇腹をつねられる。

痛ッ、と口走りそうになるが、どうにかこらえた。

「あ……『こんな時間に何の用ですか。何か、事件でもあったんですか』」

俺はあらかじめ覚えさせられたセリフを暗唱する。

「いえ、大したことじゃあないんですが、斜向かいの家の方に会われたことはありますかね?」

「『斜向かいって……今、空き家になっているところですよね。数年前まではおばあさんが一人で住んでいたんですが、今は誰も。あ、さっきから、その家のあたりにパトカーが集まってますよね。やっぱり事件なんだ』」

俺が言葉を継ぐ間、板尾が手にしていたエコバッグを田辺に渡す。物音ひとつ立たなかった。なるほど。ビニール袋でも、紙袋でもダメ、ということか。

田辺が応接間に戻る。その間に、板尾も扉の向こうに消えた。

「まあ、実はそういうわけで」川島という刑事は頷いた。「その家の庭で、殺人事件があったんです。誰か怪しい人を目撃していないか、聞き込みをしている、という次第でして」

盗聴器の向こうにいる犯人に聞かせるためか、川島はそこだけやけにハキハキと喋った。

板尾が扉の隙間から玄関に戻ってくる。手には、もう一つ大きなエコバッグ。

「なるほど……」

俺の感嘆はセリフにはなかった言葉だ。板尾が扉を開けっぱなしにしていた理由が分かったからだ。

また脇腹をつねられた。振り返るまでもなく、田辺が戻ってきているのが分かった。

「イッ……『いやあ、申し訳ないんですが、今日は姉の婚約者を招いてホームパーティーをしていて、外の様子にはあまり気を配っていなかったもので』」

「なるほど。そうですか」

川島の目が疑り深く俺を観察した。演技だと分かっていても、体が緊張する。

「他のご家族にお話をお伺いすることは？」

「『パーティーには全員参加でしたから。誰に話を聞いても、同じだと思いますよ』」

「ふむ、そうですか」

そうする間に、板尾がまたエコバッグを田辺に渡した。板尾が両手を広げる仕草をする。

これで終わり、ということだろうか。

川島がサッと視線を動かした。田辺のいる方を見ている。アイコンタクトだけで川島が頷いたのが分かった。俺は何となく、田辺と川島の方が、仲が良いというか、付き合いが長いのではないかという気がした。

川島が胸ポケットから名刺を取り出して、何かを書き込んだ。

「これ、私の名刺と携帯の番号です。何か思い出したことや、ご家族と話して気付いたことがあれば、いつでもかけてきてください」

「はい……」

名刺の表には、携帯番号と、『ありがとうございました』という簡単な文章が添えてある。それだけで、ホッとした気分になった。

「どうも」

板尾が言った。彼は音を立てずに一度扉を閉めてから、音を立てて開け放った。

二人が出て行く。

田辺は何も言わずに踵《きびす》を返し、リビングに戻った。俺もついていく。

「智章、なんだったんだい？」

母が聞く。

「斜向かいの空き家で殺人があったんだって」

まあ、と母が白々しく息を吸い込む。

「なんだそりゃ」叔父が声を上げる。「殺人？　ったく、今日は厄日だな。紀君が攫われ、近所では殺しか。悪いことは重なるもんだ」

「そうかい？　本当に偶然なのかね。存外、紀を誘拐したその犯人が、殺しもやった、ってとこじゃないかい？」

ピリッとした緊張感が走る。盗聴器の向こうにいる犯人が怒り出すのでは、と思った。

「なんだい。黙り込んで。普通の見方だろう？」

母はけろりと言ってのける。確かに、頑強に否定する方が怪しまれるかもしれない。まるで、その場にいない犯人を庇《かば》っているように聞こえるから。

「母さんの言う通りだ」俺はさりげない口調を心掛ける。「で、何かあったら電話するように言われたけど……何かある？」

全員首を横に振った。吉澤も同じ反応だった。

ただ一人、美々香だけがワンテンポ遅れて首を振った。なんとなく気になる。何か知っていることでもあるのだろうか？

17

『そうかい？　本当に偶然なのかね。存外、紀を誘拐したその犯人が、殺しもやった、ってとこじゃないかい？』

受信機から母親の声がした。大野は苦笑する。

（全く、どんな時でも物怖《ものお》じしないな、この人は……）

盗聴音声を聞いている間、カミムラはずっとタバコを吸っていた。またしても、指が焦げるのではないかと思われるほど短くなっていたが、大野が思わずアッと声を上げそうになる瞬間には、必ず口から離し、灰皿でもみ消している。あれがカミムラの癖なのだろう。

「あんなこと言われてますぜ、兄貴。いいんですかい」

サンが鼻息を荒くして受信機を指さす。

「君だって分かっているだろ、サン。僕は殺しも請け負うことがあるけど、今回の殺人はやっちゃいない。それどころでないくらい忙しいからね。今回のことは単純に、ただの偶然に過ぎないんだよ。このオバサンが言っているのは、通り一遍の意見でしかない」

カミムラが嘲るように言う。

大野はフッと笑ってから言った。

「どうかな？　それは、お前の犯罪者としてのプライドがそう言わせたに過ぎないんじゃないのか？　お前の綺麗な計画が崩れて、予定にない殺しに手を染めた。お前はそれを認めたくないんだ」

「なんだと、テメェ」

サンがいきりたつ。大野はあえて彼を無視するように、カミムラの方を向いていた。

「おい……こっちを見やがれってんだ」

サンが手を振り上げたのを、カミムラが止めた。

「こら、だからダメだって言ってるだろ？　無意味な暴力は振るってはいけないんだ。そうでなければ〈劇団〉の一員とは言えない」

サンは呻き声を上げ、手を下ろした。

「話をはぐらかすなよ、カミムラ。お前が殺したんだろう？」

「君も案外しつこいやつだね、大野君」

「疑うのがこっちの商売でね」

「ふふ。分かるよ。よおく分かる」

カミムラは謎めいた言葉を吐いた。

「……お前、なぜこんなことをするんだ？」

「さっきも答えてやっただろう？　華麗なる犯罪をこの世に……」

「それはさっきも聞いたよ。俺が聞いているのは、もっと深い『なぜ』の部分……どうしてお前がそんなことを考えるようになったか、ってことだ」

「何？」

「おい、テメェ、調子乗んなよ。どうして兄貴がお前なんかに……！」

カミムラが大きなため息をついた。それだけで、サンが呻き声を上げ、大野から離れた。

「まあ、大野君。突然こんなところに連れてこられて、気が立っているのは分かるよ。でもさ、仲良くしようよ」

そう言って、カミムラはニヤリと笑った。

「僕だって、元は君の同業者《おなかま》なんだから」

「何……？」

大野がカミムラの顔をねめ回すように見た。

「そうだねえ……君と直接の面識はないと思うけど……あ、もしかして、これなら見覚えがあるかな？」

カミムラが自分のシャツの襟《えり》を、ぐいと下に引っ張った。

ちらりと覗いた胸のあたりに――蛇のタトゥーが彫られていた。

「蛇……お前……まさか！　私立探偵の巻島迅《まきしまじん》か！」

「昔の名前で呼ばないでくれよ。今はカミムラっていうのが僕の名前さ」

フフッ、とカミムラは笑った。

「巻島迅……五年前、半グレの抗争に首を突っ込んで行方不明になったはずだ。それがなぜ……。事件解決のためには荒事も辞さず、しかし、頭もキレる。肉体派と頭脳派を兼ね備えた男だった」

「お褒めに与《あずか》り光栄だよ」

大野の頭は高速で回り始める。

「五年前、俺はまだ私立探偵になりたての頃だったが……お前の噂は、よく耳にしていたよ」

カミムラはまだ笑みを崩さない。

大野は頭の中の情報を選《よ》り分けた。

「特に、お前は『信頼』には人一倍うるさい男だった。お前に忠誠を誓い、契約をしっかりと履行している間は、お前は最高のパートナーだ。だが、ひとたび、お前を裏切れば――」

その瞬間、カミムラは豹変する。

「だって！　そうじゃないか！」

カミムラは大野の胸倉をつかみ、吠えるように言い立てた。

「裏切るってことは！　僕の存在を軽んじているってことだ！　僕を舐めてるってことな

んだぜ！　侮っている……裏切ってもバレないと、僕のことを甘く見ているってことだ！　そんな『信頼』とは程遠い関係性は、守るに値しない！」

カミムラの口から唾が飛ぶ。その唾を浴びても、大野は眉一つ動かさなかった。

「それで、お相手を許せなくなるってわけか。だが……それで暴力の限りを尽くしてお咎めなし、っていうのはどうなのかね？」

大野が昔聞いたのは、失踪した娘を探すよう依頼をしてきた父親が、実はその娘を殺した張本人で、彼は体裁を取り繕うために依頼してきたのだという。巻島は最初の面談で「娘の居場所に心当たりはないのか」と聞き、一切ないと嘘をつかれたため、事件を解決した後、激怒することになった。

その父親は、両手の骨をハンマーで粉々に砕かれ、もはや手術でどうにかすることは出来ないほどだったという。

「やだなあ」カミムラは人が変わったように、爽やかに笑った。「もし僕を裏切ったんだとしても、危害を加えるような真似はしないさ」

事実、巻島の暴行・傷害事件は一件として立件されたことがない。巻島が警察に巨額の金を流してもみ消したという説もあるし、被害者が被害を申し立てられないほど精神的・肉体的に追い詰められたという説もある。ただ、まことしやかな黒い噂だけが、巻島を取り囲んでいる。

「さあ、どうだか……」

「俺も兄貴の過去については詳しく知りませんでしたが……でも兄貴、一体なんだって、私立探偵だったのに、今はこんなことを……」

その瞬間、カミムラの目がスッと細められた。

大野の肌がぞくりと粟立つ。さっきまでの、人のよさそうな似非《えせ》笑顔とはまるで別物――巻島迅の黒い噂が本物だったことを、一度で確信出来るような、そんな冷たい目だった。

サンも同じように気圧《けお》されたらしく、首をぶるぶる振った。

「あ、いや……す、すみません、生意気な口利いて。俺、もう気にしませんから……」

カミムラがにこりと笑った。

「いや？　別に構わないよ。今日はゲストもいるわけだし、特別に答えてあげようか。ねっ！」

カミムラはサンの肩に手をやり、まとわりつくような手つきで首の後ろに腕を回した。

「特別に。ねえ、サン？」

「は、はい……」

カミムラはパッと体を離すと、大野の前に腰かけた。

「――僕は昔から、ホームズよりもモリアーティに強いあこがれを持っていた。あるいは、明智小五郎《あけちこごろう》よりも怪人二十面相《かいじんにじゅうめんそう》に。だが、私立探偵の仕事に不満はなかった。自分の能力も生かせていると感じていた。だが、それが決定的に変わったのは、六年前のことだよ。僕は私立探偵として働いているうちに、自分の『本当の』声を聞いた……あるべき道を思い出した、というわけさ。僕は事件の解決を担う傍ら、犯罪のアイデアと失敗事例の蒐《しゅう》集《しゅう》を続けた。いずれ自分の創造性を発揮出来るように……自分が同じ過ちを繰り返さないように……そしてその時、やっと気付いたんだよ。誰もが犯罪者になる素質を秘めている。それが──」

「お前の言う、『犯罪の種』か」

「その通り」

「それで、お前は犯罪者の側に転じた……ってわけか？」

「その通り。さすが探偵だ」

「からかうな。五年前、半グレの抗争に巻き込まれたのは？」

「ふふ、そうだね。君に足をすくわれるようなことは言いたくないが……例えば、あの抗争を仕組んだのが誰か、考えてみるといいかもね」

大野の脳裏に、五年前の真相がおぼろげに見えてきた。

「なるほどな……お前は前から目をつけていた半グレ同士の抗争を利用して、その対立を煽るような仕込みをした。同時に、自分がその抗争に巻き込まれて、命を落としたと思われてもおかしくないような動きを、あえてしてみせたわけだ。そうすることで、お前は自然に『消える』ことが出来る……何もかもを事件のせいにして」

「ノーコメント」

カミムラの上機嫌な口ぶりは、大野の推理が当たっていることを確信させた。

大野は肩を震わせて笑った。

「なるほど、よく分かった。お前……『飢えて』るんだろ？」

「あ？」

大野の口の端が上がった。カミムラの反応が期待以上だったからだ。

「人は情に流される……お前の言う通りだ。お前の理論は正しい。強すぎる動機はいずれ自分の身を亡ぼす。犯行の立案と実行だけをシステマチックに委託できる存在がいれば、まさに鬼に金棒だ」

だが、と大野は続ける。

「理では、情を抑え込むことは出来ない。それが人間の悲しさだよ、カミムラ」

「なんだと？」

カミムラは初めて大野の言葉に興味を示した様子だった。大野は密《ひそ》かに手ごたえを感じる。

「お前は犯罪に『飢えて』いる。自分の能力を過信している。自分には出来ないことなどない。批評家であり、芸術家である自分には、不可能なことなどない。そう思い込んでいる。

お前は、自分の『飢え』に――溺れている」

カミムラの頬がぴくりとひきつった。

「これが『情』でなくてなんだ、カミムラ？　お前自身が、お前の『情』に囚《とら》われているじゃないか」

瞬間、大野の視界は真っ白になった。

頬を殴られたと理解するのに時間がかかった。目がちかちかする。彼の鼻腔に金臭さが充満した。

「あ、兄貴……」

サンが声を震わせている。

だが、大野は笑った。肩を震わせて笑った。

カミムラはその様子を、食い入るような目で見つめていた。肩を大きく上下させ、殴った彼の方が、殴られた大野よりも動揺しているように見えた。

「そら、手を上げた」

「貴様……」

「自分の胸に聞いてみろよ。果たして今のは、『必要な』暴力だったのかどうか！」

後ろ手に縛られた大野は、止まらない鼻血を押さえる術《すべ》すらない。だが、自分の起こしたことの首尾に満足していた。

自分の言葉で、グラスの中の水面にさざ波が立つように、カミムラの心が揺れたのだ。

大野はホッと息をついた。その様子がまた、カミムラをたじろがせた。

「良かった。お前も人間だ」

人間なら、自分の言葉で揺さぶることが出来る。大野は勝利への確信を一つ、深めた。

「これで三つ、はっきりしたことがあるな」

「何？」

カミムラが大野を睨みつける。

「一つ、誘拐被害者の家の近くで、死体が発見された。二つ、誘拐に関与している犯罪請負人は自分への裏切りを許さない――そう、つまりすこぶるプライドが高い。三つ、御託を色々と並べ立てるが、結局すぐに手を上げる」

大野は不敵に笑ってみせた。

「そいつはお前が殺したんだ、カミムラ」

「……論戦に一つ勝ったくらいで、随分得意そうじゃないか」

カミムラは今や、獣のように肩を上下させている。

「だが、貴様に何が出来る」

「あー、確かに今の俺には何も出来ねえ」

大野は不敵に笑ってみせた。

「だが俺には……あいつがいる」

18

「山口美々香さん。あなたをお呼び立てしたのは、他でもありません」

応接間の中には、田辺、佐久間、そして山口美々香の三人だけだった。冬川は家族の見守りに出した。

美々香は硬い表情を浮かべていた。彼女の視線は、田辺と佐久間の間を行ったり来たりしている。落ち着かない様子だ。

「さっき山口さんもおっしゃっていた、拉致現場での音声記録……それが手に入ったので、あなたにも聞いてもらおうと思いましてね」

「……さっきの、大きな袋の中ですか？」

田辺は頷いた。

「さすが鋭いですね。警察の聞き込みを装って、証拠物件を運び入れさせたのです」

「……大胆なことをしますね」

「ええ、本当に無茶ばかりするのです。この人の下で働いていると、心臓がいくつあっても保《も》ちませんよ」

佐久間にしては珍しい冗談だったが、美々香の反応はつれなかった。

「それで、問題の音声、というのは」

「はい。こちらにおかけください」

田辺のエスコートで、美々香はパソコンの前に座った。ヘッドホンを一つ、用意してある。

「お好きなタイミングでお聞きください。何か分かったら、教えていただければ、と」

美々香は黙ったまま、ヘッドホンを手に取った。手が震えている。緊張が伝わってきた。以前に、殺人現場に置かれていた盗聴器の音声を聞いたことがあるという。盗聴器はテディベアの中に入っていて、大野探偵事務所のメンバーが、調査のために仕掛けたものだった。

殺人の生々しい状況をとどめた音が、どれほど恐ろしいものだったのか、その震えを見ていると想像出来るようだった。

美々香はヘッドホンを耳に着け、何度か深呼吸したのち、再生ボタンをクリックした。

田辺も、音声の内容は二、三度聞いた。とはいえ、何か意味のある手掛かりは見いだせそうになかった。犯人グループの手際があまりにも良すぎる。余計な発言はせず、ミスもしていない。運転席に誰かが座っていることが分かり、作家の証言と組み合わせると、犯人グループの人数は五人だと見当はつけられるが――それ以上の意味は何もない。

あとは、この拉致車両の追跡が、何か実を結ぶことを祈るしかないが。

美々香が、ヘッドホンを外した。

二、三分ほどの短い音声である。あっという間の時間だった。

美々香が口を開く。

「この人、大野所長じゃありません」

「え？」

田辺は驚いて体の動きを止めた。

「問題の音声には拉致された被害者の足音が録音されていますが、その足音が違うんです。大野所長と歩き方が違う。つまり、この被害者は偽者です」

美々香は早口にそう言った。

佐久間は冷たい目で美々香の顔をじっと見つめている。

「どういうことですか？　拉致されている男――被害者の男が、大野糺ではない、ということですか？」

美々香の言う通りなら、これは全く別の誘拐事件を録音したデータだというのか？　同じ日に似たような誘拐が二件も？　そんな偶然は考えられない。

だとすれば――

「これは犯人グループによる演技です。本物の大野所長は、これよりもずっと前に攫われています」

美々香が田辺のことをキッと見据えた。

「田辺さん、もう、車両の追跡は行っていますよね」

「え、ええ。この後どこに行ったかを――」

「……後、ではダメです」美々香は言った。「この車両の前足を追ってください」

＊

「お前による殺人のことだけじゃない……俺『たち』は、もうとっくに、いろいろなことを掴んでいるんだぜ」

大野は続けざまにカミムラを挑発した。

「……」

カミムラは大野をじっと見つめ、彼の出方を窺っているように見えた。

「まず、こんな事実を突きつけてやろうか。お前はNシステムによる追尾を撒くために、偽の誘拐騒ぎを演じた」

カミムラの肩がぴくりと動いた。

「図星だろう。大方のトリックは、おそらくこんなところだ。人目につかない路地裏で俺を拉致する。これは誰にも見られないよう、静かに行ったはずだ。偽の依頼で俺をおびき寄せることなんて、自分の手足となって動く〈劇団〉とやらがいるお前には、簡単なことだっただろうしな。随分人目につかない雑居ビルまで誘導されるな、と思ったよ。

俺を拉致したお前らは、車の中で俺の服を脱がせ、俺の替え玉にその服を着せる。その替え玉が、俺を演じて、二度目の誘拐騒ぎを演じるってわけさ」

「……」

「あ、兄貴、こいつの言っていること、当たってるんですかい？」

サンが慌てた素振りでカミムラに聞く。

「サン、余計な口は利かないように」

「で、でも、こいつの言った通りなら、攫ってきてすぐ、俺にこいつを着替えさせるように命じたのも納得が――」

カミムラがぎろりとサンを睨んだ。

サンは口を噤《つぐ》む。

「どうやら、お前のお仲間は口が軽いらしい。こんな奴でも、お前の言う『信頼』に値するのか？」

　サンはぐうっと呻き声を上げた。今回ばかりは、大野の指摘がこたえたようだ。

「……僕の仲間は僕が決めるよ。でもさ、もし君の言う通り、二度目の誘拐騒ぎなんてものを起こしたとして……誰にも目撃されなかったら、どうする？　そうなったらやる意味なんてないだろう？」

　大野はニヤリと笑った。

「そうだ。そこで、お前はある仕込みを用意した――」

＊

「おそらく、カフェにいたという編集者は、犯人グループの一員です」

　美々香が言った。

「何ッ！」

　田辺は思わず声を上げた。

「……このＩＣレコーダーの記録が残っているからですか？」

　佐久間の指摘を受け、美々香が頷く。

「はい。この音声記録は、どう考えても不自然なものです。この記録は、三つの条件が重なり合わないと決して残らない、奇妙な偶然の産物に見えました。

一つ目は、打ち合わせに来た小説家が、ICレコーダーで録音する癖があること。二つ目は、案内されたのが窓際の席だったこと。三つ目は、換気のために窓を開けていたこと。

これだけの条件が揃っていると、『偶然の目撃者』としか思えなくなります。しかし、それこそが犯人グループのつけめだったのです。音声による記録ですから、犯人グループの外見や特徴などの記録は一切残らず、音声しか証拠を残さない。にもかかわらず、この記録があることによって、確かにあの時刻、あの場所で、誘拐が行われたという決定的な証拠が生まれることになるのです。私たちが犯人の足取りを追う時も、必ずこの記録の後を追うことになります」

「奇術師が右手を見せている時は、左手に注意すべし。ミスディレクションの基本ですね」

佐久間がふう、と息を吐いた。

「田辺さん、この人の言葉を確かめる方法があります。十時半……まだギリギリ、カフェも営業しているかもしれません。電話して、こう聞いてみてください――」

田辺は呆気《あっけ》にとられたまま、佐久間の指示を聞いた。

すぐに電話をかけ、カフェの主人に話を聞く。

「夜分遅くに恐れ入ります。私、警察の田辺という者で……」

『またあなたたちですか』カフェの店員の疲れた声が答える。『来た人にもう全部話しましたよ。同じことを何度も何度も……勘弁してください』

「申し訳ありません。おそらく、重複する質問にはならないと思いますので。今日の昼、そちらで誘拐騒ぎを目撃される前のことなのですが……小説家の桜木一郎さんと編集者の会田さんの打ち合わせの件。あれは、事前にカフェに予約などが入っていたのでしょうか？」

『え……？　あ、ちょっと待ってくださいね』

電話の向こう側で、がさがさと書類をめくる音がする。

『はい、はい、そうですね。一週間前に、アイダさんのお名前でご予約をいただいています。打ち合わせに使うので……窓際の席が良い、と』

「ほう。ところで今日、あの時間に換気のため窓を開けていたのは、いつものことですか？　窓を開ける時間が決まっている、とか……」

『ランチの後とか、定期的にするようにはしているんですが、最近随分暑くなってきたでしょう。冷房を効かすために閉めている時間が長くなったのですが……あの窓が開いていたのは、その、編集者のアイダさんって人が、ハウスダストアレルギーだから換気してもいいかって聞いてきて……ったく、うちが綺麗に掃除していないって言いたいんですかね。こっちはアンティークな調度が売りで――』

「ご協力感謝いたします。失礼いたします」

電話を切った瞬間、熱い何かが田辺の体中を駆け巡るのを感じた。佐久間の指示通りにして正解だった。そして、美々香の推理通り――あの席、あの記録は、編集者の会田によって意図的に作り上げられたものだったのだ。

*

「まあ、別に君に言ったところで大差ないわけだし、せっかくだから教えてあげようか」

急に気が変わったのか、カミムラは饒舌に語り始めた。

「僕が使ったのは、会田という男と、桜木一郎という小説家だよ。この会田というのは僕の〈劇団〉の一員でね、普段は金を持っていそうなクリエイターを騙して、事業に投資させる詐欺をやっている。ああちなみに、桜木は本物の小説家だ。彼は僕らに騙された、ただの被害者だよ。

会田が『編集者』と身分を偽って桜木に会った時、桜木にある癖があることを知った。彼は、打ち合わせの内容を必ずＩＣレコーダーで録音するんだよ。

録音が残るんじゃや、詐欺の相手としては都合が悪い。会田はその時、適当にはぐらかして切り上げたんだが、その情報を聞いて僕は『使える』と思ったんだ。今回のような、姿を残したくない犯罪の仕込みにね——」

「なるほどな。その作家と編集者を、誘拐現場の近くに置いておき、『二回目の誘拐騒ぎ』を録音させる……こうして、どう見ても偶然の産物にしか見えない、もっともらしい『手掛かり』をこしらえた、ってわけか」

「その通りだよ。そんな風に縛られていても、そこまで考えが及ぶなんてね。本当に頭が切れる。探偵にしておくにはもったいないよ」

「お前と同じように悪の道に進め、とでも？　それはごめんだね」

サンがきょろきょろと二人を見回した。

「つ、つまりその、どういうことです？　どうして、兄貴たちは二回も誘拐騒ぎを起こしたんです？」

「やれやれ」カミムラがため息をついた。「君には一回説明しておいただろう？　どうしてすぐに忘れちゃうのかね。そこの探偵さんの爪の垢《あか》を煎じて飲ませたいよ。

まあ、いい。せっかくだから、もう一度説明してあげるよ。いいかい？　まず、錦糸町で二度目の拉致を行うよりもっと前——午後三時頃に、僕たちは大野君を拉致する。これは誰にも見られないように、ひっそりとした路地裏で、迅速に行うんだ。で、大野君の服を脱がせ、替え玉に着せる。サン、君もこいつをジャージに着替えさせるのを手伝っただろう？　そうしておいたら準備は万端だ。駐車場で代わりの車——黒のワンボックスカーに乗り換えて、今度は二度目の誘拐拉致現場に向かう。

二度目の拉致現場では、ICレコーダーの証拠を残すために『仕込んで』おいた編集者と小説家の打ち合わせの目の前で、派手な大立ち回りを演じる。必ず、その小説家や、店の店員、客が目撃するように。すると通報が入り、攫われた人の衣服の特徴から、攫われたのは大野紀だと断定される。

警察はこの時、どうすると思う？」

「どう？　どうって……そりゃ、黒のワンボックスカーを追いかければ、僕たちに辿り着くって、そう思うんじゃないですかい？」

そう口にして、サンが、あっ、と口を開けた。

「そこまで分かれば、僕らの狙いは明白だろう？　警察は必ず、この黒のワンボックスカーの動きを追尾する。しかし、正解は、このワンボックスカーの動きの『前』を追いかけることなんだ」

「なるほど！」とサンが大声を上げた。「『前』を追えば、黒のワンボックスカーの一つ前の車を特定でき、本物の大野紀を乗せた車の動きを追うことが出来る……そういうわけっすね」

「そういうこと。だけど、警察の連中はそこまで頭が回らないってわけさ。これこそが、僕が考えた『第一の願い』のトリックだよ」

「さあ」大野は言った。「それはどうかな？」

「何？」

カミムラは大野に詰め寄った。

大野は身じろぎもせず、カミムラを睨みつける。

「こっちにも、秘密兵器がいるんでな」大野が笑った。「お前は〈劇団〉の人間の姿を映像に残さないために、ICレコーダーに証拠を残した。だが、それが運の尽きさ。こっちにはあいにく、そういうのが大得意ってやつがいてね……」

「はっ、あの山口美々香とかいうやつか？　どうだか。いくらそいつの耳が良かろうと――」

カミムラのスマートフォンが鳴った。

彼は舌打ちして通話に出る。

「なんだ今取り込んで……は？　ちょっと待て、それはどういう――」

カミムラは何度か呻くような声を上げた。

「あ、兄貴、一体何が――」

カミムラは舌打ちをしながら電話を切った。

「サン、今すぐここを出るぞ」

「え？」

「警察がこっちに向かっている。動きを掴まれているんだ」

カミムラは小さな声で、ボソッと、一言だけ発した。その一言が、大野の脳裏に深く刻まれた。

カミムラは大野に食って掛かるように言った。

「君、一体どんな手を使ったんだい？」

「さあ？」大野は内心の動揺を気取《けど》られないよう、声を抑えて言った。「うちの探偵は飛び切り優秀なんでね」

大野は不敵に微笑む。

「お前の言葉をあえて真似るなら──かくして、第一の願いは打ち破られたり」

カミムラは顔を歪めた。

「貴様……」

「まだあるんだろう？　お前の手品のタネは。退屈しなくて助かるよ。フルスロットルで頼むぜ」

カミムラは舌打ちしながら、大野を担ぎ出し、車に乗せる手筈を整え始めた。

その間も、大野の脳裏に、先ほどのカミムラの一言が焼き付いて離れなかった。

彼はさっき、こう呟いたのだ。

──早すぎる。

（何の変哲もない一言に思える。だが、本当にそうだろうか。俺には、こう聞こえた。ここまではバレても構わないが、バレるのが『早すぎる』。そんな風に）

大野は首を捻った。

（俺と美々香はまだ、こいつが張り巡らせた罠の口から、逃げられていないのかもしれない）

19

田辺は各陣営に指示を飛ばしていた――まずは、防犯カメラの映像で黒のワンボックスカーの『前足』を追うこと。不審な車両が見つかればそれを追跡すること。喫茶店で打ち合わせをしていた編集者を見つけ出すこと。同時に、偽『大野糺』の拉致現場を録画した映像がないか、探すこと。それが見つかったとすれば、大野糺が映っているホームビデオの映像と照合して、美々香の言う通り、大野糺と「歩き方」が違うかどうかを検証すること――。

犯人側に盗聴器を通じて気取られないよう、田辺は全ての指示を応接間から飛ばした。

「驚異的ですね」佐久間が皮肉めいた口調で言った。「彼女があの音声を少し聞いただけで、これだけのことが分かったなんて――これはもう、超能力以外の何物でもありませんよ」

結果から言えば、全て、美々香の推理通りだった。

前足を追ったところ、不審な車両が見つかり、現在、犯人グループのアジトの追跡捜査が行われている。

そして、音声に録音されていた『被害者』が、偽『大野紀』であるという推測も、現場周辺に停まっていたタクシーのドライブレコーダーの映像から裏付けが取れた。大野家から提供されたホームビデオの映像と、ドライブレコーダーの映像とを比較し、大野紀と偽『大野紀』の歩き方を解析したのだ。

打ち合わせの場にいた編集者・会田についても、やはり犯人側の共犯者であることが確認できた。社名を勝手に騙《かた》っていたものらしく、関係者に確かめたところ、『そんな人間はうちの社にはいない』とのことだった。小説家の桜木一郎がもらっていた名刺に記載されている携帯の番号も、もう繋がらなくなっていた。犯人グループの一人だったことは明白である。

「なんだ佐久間、不満か？　結果として、これ以上ないほどの成果が出ている。俺は彼女の力を認めるべきだと思うがな。彼女はまさしく、名探偵だよ」

佐久間はフンと鼻を鳴らす。

「どうだか。名探偵なんてものが現実にいるとは思えませんが、もしそうだとしても不完全ですよ。考えてもみてください。『歩き方が違う』なんて、ただ彼女が大野紀をよく知っているから出てきた着眼点ですよ。言ってみれば彼女の推理の立脚点は、『知っているから知っている』以上の何物でもない。僕らには、それを反駁《はんばく》する材料すらないんです。こんなの卑怯じゃありませんか。フェアな試合じゃない」

　今日はよく喋るな、と田辺はこっそりと笑った。それだけ、美々香のことが腹に据えかねている、ということだろう。

「お前の目から見ても、分からないのか？」

「何がですか」

「彼女の耳が良いこと……その秘訣とか」

「秘訣？　そんなものがあるなら、僕が聞きたいですよ」

　よほど不機嫌らしい。田辺はそれ以上、突っ込むのをやめた。

　とはいえ、追跡や検証のいずれも、簡単な作業ではない。結果が出るのに数時間かかった。それが出揃う頃には、日付も変わり、深夜の二時を回っていた。

　佐久間が諸々の調査を進める間、田辺もただ、手をこまねいていたわけではない。

　午後十一時から十二時までの一時間。彼は、大野家の家族の中で、まだ起きている人物を中心に呼び出し、十五年前の事件について捜査を進めていた。

大野美佳の場合

「刑事さん、今、こんなことをしている場合なのかしら」

　美佳はあてこするように言った。

　午後十一時ジャストだった。

　起きている人を中心に——とはいえ、誰も彼も、気が立って眠りにつけないようだった。その中でも、一刻も早く眠ろうとしていたのは美佳で、田辺が呼び止める形になったのだ。

「すみません。ですが、十五年前の事件の関係者の中に、犯人がいる可能性もあります。こちらとしては、当時を知っている方々に話を伺いたいのです」

　田辺は先だって届いた調書を全て読んだわけではなかったが、概要と、川島・板尾の両名が添付したメモを参照して、大まかな事件のアウトラインを摑んでいた。

　二人が明らかに出来なかった、大野美佳たちに心変わりをさせ、身代金の三千万円を肩代わりすると決めさせた『空白の三時間』——その内容に迫るのが狙いだった。

「別に、我が家にとって、隠し立てするような内容ではありません」

「なら、なんでさっきは話してくれなかったのです？」

「子供たちの前でわざわざする話ではありませんから。私たちはただ、巻き込まれただけですから」

美佳は突っぱねるように言う。あらかじめ決めてきたような返答が、むしろ田辺の興味を引いた。

大野美佳が交通事故に遭い、車椅子生活を始めたのは五年前のこと。十五年前はまだ自分で家事を切り盛りし、家政婦も雇っていなかった。

「西田と東……犯人の二人は、まずあなたのところに電話をかけてきたんですね」

「ええ。『お前のところの娘と息子を預かった』って、脅すような声で言っていましたけど、うちの子供は三人とも家におりましたからね。変ないたずらだ、と思って、突っぱねたんです」

「ところが、実際は隣の野田島夫妻の子供が誘拐されていた……そして、通報はあなたからだったと、記録には残っています。どうして、通報はあなたがなさったんですか？　どういう経緯だったのでしょう？」

田辺は問いを発し、そのままじっと答えを待つ。

美佳は、フン、と鼻を鳴らした。

「あなた、そのまま一昼夜でも待っていられそうね」

それが田辺の持ち味だった。人間は、長い沈黙には耐えられない。必ず口を開いてしまう。田辺はその瞬間を、まるで牛のように鈍重《どんじゅう》に、いつまでも待つことが出来た。

美佳が口を開く。

「……別に、大したことではありません。野田島さんご夫妻は動揺が大きくて、まともに話せそうにありませんでした。だから、代わりに通報をしたまでです」

「あなたはいつもご自分で通報をなさる」

「なんですって？」

「今回のこともそうです。犯人が『警察に連絡するな』と命じなかったのに唯一気が付いて、通報なさった。実に聡明です」

「皮肉をおっしゃってるの？」

「いいえ。ですが、誘拐事件において、通報するか否か、というのは、人質の命にも関わる分水嶺《ぶんすいれい》です。今回はご自分の息子だから英断と称《たた》えられるでしょうが——十五年前は、他人の子供のことを、よく通報出来ましたね」

再びの沈黙。美佳が口を開く。

「……今のは、質問ですか？」

さあ、と首だけすくめてみせる。

ふう、と美佳は息を吐き、車椅子の座面に深く沈み込んだ。

「今となっては明らかになっていることですが……私は、通報した時点で、野田島華さんに強い疑いを抱いていました」

田辺の脳内でジグソーパズルのピースがはまる。

「十五年前の誘拐は、野田島華による偽装誘拐計画……それをいち早く見抜いていたのだとすれば、あなたはまるで名探偵ですね」

「別に、それだけあの人の性格をよく知っていたというだけです。野田島夫妻と、私の夫が、会社では同僚だったのはご存知ですね？」

田辺は頷いた。

「私も夫に連れられて何度かお会いしたことがあったのですが、華という人は、その頃から極端な浪費家で、おまけに見栄っ張りでした。真面目で堅実な勲さんが手を焼いていたほどです。野田島の家は持ち家なのですが、借金もあるくらいでした。それでも、体面を保つためにメイドを雇ったり……はたから見れば、おかしな一家でしたよ」

ようやく美佳の口が饒舌になってきた。

「そんな一家に、どうして三千万円を出してやることになったんです」

少し間があってから、美佳は言った。

「昔からの関係性のゆえです。父……これは巌のことですが、父も昔から会社で付き合いがあるよしみで、野田島家の状況に呆れながらも、見捨てられないでいたのです。それでお金を出してあげることになっただけのことですよ」

「しかし、あなたは通報した。それはあなたの独断で？」

「独断なわけはありません。ただ、通報する方がいいと、野田島夫妻を説得したのは私でした。私は野田島華さんを怪しんでいましたから、警察の監視の目が入ることは有用だと思ったんです」

極端な理屈家。

田辺は美佳のことをそう分析した。

彼女は、警察のことも、自分が使える手駒のようにしか考えていないようだ。

「よく反対されませんでしたね」

「反対しすぎても怪しまれると思ったんでしょう。それにほら、華さんが犯人なのは、後の経過から見ても明らかじゃありませんか」

「え——？」

「お気づきになりません？　ほら、SL広場でのことですよ。角刈りの刑事の尾行がバレたこと」

「ああ。それで、取引が中止になったんでしたね」

そして三日後、野田島加奈子は遺体で発見される。

「ね。本当に野田島華が潔白なら、この時点で私に言うはずなんですよ。『どうしてあの時、通報なんてしたんだ』と」

田辺は内心の驚きを表情に出さないようにした。

確かに、美佳の指摘は正鵠《せいこく》を射《い》ている。だが一方で、自分でこういう指摘をすること自体、美佳が通報に踏み切ったことについて、自らの責任を少しも感じていないことを意味していた。

「私が同じことをされたら、きっと通報者をなじっていたと思います。悪いのは犯人だと頭では分かっていても、目の前に、その原因を作った人がいたら、普通、耐えられないじゃありませんか」

「……そうですね」

「ほら。この一事を見ても、野田島華が犯人なのは明らかだったんです。あの時、私が通報したのは、結果から言えば正解だったんですよ」

田辺はすかさず斬り込んだ。

「今回も同じですか？」

初めて、美佳の顔に動揺が走った。

「なんですって？　あなた、それ、どういう意味？」

「あなたは野田島華を怪しんでいたから警察に通報した。だったら今回はどうですか。この家の中の誰かを、疑っているから通報したんですか？」

美佳はしばらく唖然とした顔をしていたが、やがて、呆れたように笑った。

「あなた、随分想像力が豊かですね」

田辺は答えなかった。

「そうですね……そこまで気付いているなら、お話ししましょうか。確かに二人、疑っている人物がいます。お教えしたら、その人物の言動に目を配ってくれるのでしょうね？」

田辺は驚いた。こんなにもあっさり教えてくれるとは思わなかったからだ。しかし――

二人？

美佳はその名を告げた。

「――もういいかしら。さすがに眠くなってきたから」

「ええ。ご協力、感謝いたします。そして、必ず犯人を捕まえるとお約束しますよ」

美佳は小さく会釈して去って行った。

田辺は未だ、その二人の名前の衝撃から抜け出せていなかった。

熊谷太一。

そして吉澤。

熊谷のことは予想がついていた。突然現れたフィアンセとして、美佳が怪しんでいること。おまけに、万が一、野田島秀人が生きていた場合、熊谷太一と年齢が一致するのだ。

しかし、熊谷＝秀人と考えると、一つわからないことがある。確か彼は児童養護施設の出身というが、なぜ彼は事故現場から生きのびた後、父である勲の元に帰らなかったのだろうか？

それに――吉澤というのは？

これが分からなかった。田辺の脳裏には、彼女に対する疑いはこれまでのところなかった。

それに、美佳は一方的に、彼らを警戒しろと言ってきたが、田辺の見解は違う。

誘拐事件の指示役は、こうして家の中にいて、アリバイを作っていることは十分考えられ――それに、動き回る必要はない。現に、十五年前、同じ方法で野田島華が誘拐を計画した。

大野美佳が犯人である可能性も、十分にあるのだ。

大野楽の場合

「……やはり、その話になるんですね」

応接間に呼び出されるなり、楽は深いため息をついた。目はわずかに充血し、心労のほどを物語っている。

「十五年前――焦点となるのは、大野家と野田島家、二つの家族の関係だと思っています。この死角の中に、今回の犯人が隠れている可能性があります」

田辺は切り込んでいった。

「私が知りたいのは、十五年前の『空白の三時間』。どうして、野田島家の誘拐に、大野家が関わることになったか。その顛末です」

楽の喉仏がゆっくりと上下した。

「……いずれ、調べれば分かってしまうのでしょうね」

楽はためらいがちに田辺を見た。

「二回の脅迫電話のことは……もういいですよね。一回目が、姉さん……美佳のところへ。二回目が、野田島華さんのところへ」

「ええ。華さんのところに電話があったのが午後五時。そして、美佳さんから通報があったのが午後八時。この間の三時間の経緯を知りたいのです」

「……最初は、華さんから、泰造義兄さんに連絡がありました」

意外な名前が挙がった。

現在、ブラジルに商用で出張中だという、大野泰造。念のため、今パスポートの出入国履歴をあたらせているが、結果はまだ届いていない。

「どうして泰造さんのところに？」

「会社で昔から付き合いがありましたからね。相談しやすかったんでしょう」

楽はサッと早口で言い、続けた。

「その電話で、華さんから義兄さんに、三千万円を肩代わりしてくれないか、という申し出があったそうです。義兄さんは『自分一人で決められることではない』と断って、それで、姉と、父の知るところになったと」

「あなたはその決定の場にいなかったんですか？」

「いえ」楽はびくっと肩を震わせた。「いや、まあ、いましたけど。姉も父もいる場ですから、私に大した発言力はありませんよ。ははは」

楽はこともなげに笑っているが、どうも歯切れが悪かった。

「実際に、三千万円を代わりに支払うと、決断したのは誰ですか？」

「もちろん父でした。父が生きていた頃は、全ての決定権は父にありましたから。強権的と言ってもいいくらいで。もっとも今は、姉がその性質を受け継いでしまったので、私はいつも肩身が狭いんですよ」

また空虚な笑い。

「お父さんは、進んで三千万円を支払ったんですか？」

「そりゃまあ、嫌々だったでしょうけど」

またしても、歯切れの悪い返答だ。

質問の方向性を変える。

「あなたから見て、お義兄さんはどういう方ですか？」

「どういう……うーん。どう答えればいいんでしょうね。お婿さんとして来たこともあって、家の中では少し肩身が狭いといった様子で、私なんかは、親近感を覚えてましたね。でも、仕事は有能なんですよ。交渉力に長《た》けていて、口が上手いっていうか」

「女性関係は？」

「まあ、結婚するまでは、それなりに遊んでいたようですが」

楽は言葉を濁した。

「と、いうと？」

「いえ。詳しくは知りませんけどね。ただ、姉からそう聞いたことがあるっていうか」

すぐに人に矛先をそらす。それがこの男の処世術なのだろう。

「野田島華さんは、偽装誘拐を仕掛けて、三千万を大野家から奪う算段だったといいます。どうして、彼女には大野家からそれだけのお金を引き出せる自信があったんでしょうね？私には、どうも足場の緩い計画に見える」

「さあ。それは華さんに聞いてもらわないと分かりませんが……でも、おそらくこうですよ。華さんは、昔から父の性格をよく知っていた。三千万円を太っ腹に支出して、隣人の子供を助ける……まさしく隣人愛そのものじゃありませんか。そういう美談が、父の虚栄心をくすぐると読んでいたんでしょう」

確かに、野田島家の子供二人が無事に帰ってきていれば、なかなかの美談に仕上がったかもしれない。

「実際には、取引自体が中断されたので、三千万円はそのまま大野家に戻ってきたんですけどね」

田辺は頷いた。

「しかし、それだけではどうも勝算が薄いように私には感じますね」

田辺はここで黙り込んだ。

楽はすぐに口を開いた。

「――さあ、ギャンブルが趣味だったのかもしれませんね。勝算が低い賭けほど、燃える人だったのかもしれない」

楽は耐えきれないとでもいうように、すぐさま立ち上がった。

「もう、いいですか？」

「ええ、ありがとうございました。おやすみなさい」

楽はぎこちなく会釈し、逃げるように応接間を去って行った。

田辺は確信した。

大野楽はまだ、隠し事をしている。

田辺は今の会話の中で一つ、重大な事実を手に入れていた。

野田島華は、なぜ最初の交渉相手に、大野泰造を選んだか。

昔から付き合いがあるのなら、余計に分かったはずだ。大野家の中で、娘婿である泰造の影響力が低いことが。

それでもなお泰造を選んだのなら、何か理由があるはずだった。

大野早紀の場合

「十五年前……そうは言っても、私、当時のことはよく覚えていないんです」

早紀は残念そうに首を振った。

「お役に立てず、申し訳ありませんけれど……」

彼女もまた、顔に疲れの色があった。しかし、持ち前の上品な所作は少しも失われていない。育ちの良さが窺える。

「確か、当時は親戚の家に預けられていたんでしたね」

「ええ……おばあちゃんと一緒に、紀兄さんと、智章の四人で。だから、事件のことはよく知らないんです。帰ってきてからは、お父さんもお母さんも、詳しく話してはくれませんでしたし……華さんの自殺のことがニュースに出て、それから少しずつ、報道で話を知った、という感じで」

「お母さんやお父さんと、その話をなさったことはありませんか」

大野早紀は当時小学四年生だ。子供心に、興味のなかったはずがない。

「聞いてみようと、思ったことはあります。でも、すぐに怖い表情になって、『あれは悲しい事故だったんだ』と突っぱねられてしまって……。

　野田島さんとは、昔、よく遊んでいたので、隣がひっそりと静まり返っているのが、寂しく感じられました。特に、野田島さんの家には、二十代後半くらいの、若いメイドさんがいて、智章と一緒に、すごく羨《うらや》ましがったのを覚えています。明るくて、よく遊んでくれて。とても可愛らしい人でした」

　早紀はため息をついた。

「あの事件以来……なんだか、家族の間に深い溝があるような気がするんです」

「溝、ですか。どういうことでしょう」

　早紀は手をもじもじとさせた。

「あの……今からする話、お母さんには黙っていてもらえますか」

「もちろん、私たちはお聞きした話をみだりに口外することはありません」

　早紀はもう少しためらってから、また口を開いた。

「半年前……おじいちゃんが亡くなる直前のことなんです。私、おじいちゃんの病室に呼び出されて。お母さんたちには聞かせたくない話だから、って」

「どんな話だったのでしょう」

「……お父さんたちは、私のお金をいつも無駄遣いする、って」

田辺の頭の中で、またジグソーパズルのピースが埋まった。

「それで、早紀さんは十五年前の事件のことを思い出したんですね」

「ええ。きっと、そのことだと思って。三千万円をうちが肩代わりしようとしたんですよね。それは、私も色々調べて、知って……もちろん、誘拐が失敗に終わったので、三千万円が返ってきたことは知っていますが」

早紀は唾を呑み込んだ。

「だから私、聞いたんです。それって、あの事件のことなのか、って。そしたら、おじいちゃんが言いました。『いつもバカなあいつらの尻拭いをさせられる』って」

あいつら。また気になる言葉が出てきた。

自分の子供たち、美佳と楽を指しているのか。あるいは娘婿の泰造まで。いや――昔からかかわりがあるという、野田島家まで？

早紀が黙り込んでしまったので、田辺はやむなく促した。

「おじいさんから聞いたのは、それで全部ですか？」

「えっ？　……ああ、はい、そうです」

不自然な間だった。

さらに追及しようかと思ったが、嘘と断じるだけの根拠はない。田辺は早紀を解放した。

だが、どうにもおかしい。亡くなる直前に自分の孫を呼び出して、ただ、自分の娘たちの悪口を言うものだろうか。

　早紀の話には、おそらく続きがある。

　しかし、その内容は分からなかった。

佐久間との会話

　応接間から早紀が出て行くと、近くの机で解析を進めていた佐久間が顔を上げた。

「田辺さん、この隙に、少しお耳に入れたいことが」

「なんだ」

「新島が殺された現場付近で発見された吸い殻のことです」

「あのフリーライターか。新島がタバコを吸いながら大野家を見張っていたところ、誘拐犯と出くわして、殺されてしまった……確か、そんな見立てだったな」

「ええ。それが崩れました」

　田辺は虚を突かれ、反応が遅れた。

「何？」

「タバコの吸い殻に付着していた唾液のＤＮＡ鑑定の結果が出たんですよ。唾液のＤＮＡと、新島のＤＮＡは一致しませんでした」

「つまり？」

「つまり」佐久間が言った。「あの吸い殻は、犯人の方が吸っていたものである可能性が高い」

「だとすれば、待ち伏せしていたのは犯人の方か」

振り出しに戻った――と残念がったのは最初だけだった。

この情報は、使える。

熊谷太一の場合

「本当、こんなことに急に巻き込まれて――驚いています」

額を押さえ、小さく首を振る。

「ですが、それよりも心配なのは、早紀のお兄さんのことです。ちゃんと無事でいてくれるといいのですが」

どこからどう見ても隙のない好青年だった。

「しかし、嫌なものでしょう。突然行動を制限されて」

「まあ、会社は有休を取ることにしましたし、あとはなるようにしかならないでしょう。早紀も不安がっていますし、なるべく、傍にいてやらないと」

まるで模範解答を用意したかのような、完璧な受け答え。

田辺は確かに、うさん臭いと感じた。大野美佳の疑いのことがなかったとしても、だ。

熊谷について一番気にかかるのは、この男が野田島秀人かどうか、である。

もし、彼が十五年前の生き残りであるなら、復讐という立派な動機が生まれてくる。

「実は、一人一人お呼び立てしているのは、捜査への協力を求めてのことなのです」

「はあ」

「この家の斜向かいで、新島国俊というフリーライターが殺されました。実は、その現場の近くで、吸い殻が発見されまして。その吸い殻は、どうやら犯人が吸っていたタバコだと分かったんです」

熊谷の顔が強張った。

「それで、ＤＮＡ鑑定の検体の提出を、皆さんにお願いしているんです」

もし、熊谷太一が野田島秀人であるなら、この要請を拒否するはずだ。

なぜなら、隣家の野田島勲と親子関係の鑑定をされれば、一発でアウトだからだ。そして、野田島勲に対しても、同じ理屈で検体の提出に協力してもらえばいい。もし、野田島勲が犯人でなければ、協力してもらえるだろう。

熊谷は田辺を睨みつけた。

「……私を疑っているんですか？」

「皆さんにお願いしていることです」

「大野家の傍で起こった殺人なんです。姿を見られた誘拐犯が、殺してしまったんじゃないですか」

「新島は大野家のある人物を調べていた形跡がありました。大野家の誰かが、誘拐とは無関係に口封じをしたのかもしれません。そうすると、大野家に近しい方についても調査が必要になるというところでして」

「もしかして、早紀のことを調べていたんですか」

実際に調べていたのは大野紀の周辺だったようだが、そこまで言う必要はないだろう。

これで田辺の手持ちの武器はない。

さあ、協力するか。拒否するか。拒否してくれても構わない、と田辺は思っていた。もし自分が相手の立場なら、この程度の理由では協力するかどうか怪しいところだ。しかし、拒否した時点で、田辺の中で一つの心証が形成されるだろう。

「仕方ありませんね」

田辺は目を見開きそうになった。

「協力します。もちろん、私は事件に関係ありませんが、提出すれば、それを証明することは出来ますよね」

意外だった。進んで協力するとは——。

「ご協力感謝します」

「いいですから、田辺さんたちは、紀さんを無事に保護することだけを考えてください」

田辺は冬川に声をかけ、熊谷のDNA検体を採取するように指示する。綿棒で頬の内側をぬぐいとることで対応することになるだろう。

野田島勲の検体を手に入れ、特急で依頼すれば、明日には結果を出してくれるだろう。どんな結果が出るのか。

いや、協力した時点で答えは分かり切っているのかもしれない。

熊谷太一は、野田島秀人ではない。

彼はシロなのだ。

とすると、美佳が挙げた名前のうち、吉澤のことが気になる。しかし、彼女はもう眠ってしまっているようだ。それに、彼女は十五年前は雇われておらず、過去の誘拐のことは知らないはずである。田辺の手元には、まだ材料が足りない。

また、大野智章も、眠りについていたので、取り調べは諦めた。

あとは、田辺が見通さなければならない。

十五年前――この家で、何があったのかを。

20

川島は野田島家を見た。

明かりは一つも点《つ》いていない。ひっそりと静まり返っている。

「奴《やっこ》さん、もう寝てるんじゃないのか」

隣に立つ板尾があくびをする。

「板尾さん、もう少し緊張感を持ってください。今から容疑者に会うんですよ」

「そうは言っても、もうこんな時間だしなあ」

板尾は腕時計を指さした。時計の針は午後十一時四十五分を指している。

「こんな時間に訪ねるなんて、非常識じゃないか？」

「俺もそうは思うんですが、まあ、田辺さんの命令ですし」

川島は責任転嫁するように言った。

ついさっき、新島の殺害現場に落ちていた吸い殻のＤＮＡが、新島と一致せず、犯人のものである可能性が高いと判明した。

それを受けて、田辺は、野田島勲と熊谷太一のＤＮＡの親子鑑定を行いたい、と言う。

こんな時間に訪ねて、協力が求められるかは怪しいが……。

「……失礼しまーす」

板尾が門扉を開いた。

「あっ、板尾さん！」

「確かめるだけだよ。大丈夫、大丈夫」

何が大丈夫なのか分からないが、板尾はずんずんと敷地の中を突き進み、玄関扉の前まで辿り着いた。川島は踏み出すことが出来ずに、そのまま門扉の外に立っていた。郵便受けに新聞が溜まっていた。引き抜いてみると、四日分の新聞が溜まっていた。四日前から、家に帰っていないのか。

板尾がインターホンを鳴らした。

彼は反応がないのを見て取ると、扉のノブを下ろした。

不意に、彼の動きが止まる。

板尾は振り向く。険しい顔をしていた。小さく、川島に向けて手招きする。こっちに来てほしいと一瞬思ったが、叶いそうもない。

川島が足早に板尾に近づくと、板尾は扉を開けた。

「鍵がかかっていない」

その一言で、川島と板尾の緊張は張り詰めた。こうなってくると、野田島の安否も気にかかってくる。

「行くつもりですか」

「それ以外ないだろう」

板尾はそう言い、「後ろは任せる」と言い残して家の中に入った。

「野田島さん、いらっしゃいますかー？」と板尾が言う。

川島は覚悟を決め、うす暗い家の中に入る。異臭はしない。暗闇に目が慣れるまで時間がかかった。

リビングに入る。人の気配はない。テレビとテーブル、椅子が四つ、見通しの良いダイニングキッチン。四人で住んでいた頃から、家具や調度は変わっていないように見える。

リビングのテーブルの上に、封筒が置いてある。裏面に差出人の名前はない。ハサミやレターオープナーで開封されたらしく、切断面は鋭利だった。中身は空。

消印は四日前。栃木県からの封書だった。四日。溜まっていた新聞とも符合する。この手紙が野田島の留守の理由だろうか？

「栃木……」

十五年前の事件で、野田島加奈子と秀人が拉致されていたのが、栃木県の山中だったはずだ。

川島はシャッター音の鳴らないアプリで封筒の写真を撮る。後で、消印の町名と調書を照らし合わせるつもりだった。

それから、川島と板尾は背中合わせになって、家の中を捜索した。

彼らの念頭にあったのは、野田島が既に殺されている可能性だった。鍵がかかっていない玄関を見た時、板尾の表情が強張ったのはそのせいだった。

しかし、野田島勲の死体はなかった。

四人家族で暮らすための家は、男性一人には手に余るようで、半分以上の部屋は、家具も何も置いていない、殺風景なだけの部屋と化していた。

家が広すぎるなら、引っ越せばいいのに、と川島は思った。

夫婦の寝室とみられる部屋だけは、整然としていた。タンスを開けてみると、女物の衣服が一切手を付けられずに保管されていた。捨てることが出来ないのだろう。

寝室の写真立てに、家族写真が飾られていた。画角からいって、タイマー機能で撮ったものらしい。

野田島華が朗らかに笑って、息子の秀人と二十代後半くらいの女性の手を引いている。野田島家にいたという、メイドだろうか。メイドに抱きつくようにして朗らかに笑っているのは、娘の加奈子だろう。彼ら四人の様子を、野田島勲はやや離れた位置から、困ったように、しかし幸せそうに笑みを浮かべて眺めている。秀人は母に手を引かれてやや恥ずかしそうに首をそむけている。整った形の耳が特徴的だった。

川島はその写真も、自分のスマートフォンで撮影した。あとで、田辺のところに送る予定だ。

「なあ、この家、なんか変じゃねえか？」板尾が言う。「なんつうか、作られた乱雑さ、っていう感じがするんだよな」

「どういう意味ですか？」

「例えば、テーブルの上とか、飲みかけのビール缶がそのまま放置してあって、虫もたかってるのに、一方で、ほら」

板尾は台所の排水口の蓋を取った。

生ごみ一つない、綺麗な状態だった。

「風呂の排水口も同じなんだよ。髪の毛一本残っていない。エアコンのフィルターだって綺麗なもんだ。そこだけ見ると綺麗好きに見える」

しかし、現在勲は定職につかず、近隣の住民いわく、髭や髪も伸び放題で、あまり身なりに気を遣っている様子はなかったという。

どうにもちぐはぐな印象だった。

「それにしても、奴さん、どこに消えたんだろうな？」

板尾が長い息を吐いた。

「やっぱり、野田島勲が犯人なんでしょうか」

「確かにそう見えるな。そろそろ十五年前の事件との関連に警察が気付いて、自分のところに捜査の手が伸びると思い……先んじて逃げ出した」

「その口調、板尾さんには別の意見がありそうですが」

「さてね」板尾は肩をすくめた。「ただ、こうは思うね……今回の犯人は、拉致にも実行犯を五人使っていて、組織的な犯行に思える。で、もし野田島勲が関わってるんだとすれば、やっぱり首謀者、司令塔ってことになるんじゃないか」

「……だとすれば、誘拐の進行中はすることがない？」

「かもしれない、って話だ。案外現場派かもしれないからな。今は誘拐犯たちと行動を共にしているとか。だが逆に、首謀者で、実行役は別にいる、とするなら――」

「するなら？」

板尾は一拍置いて続けた。

「俺なら、アリバイを作るだろうな」

「自分の身の証《あか》しを立てるために、ですか」

「そう。だから今、奴さんは馴染《なじ》みのバーで飲みながら、どんちゃん騒ぎでもやらかしてるかもしれないぜ」

「そんな悠長な」

川島は首を振った。

「ＤＮＡはどうしますか？」

「浴室でヘアブラシを見つけた。あと、さっきも言った、リビングのテーブルの上にあった飲みかけの缶ビールは確保したぜ」

「搦め手でいくしかありませんね」

「それとも一つ――親子関係を洗うよりも、確実なものを見つけたぞ」

板尾はニヤリと笑った。

彼が手にしていたのは、野田島秀人の母子手帳と、桐の箱だった。

「もしかして……」

「ああ。野田島秀人の臍帯《さいたい》だ。要するにへその緒だな。二つとも、夫婦の寝室とみられる場所で見つけた。押し入れの中に眠っていたよ」

「……仕方ありませんね。どれも借りていきますか」

「ああ。あくまで借りるだけ……な」

川島と板尾は、後ろめたさを共有しながら言った。

「……僕にも一つ、思いついたことがあるんですが」

川島が言うと、板尾が興味深そうに顔を上げた。

「見てください、この窓から外を……」

川島が指し示したのは、寝室の窓である。

寝室は野田島家の二階にあり、道路側に面している。そのため、窓から外を見下ろすと、真正面に例の空き家が見えるのだ。

つまり——。

「野田島勲は、殺人事件を目撃した可能性がある」

「そうなんです」

川島は頷いた。

「誘拐犯は記者に目撃され……さらに、その殺人の瞬間を、野田島勲に見られたのではないでしょうか。野田島はそのせいで殺された」

「しかし、死体はどこにも見つからなかったぞ」

「どこかに拉致してから殺したんでしょう」

「手間がかかるじゃないか。どうしてそんなことを……」

「板尾さんがさっき言ったことですよ。誘拐犯は、野田島勲が主犯である、というような予断を、警察側に持たせておきたかったのかもしれない」

「十五年前の事件も、そういう予断を生み出すために利用している、と？　そこまでくると、偶然が過ぎるんじゃないか」

板尾の反論が珍しく的確なので、川島は露骨に気分を害して、むくれて黙り込んだ。

川島は窓の外を未練がましく見つめていた。

しかし、野田島家とあの空き家のこの位置関係には……何か意味がありそうなのだが。

野田島勲の行方は、杳《よう》として知れなかった。

21

大野はキャンピングカーに乗せられ、どことも知れない場所へ運ばれていた。運転は〈劇団〉とやらの誰かが担当し、大野の周りには引き続き、カミムラとサンがぴったりと張り付いている。

キャンピングカーの居間にあたるスペースに、椅子に縛り付けられた大野が座らされている。カミムラとサンは、少し窮屈そうだ。

「まさかキャンピングカーとはな。悪手もいいところだ」大野は品評するように言った。「目立つぞ。警察が本気で追跡すれば、こんなものいとも簡単に――」

「ああ、いいんだ、いいんだ。どのみち、もう長くはかけないつもりだから」

カミムラはニヤリと笑って言った。

「大野君――なぜだと思う？」

「え？」

「僕がこれまで、君と長々おしゃべりをしてきた理由だよ」

「理由って……そんなの、それがお前の趣味だからじゃないのか？　それとも、理解者が欲しくて、寂しくて喋っていた、とか」

カミムラは嘲笑った。

「とんでもない。僕のことを理解出来る人間は、僕一人で十分だよ。僕が君と話していたのはね。君の脳をフル回転させて、絶えず覚醒させておくためさ」

サンは横でテキパキと何かを準備している。

彼の手元を見て、大野は青ざめた。

包帯や消毒液、金属製のペンチ……金属の無機質で冷たい光が、これから自分の身に迫ることを予感させた。

「俺と美々香に事の真相を見抜かれたから、逆上して拷問でもするつもりか？」大野は恐怖心を拭い去るため、とにかく口を動かした。「またお前は自分の言葉に反することをしようとしている。無意味な暴力は——」

「ああ。そう思っているなら、そう思っていてもいい」

カミムラは落ち着いた声で言った。

「どのみち、君の運命と、僕がこれからすることに変わりはない。むしろ、残念がるのは君の方だよ。さっきまでのアジトにいれば、僕らも落ち着いて『作業』出来たのに……この車の中じゃ、手元が震えて危ないからね」

サンが大野の手を取り、椅子のひじ掛けの部分にバンドで固定する。足は靴を脱がされ、同様に椅子の脚に固定された。

(まずい……)

大野は肺腑《はいふ》が冷えるのを感じた。彼は頭脳には自信があったが、痛みには耐性がなかった。

「なかなかいい怯《おび》えの表情だ。同じようにしたら、君のパートナーならどんな顔をするかな?」

「何……?」

「ほら、どうしても目障りだろう? あんな風にチョロチョロされると? 山口美々香……彼女の口も早めに封じておくべきかと思ってね」

「あいつには手を出すな!」

大野が声を張り上げた。

カミムラはニヤリと笑った。

「いい意気だ……縛られて何も出来ないくせに」

大野はカミムラを依然睨みつけていた。

「もちろん、この時間を待ったことにも意味がある」カミムラは言った。「さっきまで、ずっと電気のある環境に置いて、おしゃべりさせて、頭を働かせて……君を寝かせないでおいた。もう日付も変わっている。体と脳が眠りたがっている頃だろう。だけど、そうさせてはあげない。君はこれから先、絶対に眠りにつくことが出来ない」

その瞬間、サンの右手が素早く動いた。

あまりにも唐突で、大野は自分の身に起きたことを理解できなかった。

左手の人差し指の爪……。

大野の口から絶叫が漏れた。

「残念だったね。さっき言った通り、僕には人をいたぶる趣味はない。いい声で鳴いても僕が満足したり、手を緩めたりすることはない」

大野は荒い呼吸を繰り返していた。カミムラの声が届いているかも定かではない。

「僕の持論では、サディストは拷問には向かない。彼らは痛みを与えることそのものに陶酔し、その快楽に溺れてしまうからだ。彼らは、痛みを与えることが手段に過ぎないことを見失う。そうして見失ってしまうと、痛みを与えられる側もまた、『いい反応』を返すことでサディストの歓心を買えることに気付く。それこそが拷問者と被拷問者の奇妙な共犯関係だよ。まるで昔のスパイ映画みたいだね」

「何が……言いたい……」

「何、痛みとは科学だ、ということさ」

大野は鼻で笑った。

「何が可笑《おか》しい？」

「いや……お前とのセックスは、さぞつまらねえんだろうな、と思ってな。パートナーが不憫《ふびん》だよ」

「テメェ、兄貴に向かって生意気な口を利きやがって――」

サンがペンチを握ると、大野の体がわずかに硬直した。

「サン、ダメだよ。絶対にダメだ」

カミムラは静かな声でサンを制した。

「兄貴、でもこいつ――」

「彼は今、僕を挑発して怒らせられるか試したんだよ。今みたいに、サンが動いてもいい。その真意は一つ――痛みを与えられるタイミングを、自分から調整出来るかどうか」

「――はっ」

大野の口から息が漏れた。

痛みを耐えるために呑み込んでいた緊張が解け、大野は心の底から震えていた。

(全部、見抜かれている……)

カミムラはニヤリと笑った。

「SMプレイの主導権は、実はM側が握っているなんて話もある。苦痛をもらうタイミングをコントロール出来れば、彼ほどの人物なら完璧に自分を保てるはずだ」

サンはチッと舌打ちをした。

「こいつ、あの痛みの中でそんなことを……」

「ね？　面白いだろう？　こんな状況でも、彼は抵抗することをやめていない。絶対に諦めないんだよ。素晴らしくて涙が出るね。でも、一つ勘違いしている。この場で主導権を握っているのは、僕だ」

カミムラは冷たい声で言った。

「僕は人の痛みがどういうものかをよく心得ている。ほら、今君は、最初の衝撃が過ぎ去って、少しだけ痛みに慣れた――そう脳が錯覚しているところだろう？」

カミムラは笑みを崩さないまま言った。

「サン、消毒してあげなさい」

「やめっ――」

サンは無慈悲な表情で、消毒液を傷口の上に垂らした。

大野の口から呻き声が漏れる。

「人の痛みは放物線を描く。痛みを与えられれば与えられるほど人は登り詰め、極点に達すれば、あとは落ちていくだけ。その快楽を予感するからこそ、ある瞬間から、拷問を受ける者は開き直り始める。より早く登り詰めるために。この苦しみから解放されるために」

カミムラは大野の髪を引っ張った。

「だけど、僕は君にそれを与えてあげない。何度も何度も痛みで覚醒させる。僕がサディストじゃないからさ。僕はあくまでも冷酷な手段として、君に痛みを与え続ける――」

「……多弁なこった……」

大野は強がるように言ったが、その眼が秘めた怯えを隠しきれていない。

「『目は口程に物を言う』っていい言葉だよね。実に真実を射抜いた言葉だよ」

カミムラは言い、大野の耳元に口を寄せた。

「聞きたいことはただ一つ――」

そうしてカミムラは、ある質問を放った。

大野はその瞬間、この誘拐計画の全容を理解した。

その当日

1

田辺警部補は一睡も出来ないまま朝を迎えた。

それほどまでに、彼の緊張は張り詰めていた。

朝の光が差すと、まずは美佳が起きてきた。彼女に声をかけて、応接間の中に招いた。

「お早いお目覚めですね」

「別に。私はいつもこの時間よ。年をとってから長く眠れないの」

「そうですか。ちょうどよかった。ご家族の耳がないうちに、一つ聞きたいお話があったのです」

田辺は言い、応接間の椅子を一つどけて、車椅子の美佳がテーブルに着けるようにする。

口火を切ったのは、まず美佳の方だった。

「お金の用意は済ませました。懇意にしている銀行から、どうにかキャッシュで借り出せましたよ」

「……お疲れ様でした。ご尽力に感謝します。我々としては、それが犯人の手に渡ることがないよう努めさせていただきます」

彼女は鼻を鳴らした。

「その後、犯人から連絡はあったの？」

「ありません。そのため、身代金の受け渡しについてはまだ指示がなく、我々も手をこまねいている状態です」

「腹立たしいね。どれほど人を振り回せば気が済むんだか」

美佳はハーッと長い息を吐いた。

「……それで？」

「は」

「何か用があって、私をここに招いたんでしょう。盗聴器がないんでしたっけ。昨晩も、ここに呼び出しましたよね」

フッ、と美佳が笑った。

「案外、私が起きてきた物音を犯人も聞いて、『起きたなら』とか言って電話してくるかもしれないね」

「どう、でしょうか」

田辺は咳払いをし、本題を切り出すことにした。

「これは、昨夜、同僚に調べさせた十五年前の誘拐事件の資料です。もちろん部外秘なのですが、ちょうど今まで、読んでいたところでして」

田辺はテーブルの上に置かれた、調書や証拠品の写真のコピーを示す。

「それはご苦労様」

美佳はわずかに身じろぎした。

「その後、家族の皆さんにも話を伺いましてね……十五年前の事件については、ほとんどが明らかになりました」

「それなら良かったじゃない。今回の事件とは、何か関係があったの？」

「私は、『ほとんど』と言ったんですよ、美佳さん。どうしても一つだけ、調書やあなたたちの証言からは分からないことがあった。あなたや、楽さんがひた隠しにしている事実があと一つ、裏に隠れている」

「隠しているだなんて、あなたの思い込みですよ」

「なぜ、野田島華は大野泰造を最初の交渉相手に選んだか？」

田辺がそう言うと、美佳は口を引き結んだ。

田辺はそのまま、先を続けずに待った。

「……そうでしたかしら」

「覚えていないとは言わせませんよ」

「野田島夫妻と夫は元同僚でした。そのよしみで、まずは夫に相談したんじゃありませんでした？」

「そうかもしれない。ですが、三千万円という金銭を要求するときに、よりにもよって、一番交渉力の低い相手に声をかけることはありません。実際に三千万円を払う決断をしたのも、あなたのお父様だった」

「それがどうしたというの。華さんが最初に夫に話したことの、何がいけないというの」

美佳の口調が激しくなった。

「それは交渉などではなかった――脅迫だったからです」

美佳が前かがみになったまま、固まった。

田辺は一呼吸置いて、結論を叩きつけた。

「野田島家の子供は、大野泰造が生ませた子ではありませんか」

ガタン、と応接間の外で物音が聞こえた。

田辺は素早く立ち上がり、応接間の扉を開いた。

そこには、大野智章の姿があった。

足元には、廊下の壁にかけてあった絵が落ちている。物音はこの絵が立てたものらしい。

田辺は黙って、智章を中に招じ入れた。智章はばつが悪そうに俯《うつむ》いて、まるでいたずらを叱られる子供のようにしおらしくしていた。

「智章、一体どうして……」

美佳もこの事態には動揺している様子だった。

「その……起きたら、田辺さんと母さんがここに入るのが見えて。なんの話してるんだろう、って思ったから、それで……」

「盗み聞きしていた、というわけ」

「ぬ、盗み聞きって。人聞きが悪いなあ」

応接間はリビングから少し離れていて、目が届きにくい。だからこそ、盗聴器対策の会議室として設けたわけだが、聞かれていたとは迂闊《うかつ》だった。緊張状態にある大野家の中で、盗み聞きをしている智章の姿が見咎められなかったのも、その位置が理由だろう。

「それより母さん……本当なのか？」

智章の真っすぐな目が、母親を射抜いた。田辺はその光景を見て、案外、最も効果的かもしれないと感心した。

「……あなたには、聞かせたくなかったのですけどね」

美佳は、あっさりと口を開いた。

「正確には、野田島加奈子……姉にあたる、野田島家の上の子だけです。彼女は、私の夫である大野泰造と、野田島華との間に生まれた子供です」

「そんな……母さんは、どうして知っていたの」

美佳は、はあ、と深いため息をついた。

「……知っていたも、何も。それこそが、野田島さんが私たちの家の隣に住んでいた理由だったのよ」

「え？」

美佳は手を擦り合わせた。

「こんなことを子供に聞かせたくはないけれど、泰造さんは女性関係が派手だったの。それでも仕事は優秀だからと、父の巌は、あの人を私の婿養子とした。楽叔父さんが気楽な生き方を選択して、会社を継ぐのを断ったから、それだけ父も必死だった。でも、入籍直後、スキャンダルが明らかになった。お腹の子供は、野田島華さん——旧姓、春日《かすが》井《い》華さんの妊娠だった。お腹の子供は、野田島加奈子さんよ」

「その父親が……父さん。じゃあ、父さんはちょうど婿養子になったのと同じ時期に——」

「そう。野田島華と不倫関係にあった」

美佳は冷たい声で言った。

「どうして、その時点で別れなかったの」

「そりゃあ、私だって別れたかったですよ。ですが、もう籍を入れ、会社を継ぐことを公表した後です。それなのに離婚したとあれば、それは大野家自身の恥にもなる――」

家。恥。彼女が、そして彼女のこうした思考の原因である父・巌が、それを一番嫌うのを田辺は知っていた。

「でも、話はこれだけで終わらない。父は、華さんの妊娠を知り、同僚の野田島勲と無理矢理に見合い結婚をこじつけたの。不倫というスキャンダルと、認知できない子供――この二つの問題を同時に解決するためにね」

「そんな……」

当初、巌は多額の金を与えて、野田島家を隣に住まわせたという。

本来なら、そんな「爆弾」を抱えた家族を隣に置きたくはない。だが、巌はそうでもしないと、安心出来なかったのだろう。いつも監視していると、隣で絶えず告げるようにしていなければ……。

野田島勲は、かなり真面目で勤勉な社員だったという。巌からの強引な縁談だったとしても、唯々諾々《いいだくだく》と従ったのだろう。

「このことを、勲さんは？」

田辺が聞くと、美佳は静かに首を振った。

「分かりません。もちろん、私たちから進んで話したことはありませんが……うすうす、気付いていたのかも、しれません」

どんなに誤魔化したとしても、妊娠月など矛盾は出ていたはずだ。野田島勲が全く鈍感にすべてをやり過ごしていたと考えるのは、楽観的に過ぎた。

田辺は軽く眩暈《めまい》がした。

仕事柄、色んな家族を見てきたが、ここまで旧弊な価値観に囚われた病理家族を、田辺は久しぶりに見た。おまけにその病理は、隣人の野田島家まで——大野巌の策略に巻き込まれなければ、普通の結婚をして、普通の幸せを摑んでいたかもしれない、野田島勲まで巻き込んだのだ。

「——話を、誘拐事件に戻しましょう」

これ以上感情を引きずられるわけにはいかないと、田辺は思い直した。

「野田島加奈子さんは、実は大野泰造さんの子供だった。そう考えてみると、華さんが大野家に三千万円を要求した本当の意味が分かってきます」

「——誘拐されたのはお前の子供だ。だから、身代金を支払え」

美佳が言うと、智章の体が震えた。

田辺が言い添える。

「もちろんそこには、親子関係の秘密をバラされたくなければ、という脅迫の意味がある」

「で、でもさ、なんでそんなことする必要あんの」智章が言った。「だって、野田島さんが隣の家に住んでいたのも、じいちゃんの口添えだったんだよね。だったら、こんな大仕掛けや脅迫をしなくたって、お金を要求すれば良かったんじゃ」

智章の指摘は鋭かった。

確かに、誘拐事件さえ起こさなければ、加奈子の死も、華の自殺も、その後の悲劇は何も起こらなかった。

だがその瞬間、田辺の頭の中で、またジグソーパズルのピースがはまった。

早紀が聞いたという、大野巌の発言。

——お父さんたちは、私のお金をいつも無駄遣いする。

「無理だったでしょうね」美佳が言った。「父は最初こそ、秘密を守るために、野田島華にお金を渡していたようだけど、華の浪費癖と野田島家の借金に嫌気がさして、次第に渡すお金の量を減らしていた。原因を作った泰造さんにも怒りの矛先が向いていた」

「そんな状態の巖さんから金を引き出すためには、大掛かりな仕掛け——何も事情を知らない人間が見ても、金を渡しておかしくないだけの仕掛けが必要だった」

おあつらえ向きの美談。

それこそが、野田島華の計画だった。

「大野泰造さんにまず連絡を取り、その話を、巖さんに伝えさせる。そうすることによって、華さんは三千万円を得ようとしました。華さんはこの時、西田・東と共謀することで、新宿駅のトイレを使った身代金の引き渡しを計画していましたが、加奈子さんの急死によって、計画は中止。西田と東も崖から転落して事故死します。そして、華さんは後から加奈子さんが病死したことを知り、携帯電話に遺書を残して……」

「じゃあ……華さんは、自分のしたことで、加奈子さんを死なせてしまったから、自責の念に駆られて自殺を？」

智章の言葉に、田辺は頷いた。

これで、十五年前の事件の疑問がようやく解消した。隠された親子関係を見抜くことで、構図を見通すことが出来た。

とすれば——やはり、野田島勲が犯人なのか？　妻と子供を失ったことを、逆恨みしたことは十分にあり得る。そもそもの結婚の経緯に、大野家が関わっていることもある。

昨晩、野田島の家に侵入した川島と板尾のコンビからは、野田島勲が家にいなかったと報告があった。どこで何をしているのか。この誘拐事件に関与しているのだろうか？

美佳が口を開いた。

「田辺さん。この際だからお話ししますけど、私、ずっと気にかかっていることがあります」

「なんでしょう」

「どうして、華さんは実行役の二人に、加奈子さんの持病の薬を持たせなかったのだろう、という疑問です」

田辺は頷いた。これは、川島と板尾が書いた事件の検討メモにも載っていたことだ。

「しかし、もし華さんが犯人なら、逆に薬を持たせるわけにはいかなかったのではないでしょうか。当然、華さんの計画を、加奈子さんや秀人君は知らなかったはずです。誘拐犯から薬を与えられれば、その用意周到さに、むしろ加奈子さんが怪しむでしょう」

「私もそう思います。ですが、もう一つ、嫌な可能性にも思い至って……」

美佳は田辺に向き直った。

「犯人は、薬を持たせるという発想自体、思い至らなかったのではないでしょうか」

「え？」

田辺の思考は一瞬、止まった。しかし、美佳が『華』と言っていたのを、『犯人』と言い換えたのを、田辺は聞き逃していなかった。

「まさか、あなたは――」

「ええ。十五年前の誘拐事件を仕組んだのは、野田島勲さんではないか、と……そう考えたこともある、という話です」

田辺は顎を撫でた。

確かに、そう考えれば辻褄《つじつま》が合うことが、いくつもあるのだ。

「……正確には、この偽装誘拐は野田島華と野田島勲の共犯だったのではないでしょうか。勲さんが西田・東との連絡役を担当していたので、薬を持たせるのを忘れてしまった」

「単独犯と考えてはいけないのですか？」と美佳。

「新橋駅に向かうまでの、犯人との無線連絡の件があります。西田と東があの時点で事故死していた以上、華さんが無線でやり取りしているフリをしていたか、第三の共犯者がいたか、いずれかです。ちなみに、勲さんはここでいう『第三の共犯者』ではあり得ません。警察の監視下にある野田島家に、ずっといたのですから、その目を盗んで連絡することは出来ない」

「なるほど」美佳が頷く。「逆に言えば、警察に尾行されていた華さんだけでなく、勲さんもまた、警察の監視下にあり、西田・東からの『加奈子死亡』の電話を取ることが出来なかった。犯人たる資格は十分です。そして、勲さんは華さんに全ての罪をなすりつけて、自殺にみせかけて殺害した」

「ちょ、ちょっと待ってくれよ」智章が言う。「でも、飛ばしの携帯電話には、遺書が残っていたんでしょう？　それはどう考えるんですか？」

「智章君、むしろ、携帯なんかに遺書が残っていたから、勲さんが怪しいんだよ。勲さんは自分で遺書をこしらえた後、殺した彼女の指紋を携帯電話に付けて、彼女の死体の傍に残しておく。携帯に打ち込んだものなら、筆跡を鑑定される心配もない。おまけに、飛ばしの携帯電話も処分出来る。勲さんからしたら、一石二鳥の計画だったんだろう」

それに、田辺は口には出さなかったが、先だって、「野田島秀人生存説」を検討した際に浮かび上がった疑問もこれで解消する。すなわち、秀人が生きているなら、なぜ父親である勲の元へ帰らなかったのかという疑問だ。真相は、帰れなかったのだ。

つまり、秀人は十五年前の偽装誘拐事件の最中、西田・東の口から、今回の事件を計画した犯人は勲であること――あるいは、それを推測させる言葉を聞いてしまったのだろう。加奈子が死んだ時、「お前の親のせいでこんな目に」と嘆かれたとか……そんなところだろう。

秀人は怖くなった。自分の両親が、こんなにも恐ろしいことを考える人間だったのか、と。あるいは、この時彼はまだ、母親の死を知らなかっただろうから、自分の母親のことも恐ろしかったかもしれない。それで、家には帰れなくなった。事故から生還した時、彼の頭には、家に帰るという選択肢はなかったはずだ。

それで、児童養護施設に……。

田辺は苦笑し、かぶりを振る。また熊谷太一のことを考えてしまった。彼は自ら進んでDNA鑑定に協力してくれた。秀人が生きていたとしても、それは熊谷太一ではない。

もし本当に、勲が十五年前の事件の犯人であり、それゆえに秀人が姿を現せないのだとしたら……それは熊谷以外の誰かだ。誰かが、この事件の周辺に、自らの思惑を秘めて潜んでいるのだ。

智章は田辺と美佳の推理を聞いてなお、釈然としない様子でいた。

「でも……本当に勲さんが華さんを殺すでしょうか？」

「どうしてそう思うんだい？」

智章はためらいがちに言った。

「あの……勲さんは確かに、十五年前の事件を、華さんと一緒に主導したのかもしれません。そこは、僕も納得しています。でも、勲さんはこの十五年もの間、ずっとあの家に一人で住んでいるんです。髭もぼうぼうで、服装もヨレヨレで、ちょっと近寄りがたい人なんですけど、でも、それだけ長い間あの家にいるからには……」

智章は田辺の顔を真っすぐ見た。

「家族との思い出が、本当に大切なんじゃないか、って……」

「それが、自分の手で奪ったものでも、かい？　バカバカしいったらないね」

美佳が鼻で笑う。

「でも、分からないじゃないか。勲さんは華さんの言いなりになって、計画に協力しただけかもしれない」

田辺は内心で苦笑する。智章の夫婦観は、自分の家庭の影響を受けすぎている。その証拠に、美佳の顔が少し強張るのが分かった。

「遺書のことがあるでしょう。華さんが自殺して、それから遺書を書いて現場に残した、という順序なら、どうしても通報が遅れてしまうじゃない」

「その点なら、問題ないかもしれません」田辺が言う。「遺書は、夫に宛てた短い文面と、箇条書きによる犯行計画のメモや、加奈子に薬を持たせなかったことへの悔恨、といった内容で構成されています。三十分もあれば打てるでしょう。勲さんは、起床後に妻の死体を見つけたと証言しているので、起床した時間について嘘をつけば簡単に誤魔化せる……」

田辺は自分の言葉を慎重に吟味する。

智章の指摘そのものはまっとうに思える。野田島勲は、大野巌によって、野田島華と無理矢理婚姻させられた男だ。むしろキャラクターとしては気弱な印象を受ける。そんな人間が、残酷にも自分の妻を殺すだろうか。望まない結婚だったがゆえに、積年の恨みもあったのか。

本当は、野田島勲を直接問いただしたい。しかし、川島の報告によれば、彼はおよそ四日前から行方知れずだという。もどかしかった。

十五年前の事件の全容が分かってなお、田辺たちは霧の中にいる気分だった。

2

「君もなかなかしぶといね」

カミムラが言った。

車は目的地に着いたようで、大野は数時間前から、この殺風景な倉庫のような部屋に監禁されていた。だだっぴろく、コンクリートの冷たさが身に染みる。

サンによる拷問は断続的に続き、室内には点滅する照明が置かれ、大野を寝かせなかった。カミムラはその間、仮眠でも取っていたのか、さっぱりとした顔つきで現れた。

「まだ口を割らないとは……君もひどく強情だね」

カミムラは何を考えているのか、血まみれになった大野の両手に視線を落としている。

大野の両手の爪は、今や全て剝がされていた。顔には大量の脂汗をかいている。

「サン、そろそろ『撮影』が必要だ。道具を取ってきてくれないか」

サンは頷くと、倉庫を出て行った。外の車の中に、ビデオカメラや何かがあるのだろう。

二人きりになると、カミムラは大野の前髪を摑んで、笑った。

「どうだい？　少しは話をする気になったかな？　額が光るほどの汗じゃないか」

「ハッ……心配には及ばないさ」

「我慢は体に良くないよ」

「ああ……だったら、言わせてもらうかな……」

カミムラが眉を動かした。髪の毛から手を離し、大野に向き直る。

「ほう？　ようやく話してくれるのか？」

「いや……話がある……お前も、興味があるだろう内容だ……」

大野は強がって笑ってみせた。

「――顔を寄せろよ。愛の言葉を囁いてやる」

カミムラはニヤリと笑った。

「さあ、どうしようかな……耳を噛み千切られないとも限らないからね」

そう言いつつも、カミムラの眼は、きらりと光っていた。

カミムラが近づいてくる。

そして、大野は話を始めた。


サンが扉を開いたまさにその瞬間、カミムラは笑い始めた。

「素晴らしい！」カミムラはいかにも機嫌良さそうに、手を叩いて言った。「まったく君は素晴らしいよ！　自分の置かれた立場もわきまえず――こんな取引まで持ち掛けてくるなんてな！」

「悪くない話だと思うんだがな——」

「僕が君の言うことを聞くメリットはあるのか？」

「癖」

カミムラの動きが止まった。

「私立探偵の巻島迅には、業界だけで噂される、ある特異な癖があった。いや習慣と言うべきかな。それは、今でも残っているようだ」

「……それが分かったところで、僕を捕まえることは出来ない」

「そんなことは言っていない」大野は強がって笑ってみせる。「ただ、俺はお前の知らないことまで知っているというわけさ——俺たちは」

カミムラは大野に食って掛かった。

「貴様に何が出来る！　ここに縛り付けられ、痛めつけられ——羽をもがれた貴様に！」

「得意の冷静さを欠いているぞ」

カミムラは大野を睨みつけた。

「やはり、貴様がそこまで信頼を置くあの女が鍵というわけか」

「彼女の能力のほどは、お前自身がさっき体験した通りだ。ＩＣレコーダーの音声だけから、二回の拉致トリックを見破ってみせた」

「こけおどしに過ぎない」

「どうかな」

「……」

カミムラはニヤニヤ笑いを崩さず、大野を見ていた。

「ほんと……生意気なやつですね、こいつ」

サンが吐き捨てるように言う。サンが差し出したビデオカメラを受け取ると、カミムラは笑った。

「サン、君もそう思うだろう?」カミムラは言って、「まったく……君には自分の立場をわきまえてほしいね。大切な、僕の『主演俳優』の顔に、これ以上傷をつけたくないのにさ」

これ以上、か。大野の顔には、昨日一発殴られた時のあざがまだ残っている。鼻血の垂れた跡も。

「大野、お前、もしかして兄貴を怒らせちまったのか?」サンはニヤリと笑った。「お前もいい加減、おとなしくしていればいいものを……」

カミムラの手元で、ビデオカメラのレンズが光った。

「なるほど。次はビデオで連絡ってわけか」大野は言った。「今時、逆探知なんて数秒もかからないからな。最初の二回の電話連絡では不意をつけたが、今はもう、警察によって逆探知の用意が進んでいるはず。たしかに、もう迂闊に電話は出来ないよなあ」

「どうも、それだけ痛めつけられても立場が分かっていないようだね」カミムラが言った。

「監督は僕なんだよ」

「フン、さっきからビデオを撮ると言っているが、その間中、俺がおとなしくしている保証はどこにもないんだぜ。好き放題喋ってやる!」

サンが声を荒らげ、消毒液のボトルを手に取った。大野は身を硬くする。

「ふふ、体の反応だけは正直だね」

カミムラが笑って、サンの動きを制した。

「いいかい、忘れないことだ――」

カミムラはニヤリと笑った。

「君は、籠の中の鳥に過ぎないんだから」

3

朝六時。

体に染みついた習慣で、望田はこの時間に必ず目が覚める。

事務所に行く準備をしなければ――と思ってすぐに、現状を認識する。

静岡市内に取ったビジネスホテルの一室。深夜十二時前に急いで予約を取り、ここに滑り込んだ。

眠るための間接照明に特化した部屋で、窓の外も向かいの雑居ビルの壁が見えるばかり。太陽の光で目覚めることは叶いそうもない。望田は外の空気を吸って、少しでも頭をハッキリさせようとする。

美々香の父親の状況については、夜に美々香にメッセージで送信していた。美々香からは『この事件が落ち着いたら、私もすぐに会いに行く』と返信があった。

昨晩のやり取りを読み返す。

『誘拐事件については、どうですか』

『進展がない。二回目の連絡が午後にあってから、向こうからのアプローチがない。三回目は明日になるかも』

『待っているだけでストレスがかかるでしょう。しんどい時間ですね』

『うん。でも、犯人が使ったトリックは警察に伝えた。これで警察がちゃんと犯人を追い詰めてくれると思う』

『トリック、ですか。どんなものだったんですか』

このメッセージを送ったのが十一時五分。この後三分ほど、妙な間があって、美々香から返信があった。

『警察の人に拉致現場で録音された音声データを聞かせてもらって、それで突き止めたの』

『なるほど！　それはお手柄でしたね』

美々香から、ピースサインが送られてきた。

『大野さんの家の近くで起きた、殺人事件についてはどうですか。何か分かりましたか？』

『警察の人から説明があった。家族の人と協力して、聞き込みのふりをして捜査資料を受け渡していたみたい。さっき言った音声データも、それで届いたの』

なんだか、一晩明けて読み直してみても、どんなシチュエーションなのか想像もつかない。

『誘拐犯が殺人犯でもある、と警察はみているみたいだけど……実際のところは分からない』

『でも、他の可能性はあまりないんじゃないでしょうか。たまたま二つの事件が重なった、というのは、あまりにも偶然が過ぎます』

『どうだろう』

『とにかく、美々香さんも、気を付けてくださいね』

メッセージの画面を閉じる。

美々香も美々香で、自分に出来ることを精一杯頑張っている。

望田も、力を発揮する時だ。

手元の名刺に目を落とす。

『真田耳鼻咽喉科診療所
医師　真田浩之』

望田は半ば直感していた。美々香の耳の秘密は、彼女の父の悩み事にも繋がっている。まずはこの人に話を聞くところからだ。朝早すぎても、いけないだろうか。土曜診療ありで、診療時間は八時半から十二時まで、となっていた。八時半になったら、電話でアポイントを取れないか、聞いてみることにした。

ところで、美々香の秘密は、誘拐事件にも直結しているのではないか、と望田は思っている。

大野家の近くの空き家で殺されたフリーライターの新島は、大野所長の周囲を嗅ぎ回り、美々香のことを探っていたと考えられるからだ。

――許さないからな！　彼女を危険に晒すことだけは……！

大野も、新島の動向を警戒していた。

もし、新島が殺された理由が、美々香に関係あるとするならば――新島を殺したのは誘拐犯と考えられるのだから、誘拐犯もまた、美々香を狙っていることになる。

ふと、美々香が大野家にいたのは偶然なのだろうか、と考える。ひょっとするとそのこと自体、誘拐犯が何らかの作為を施したのではないだろうか？

考えても考えても、答えは出なかった。

望田はビジネスホテルの朝食バイキングで、たっぷりとした朝食をとり、英気を養った。バターの効いたスクランブルエッグを食べながら、しらすで白飯を掻き込むような、無国籍な朝食だったが、これが出張の醍醐味というものだ。

コーヒーを自室に持ち帰り、真田耳鼻咽喉科に電話をかける。

用件を伝えると、受付の女性が訝しげに電話を取り次いでくれた。望田は、美々香の家族でも、パートナーでもない、微妙な立場に悩みつつ、話を聞きたい旨を伝えると、「十二時まで予約があるから、診療後ならどうか」と問われ、応じた。柔らかい声の男性で、話しぶりも明るかった。

妙に時間が空いてしまった。

ふと、以前、美々香の話の中に出てきた、句会のことが気になった。

山口純一の趣味だったにもかかわらず、何かの理由により、ぱったりやめてしまったという――。

ネットで調べると、ちょうどホテルの近くの生涯学習センターで、今日の午前十時半から集まりが開かれるらしい。始まる前にちょっと行って、話を聞くだけなら、病院に行く前に出来るかもしれない。

望田は決心するや否や、荷物をまとめてホテルをチェックアウトした。どのみち、かさばるような荷物は持ってきていない。体一つの身軽な出張だ。

静岡駅の北口、駿府城《すんぷじょう》跡を臨む駿府城公園の濠《ほり》をぐるっと回り込むようにし、公園の向こう側へ出ると、目的のセンターがあった。

四階建ての、こざっぱりとした施設だ。いかにも、市営の施設といった風情である。

受付を見つけて、声をかける。

「すみません、句会に参加したいのですが……」

受付の女性は「はい、予約はされていますか？」と言った。

「予約はしていないんですが……」

「ああ、そうでしたか。すみません、句会の方は完全予約制になっていまして……飛び入りでは……」

「参加者の方に、少しお話を伺えるだけでいいのですが」

「あの、どういう……？」

女性は明らかに不審げな顔つきをした。

「いいじゃないの、話くらいならこっちで聞くよ」

後ろから突然声がした。

振り返ると、マスクをした白髪の男性が立っていた。目尻に皺が寄って、優しそうな表情をしていた。

「でも、須藤《すどう》さん……」

「いいよ、いいよ。どうせ部屋が空くまで、暇してるんだから。若いの捕まえて遊べるなら、いい退屈しのぎってもんさ」

須藤という男性は、自分の冗談に自分で笑った。いかにも快活そうな笑いだった。

「ありがとうございます。私は……」

「句会の連中に話聞きたいならさ、二、三人、他にも早く着いてるのがいるからさ、ロビーにおいでよ。そこなら、あったかいお茶も出せるから。ま、機械が淹れるんだけどな」

須藤が笑った。

有無を言わさぬ勢いで、ロビーの待合ソファに座らされ、自己紹介だけでなく、個人情報を根掘り葉掘り聞かれ、全くこちらのペースにはならなかった。

聞けば、須藤は今年八十歳というし、他に同席した二人も七十代だが、腰も曲がっておらず、まだまだ元気はつらつとしている。そのエネルギーには驚かされるほどだった。

「で、兄ちゃん、俳句に興味があるのかい」と須藤。

「東京から来てわざわざこっちで句会に顔出すなんざ、モノ好きだね。こっちに惚れた女でもいるの？」と佐藤《さとう》という男性。

「あんたはいつまで経っても色恋の話ばっかねー。どっかでタマ取ってもらいなさい」と田中《たなか》という女性が言い、カラカラと笑った。

「だーっ、もう、あんたらが話してると話が前に進まないよ」と須藤。「で、どうなの兄ちゃん。聞きたいことは別にあるんじゃないのかい？」

「そうなんです」望田はこれを機会とばかり、しがみつくように言った。「この句会に参加されていた、山口純一さんという方のことで。こちらの句会での、純一さんの様子をお伺いしたいんです」

「あら。山口さん？　そういえば最近見ないわねえ」と田中。

「失礼。君……望田君は、純一さんのお身内の方？」

須藤に問われ、望田は首を振る。

「実は私、山口さん担当のソーシャルワーカーでして、最近担当になったので、普段の様子を皆さんにお伺いしているんです。今日聞いた話は、本人やご家族に伝えることはありませんので、安心してくださっていいですよ」

望田はスラスラと嘘をついた。嘘をつく時は、ともかく堂々とすることだ。相手への信頼と理解度は、話し方によって大きく左右される。

そうなの、と須藤が呟く。

「山口さんは」と佐藤が言う。「うちの句会の中じゃ、結構若い方だったね。それでも六十代前半とかだけど。この句会は月に一回、兼題——ああ、俳句を作るお題のことね——を決めて集まりを設けてるんだけど、山口さんが初めて参加したのはコロナのことが始まる前かな。まだマスクなしで集まれてたから。『歳時記《さいじき》』もポケット判を買い込んで常に持ち歩くくらいで、すごく熱心な人だったよ」

「山口さんが入ってから、二、三回後の回からかな」と須藤。「コロナの影響で、リモートで、私たちも句会を開いたんだよ。娘たちに、パソコンの使い方を教えてもらって、どうにかこうにかね。結局慣れなくて、リモートの間は、休会状態の人もいたんだけど、山口さんは、結構来てたね」

「結構どこじゃないわよ」と田中。「皆勤賞よ、皆勤賞。リモートの方がよく来ていた印象ね。山口さんが初参加した時の、対面式？　対面式って言っても、それが今までは普通のことだったのに、コロナのせいで言い回しが変わって、それがとても嫌ですけど——」

「僕もそう思います」望田はぴしゃりと話を打ち切って、「リモートの方が参加率は高かった——ということは、元々、山口さんは人付き合いが苦手なタイプだったんでしょうか？」

「いや、そんなことないよ」と佐藤。「句会の後、メンバーでピクニックに行ったり、男どもを集めて飲みに行ったりすることもあったけど、付き合いは良かったよ」

「まあ」と田中が呆れた声を出す。「あんたたち、その年でまだ飲みに行ってるの？」

「その話はいいじゃないか」

須藤はばつが悪そうに言った。

「近頃は、山口さんは句会に参加されていないんですか？」

望田がそう問うと、しん、と沈黙が降りた。

「……もう、あれから一年くらいになるかな」

沈黙を振り払うように、須藤が口にした。

「コロナが落ち着いて、対面式に戻ってから、久しぶりに山口さんが顔を出してね。まだコロナが落ち着いたばかりだから、みんなマスクをしてて、消毒液も万全でものものしい様子だったけど、久しぶりにみんなに直接会えるのが嬉しくてね。山口さんも同じ気持ちだと思ってたんだけど……どうもね」

「私が悪かったんだよ」と田中が絞り出すような声で言った。「私が、あんなことを言ったから……」

「あんたのせいじゃないよ」

佐藤がなだめる。空気が少し和らいだのを見計らって、望田は聞いた。

「……あんなこと、というのは？」

田中はごくりと唾を呑み込んだ。

「よければ、私から話そう。元はと言えば、私が言い出したことなんだから」

と須藤が話を引き取った。

「一年前のその句会での兼題は、秋の季語。落葉、秋刀魚《さんま》、鈴虫の三つでした。人数が多いので、この三つから好きなものを使っていい、という趣向になっていました。一人、大体二句か三句作って来て、季語ごとに句を分け、名前を伏せて掲示し、それぞれに講評した後に、作者名を公表して盛り上がる、というのが大体の流れになっています。その時、山口さんが作ってきたのが……あったあった、これです」

須藤は手元のフラットファイルを開いて、一年前の句会の記録を見せてくれる。横置きのA4判の紙に、それぞれ作ってきた俳句があり、句の周りには、須藤のものと思《おぼ》しきメモが書き込まれている。マメな性格らしい。

「山口さんはなんでも、昔、学校の先生だったそうで、根が真面目な人ですから、兼題が複数出ると、ピシッと一つずつ、作品を作ってきてくれたんです。他の人は、気に入ったお題で一つだけ、とか、似たような内容の句を二つ以上出してしまったりもするんですが、まあ、それくらい自由ということです」

須藤が示した句は、次のようなものだ。

喉鳴らし百舌《もず》も見ている焼き秋刀魚

落ち葉踏むその下を行く足音や

鈴虫や回転灯下のブルドーザー

「どう思われますか」

須藤に問われ、望田は硬直した。俳句の勉強など、ろくにしたことがない。今、目にしているものが良い物なのかどうかさえ、分からなかった。

そのことを正直に伝えると、須藤の口元は綻《ほころ》んだ。

「ああ、いえ、構いませんよ。私も句会に出たての頃は、自分の意見をまとめるのも難しかったものです」

「じゃあ、望田さんのために、その時言ったことを再現してみましょうか」と佐藤。

「そしたら、私が悪いってことになるじゃない」と田中が不機嫌そうに言った。

「みんな同罪だよ、気にしないことだ」と佐藤。「どうだろう。もう一年前のことになるが、あの時の句会のことを思い出しながら、やってみよう」

「じゃあ、僭越《せんえつ》ながら私から」須藤が咳払いをして言った。「まず一句目。『喉鳴らし百舌も見ている焼き秋刀魚』。これは焼き秋刀魚の、脂がのってうまそうな感じを表現した句で、百舌を人間的にとらえてみせる描写が面白い。でも惜しいかな、一つ大きなミスがある」

「えっ、どこですか」と望田。

「季重なりだ。俳句は季語が主役になるものだから、二つ以上の季語を使うのは基本的にご法度《はっと》とされています。季語の力が、互いに殺し合ってしまうんですね。この句では、秋刀魚と、百舌、が秋の季語になります」

須藤が笑った。

「これ、不思議ですね。一年も前のことだけど、句を見てると、あの時話していたことが結構思い出せる」

「そうそう」田中が笑った。「まだまだ若いわよ、ってね」

「あ、季重なりについてですが、もちろん」と佐藤が言う。「あえて二つの季語を使う句だって、存在する。だけど、それは発展的な内容でね。二つの季語の間に強弱をつけたり、あえて季節外れのものとして使用したり……そういうのはあくまでも、基礎が出来てから、挑戦するものなんだ」

「先生からはねえ、よく、『あなたたちにはまだ早い内容です』なんて言われて、直されちゃうのよ。でも、直された内容の方が確かにいいんだから、毎回納得させられちゃうんだけどね」

和やかな雰囲気だった。確かに内容としては批判なのだが、あくまでも、お互いの句を題材にしたお茶会のような感じだった。

「では、二句目。『落ち葉踏むその下を行く足音や』」

「これ、私好きなんですよ」佐藤の目尻に皺が寄った。「落ち葉を踏みしめて歩くとサクサク音が鳴る、という内容はすごくベタなんだけど、人間が上から落ち葉を眺めているのかと思ったら、こう、急に視点が地面まで落ちるでしょ。そうすると、落ち葉の下を這って歩く、虫たちの姿が見えてくる、っていう。山口さんの句には、こういう、なんか少年じみたファンタジーみたいな句があって、それが味になってるんだよね。これはもしかしたら、学校の先生として、子供の近くでずっと働いていたからかもしれないね」

「私ね、佐藤さんとはここでいつも意見が合わないの」田中がため息をついた。「私がファンタジーを苦手なだけなのかしら。この句なんて、最初は意味がさっぱり分からなくて、こうして佐藤さんがいの一番に講評を述べてくれたから、意味が分かったんです。俳句って十七文字しかないから、現実を切り取るだけでも難しいのに、ファンタジーまでいくと、かなり難しいんじゃないかと思ってね。この句なんかも、言葉足らずに見えてしまって。『その下を行く』を少し削って、虫、っていう単語か、具体的な虫の名前を入れたらいいと思うんだけど」

お互いに意見は食い違っているが、二人とも落ち着いた声音で話している。こうしたらいいのでは、という建設的な意見が出てくるのも良かった。望田も、こういう雰囲気の句会なら、自分も入ってみたい、と思わされた。

しかし、山口純一は、この句会に参加して激昂《げきこう》した、というのだ。望田はあくまで他人事《ひとごと》として聞いているから気にならないだけで——自分の句を目の前で批判されることになったら、耐えがたいのだろうか。

「では、最後の句は私の方から」と須藤。「『鈴虫や回転灯下のブルドーザー』。この三句の中では、この三句目が一番いいと私は思いました。冒頭に季語を置いて、『や』の詠嘆で切れ字を置き、後に情景を十二文字で描く、という定型中の定型ですが、この十二文字の飛躍が容赦ない。『回転灯下の』までくると、この灯はパトカーなのか、救急車なのか、と色々想像が膨らみますが、最後に『ブルドーザー』が来て、工事現場と分かる。すると工事現場を包む轟音《ごうおん》が聞こえてくる。鈴虫が鳴いている原っぱの真横で、その音を、風情をかき消すように、道路工事が夜通し行われている、という都会の情景が見えてくるわけですね。こういう、少しずつ景色が見えてくる語順の工夫が、私がいいと思った理由です」

「いや、須藤さんの言っていることは分かる」と佐藤が言った。「語順は確かにいい。句会で読み上げられた時、私も、おおっ、と思わず声を漏らしたもんさ。でも、時間が経ってくると、せっかく季語である鈴虫の良さが、殺されてしまっているような気がしてきてね。結局、冒頭でチリンチリン、と鳴いていた鈴虫の声も、最後には轟音でかき消されてしまうわけだから。だから私はむしろ、出てくる順番を逆にして――」

「この時だったんです」

田中が突然言った。

望田は彼女の方を向く。彼女は、神妙な面持ちで座っていた。

「『鈴虫や回転灯下のブルドーザー』は、句会の最後に取り上げられた句でした。こうしてお二人の講評が出て、先生が『それではこの句を作られた方、挙手をお願いします』と言うと、山口さんが手を挙げて……これには、拍手、でした。山口さんは、それまで自分の話がされている時も、マスクの下で微笑んでいるのが分かるほど、優しい目つきをして周りを見ていたのに……」

「田中さん」望田が言う。「ここでは誰も、あなたを責めたりしません。何を言ったのか、教えてくれませんか」

誰もあなたを責めない。望田が前職で何度も使って来た常套《じょうとう》句だった。

田中は望田の眼を見て、一旦は目を伏せたが、やがて、ぽつりぽつりと吐き出すような声で言った。

「……順番に発表された山口さんの三つの句を見て、私、気付いたんです。気付いて、すぐに口に出してしまったの。『山口さんの句には、音がいっぱいね』って」

「音が？」

須藤が言う。

「一句目には、百舌が喉を鳴らす音と、秋刀魚が焼けるぱちぱちという音。二句目には、落ち葉を人が踏むカサカサという音と、その下を虫が歩く足音の二つ。三句目には、言わずもがな、鈴虫の鳴き声と、ブルドーザーの轟音」

望田は驚いた。言われてみればまったくその通りだった。

佐藤が残念そうに首を振った。

「それ聞いてね……俺たちも盛り上がっちまったんだ。おおっ、って、句会の面々が盛り上がったんですよ。みんな口々に、ほんとだほんとだ、って、騒いじゃって。いつもは一句ごと、季語ごとの議論だから、全体を貫くような指摘が出てくると、なんだが妙に盛り上がってしまうんですよ。あの時、山口さんは、不安そうな顔で、きょろきょろと周りを見回していました。俺たちもいい大人なんだから、自分の話をあんな風にされるのが、気分いいはずないって気付くべきでした」

「それが二分だったか、三分だったか続いた後……山口さんは、突然席を立って出て行ってしまったんです。私のせいですよ。私が、あんなこと言わなければ。私が悪口を言ったように聞こえたんです」

「悪口？　そうなんですか。とてもそうは聞こえませんでしたが」

むしろ望田には、山口純一の耳の良さを示すいいエピソードだと思った。美々香の耳の良さは、遺伝だったのではないか、とも思ったほどだ。

「そのあたり、意味合いが伝わりづらかったかもしれませんね」と須藤。「俳句は限られた十七文字の中で表現するものですから、繰り返しの表現は少なく――あるいは、ない方がいい。その中で、山口さんの三句は、音の情報が強調されすぎていたのです。一つの句の中に、音の情報が二つずつ入り、しかも、互いにかき消し合ったりしている。だとしたら、音の情報の代わりに、たとえば、視覚情報とか、嗅覚の情報を入れた方が、句を詠んだ時に読み手が受け取る情景を広げることが出来る」

つまり、言ってみれば、「あなたの俳句は音ばかり」という指摘は、ワンパターンだ、広がりがない、と批難されているようにも聞こえる――というわけか。

「今思えばね」田中が言う。「私の言い方も、ちょっと悪かったんじゃないかって。いえね、山口さんのお宅とは、娘さんが小さい頃から懇意にしていたもんだから――」

「娘って、山口美々香さんですか？」

「そうそう、美々香ちゃん。耳が良いから美々香ちゃん、ってね」

ここで美々香の話まで飛び出すとは。思わぬ収穫だった。

「もちろん、赤ん坊の頃には耳がいいとかそんなことは分からなくて、たまたまそういう名前にしたらしいけどね。でも、いつも山口さんは自慢げでね。うちの娘には、人には聞こえない、どんな小さな音も聞こえるんだぞ、俺の遺伝かもしれないな、なんて言って、いつもその話ばっかりだったんです。奥さんの方は、何か変なところでもあるんじゃないかって不安そうでしたけどねえ」

田中がため息をついた。

「最初の頃はね、へえ、そうなんですか、って聞いてたけど、いつも同じ話ばっかりするもんだから。次第に私も、返事が適当になっていっちゃってね。あの時も、音を何個も入れるなんて、また山口さん特有のひけらかしだ、なんて思って、乱暴な言い方になってしまったのかも……」

「そんなことなかったよ」と佐藤。「考えすぎだ。望田さん、この人はこんな風に言うけどね、全然、言い方にだって攻撃的なところはなかったんだから」

「よく分かりますよ」

望田はそう言いつつ、本当のところはどうだったのだろう、と思いを巡らせていた。

「望田さん、本人と話せる機会があったら、伝えてください——僕らは十分に反省していて、何より、一緒にまた句会を楽しみたいと思っています、と」

「望田さん、俺からも頼むよ。俺、山口さんのファンタジー俳句、好きだからさ。ほんとのほんとだよ」

「私からもお願いします。これっきりだなんて、寂しいですもの」

望田は三者三様の伝言を受け取って、話を聞かせてくれた礼を言うと、センターを後にした。

美々香の耳の秘密は一体なんなのか――。美々香は、山口純一の誇りだった。それは本当に遺伝だったのか？

それを知るためには、やはり、真田医師に話を聞かねばならない。

4

犯人からの連絡を待っている間、リビングにはぴりぴりとした緊張感が走っていた。

俺はさっき母から明かされた、十五年前の事件の真相にくらくらしていた。父に隠し子がいたなんて。それも、それが隣の家の住人だったなんて――。

もはや冷静にものも考えられない。

一体、誘拐犯の目的はなんなのか。今回の誘拐に、十五年前の誘拐は絡んでいるのだろうか。普通に考えれば、隣の家の住人、野田島勲が怪しいのだが、彼の今の状況について、警察は全く教えてくれない。

テーブルの上には身代金として指定された三千万円が既に用意されていた。アタッシェケース一つ分、重さは約三キロである。

「太一さん――私、兄さんの身に何かあるんじゃないかって……そう思うと怖くて……」

姉が熊谷にすがりつくようにして言った。

熊谷は姉の手をおずおずと握りながら、慰めるように言う。

「大丈夫、大丈夫だから早紀……きっとなんとかなる。僕がついてるからね」

心から言っているような声音に聞こえた。こんな事態に巻き込まれて、突然家に帰れなくなり、彼もストレスが溜まっているであろうに。母から彼の行動を探るように言われた日が、遠い昔のように思えた。

「……」

美々香は静かに押し黙り、神妙な面持ちで座っていた。帰れなくなったのは、美々香も同じである。彼女はずっと口数が少なく、緊張のほどが伝わって来た。叔父からの話で、昨日、何か警察の捜査資料を見せられて、意見を述べたとも聞いている。俺にとっては、家族側というより、警察側という感覚がしてしまう。

今も、じっと黙りながら、話している人間の挙動を鋭く観察しているように見える。俺は緊張を覚えた。

「早紀お嬢様、ショウガのお茶です。体を温めれば、少しは不安も和らぎますよ」

家政婦の吉澤が姉に声をかける。

叔父が突然椅子から立ち上がった。

「犯人はまだ接触してこないのか！　一体いつまで待たせれば気が済むんだ……！」

事件に対して一番気を揉んでいるのは、この叔父かもしれない。

「楽、およしなさい」

一方の母には、毛ほどの動揺も見えなかった。

俺の前で十五年前の事件について暴かれたのに、どっしりと構えている。

「そんなこと、この場で言っても仕方ないでしょう。憎らしいことだけど、今は連絡を待つ以外ないじゃない、ねえ？　もちろん――」

母がじろりと周囲を見渡した。

「この中に犯人の内通者がいるなら……別ですけどねえ」

一体何を言い出すのか――。

俺は飛び上がりそうになった。

楽がぎょっとした表情を浮かべる。

「姉さん、それ、どういう意味だい？」

「さあ、どういう意味でしょうね」

「この中にいる誰かを疑っているのか？」

「この事件にはどうも、十五年前の事件が関係しているようです」

叔父の肩がぴくりと動いた。

「何……？」

「そう、お祭しのようね、楽。隣の家――野田島家に関わる人間こそ、今回の事件を起こす動機があるの」

「馬鹿な……だって、隣の家の奥さんは自殺して……二人の子供だって、もう亡くなっているじゃないか。あとは勲さんしか……」

「本当にそれだけ？」

母が問いかけた瞬間、叔父が体を止めた。

「何……？」

「ねえ、私はあなたに言っているのよ」

母がその名を口にしようとした瞬間、リビングの扉が開いた。

田辺がスケッチブックを見せた。

『吉澤さん。ちょっとこちらでお話を伺えますか』

吉澤は茫然《ぼうぜん》とした表情で田辺を見た。

どうして吉澤さんが――。

応接間に吉澤が呼ばれると、俺は抗議するように身を滑り込ませた。

扉を閉じて言う。

「待ってください田辺さん！　どうして吉澤さんが！　俺、納得いきません！」

「智章君――」

「理由を聞かせてくれるまで、出て行きませんから」

智章が強情に言うと、田辺はため息をついた。

「それなら、お母さんも呼んできてくれるか。一緒に確かめたいことがあるんだ」

応接間に、田辺、佐久間、吉澤、母、俺の五人がいた。

冬川という女性警官は、リビングで待機しているという。

「その様子だと、刑事さんも同じ結論を導き出したようね」

「気付いていたならおっしゃってください」

田辺は眉間に皺を寄せて言った。

田辺の後ろから、佐久間という男がヌッと現れた。

「奥さんの証言があるので、これは蛇足になるでしょうが」

佐久間は写真を一枚、掲げた。

「これは昨日の晩、同僚が捜査の際に手に入れた、野田島家の皆さんが写っている写真です。どう手に入れたかはさておき、十五年前、あの誘拐事件の前に撮影されたのは間違いないようです」

写真には五人の人物が写っている。野田島勲とその妻、二人の子供たちはもちろん――五人目として、野田島家で雇われていた、メイドの姿があった。

田辺は言った。

「ここにいる佐久間に、この写真を解析してもらいました。今は写真のデータさえあれば、その顔に年を取らせて、未来の顔を作るようなことも出来るんだそうです。そう言われれば、うちの娘もそんなアプリで遊んでいたかもしれませんが、いやいや、時代というのは変わるもので――」

田辺は回りくどく話を続けながら、手元のタブレット端末を操作し、こちらに向けた。

「これが、写真のメイドの顔に年を取らせたものです。試しに、十五年」

その結果は驚くべきものだった。

写真の顔は、まさしく吉澤そのものだった。

「あんまり似ているもんですからね、私も佐久間に確認したんですよ。結論ありきで弄《いじ》ったんじゃないかってね……」

田辺がとぼけた口調で言う。しかし、誰も彼の方を見ていなかった。みんなの視線が、吉澤に集中していた。

吉澤の顔が青ざめている。

「私……その……」

「あなたは十五年前、野田島家でメイドの仕事に就いていた。十五年前の事件に立派に関係があったわけです。見てください、この家族写真を。家族四人の間に入れるほど信頼関係が深く、特に、お姉さんの加奈子さんからは抱きつかれるほど愛着を感じられていたようですね。この親愛の情は、加奈子さんからの一方的なものだったのでしょうか？」

「そんなこと……」

「すると、あなたにも動機があるってことになります。十五年前の愛おしい子供たちの死の原因は、大野家の人たちにあると考えた。野田島勲にあると考えられる動機は、あなたにもあてはまる」

「違います、私、違うんです！」

吉澤が叫んだ。目が泳ぎ、取り乱していた。

「確かに、私は野田島家で働いておりました。その後結婚したので姓が変わり、皆さん、気付かれなかったようですが――」

俺は衝撃を感じるとともに、野田島家のメイドのことを思い出した。

「そうだ……そうだった。俺と姉さんは、よくあなたに遊んでもらっていましたよね」

吉澤の目に涙が浮かんだ。

「はい……覚えていてくださって嬉しいです、お坊ちゃま……」

俺の記憶が刺激される。それは十数年前、あの隣家のメイドと遊んでいる時に呼ばれていた呼び方だった。隣の家のメイドなのに、自分の家の子供のように可愛がり、そう呼んでくれた。

姉のことは、いつも、「お嬢様」と呼んでいた。

吉澤に「お坊ちゃま」「お嬢様」と呼ばれると、何かしっくりくるような気持ちがする理由が、今分かった。

「美佳さん、あなたは吉澤さんの正体に気付いていましたね」

田辺が言うと、母は頷いた。

「雇った時は気付きませんでした。雇ったのは四年前で、十五年前からは少し面立ちが変わっていましたし、姓も変わっていたので。気が付いたのは、ときどき、隣家を見てボーッとしていることがあったからです。それで私立探偵に調べさせたら、あの家で昔雇われていたことが明らかになりました。探偵といっても、もちろん紀のところではありませんが」

吉澤はただ首をすくめていた。

「私は吉澤の能力を買っていましたから、前歴が分かっても、そのまま雇い続けました。ただ、紀が誘拐されてからは違います。あの時野田島家にいて、彼らと親しくしていた人間なら、大野家を恨む理由は十分にあります。私が警察を呼んだのはそのためです。吉澤が犯人サイドと繋がっているなら、その証拠を見つけてもらいたかった」

「そんな……私、奥様に疑われていたなんて……」

吉澤は辛そうに首を振った。

「私は……私はただ、懐かしくなっただけなんです。十五年前、あの事件で、華様と、加奈子様、秀人様――三人もの愛しい人を同時に失って、勲様からも、もう雇い続ける余裕がないと拒絶されてしまいました。その後も色々な家を転々として働きましたが、あの十五年前よりも楽しく幸福に満ちた時間はなかったのです」

母は黙って話を聞いていた。

「だから四年前――家政婦の紹介所で、大野家が密かに求人募集していると知った時、私は居ても立ってもいられなくなったのです」

「吉澤は腕利きでしたからね。知り合いのエージェントからすぐに連絡をもらい、三日ほど試用で様子を見て、そのまますぐに採用しました」

母が補足する。その目の色は、もう穏やかになっていた。

「そうなのです。ですから私は、お坊ちゃまやお嬢様を見て、十五年前の幸福で温かな日々を想うだけで幸せなのです。おまけに今は、お嬢様が結婚なさると――こんなに幸せな日々はありません」

母がため息をついた。

「……分かったわ、吉澤。私が間違っていました」

「奥様……」

「非礼をお詫びするわ。これからもここで働き続けてくれるかしら」

「もちろん——喜んでご奉仕させていただきます」

吉澤が深々と頭を下げた。

田辺が彼女の背後で、小さく息を吐いたのを、俺は聞いていた。

田辺もまた、吉澤への疑いを取り下げた、ということか。吉澤の言葉が、演技でないと思ったのだろう。

俺にとっても、吉澤は愛着のある相手だった。彼女が犯人でないとすれば、俺も嬉しい。

その時、インターホンの音がした。

「はっ……？」

一瞬、脳が混乱した。脈絡のない場面のフィルムが割り込んでしまったみたいだった。

今、インターホンが鳴ったことさえ、現実のことなのか分からなかった。

俺は応接間を飛び出した。

叔父がインターホンの画面を操作しているところだった。

画面を確認しようと、田辺が画面の死角から近づいていた。

画面が点くと、まず驚いた。

そこにはキャップを被った、大学生くらいの男性が立っていた。顔を隠したりもしていないし、真っ青な上着の下はだらしないTシャツを着ていた。

男が口を開いた。

「こんにちはー、『出前荘《でまえそう》』です」

5

瞬間、部屋の空気が弛緩《しかん》した。

田辺も困惑していた。『出前荘』？　こんな時に、どうして出前など……。

「……は？」

楽は戸惑ったように家族と警察サイドの面々を見回した。

「誰か、頼んだか」

「頼んでるわけないだろ」智章がぶんぶん首を振った。「何も、こんな時に」

「じゃあ……」

楽は田辺を見る。田辺は首を振った。

楽は埒《らち》が明かないと判断してか、インターホン越しに男に言った。

「おい君、どうやら家を間違えているらしいぞ。他をあたってくれ」

「えっ」

男が小さく舌打ちしたように聞こえた。

出前荘といったら、配達員が自宅に飲食店のお弁当やテイクアウト商品などを届けてくれるということで、今人気のサービスだ。コロナ禍の情勢を経て、ますます一般に普及したと言える。

「でもここ」男はアプリの画面をモニターに突きつけながら言う。男はアプリに表示されている住所を読み上げた。「この住所で合っていますよね。お名前も合っていますし……」

彼は明らかに困惑した風だった。

「決済は済んでいるのか？」

楽が聞くと、男は頷いた。

「ええ？　だって、あなたが頼んだんでしょう？　クレジットカードでいただいてますよ。置き配のリクエストにはなっていませんが、対面での受け取りが気になるようなら、ここに置いていきますけど」

田辺が手帳に何かを書き、楽に見せた。

『彼を家に上げてもらうことは出来ますか。偶然とは思えない』

楽は重苦しい面持ちで頷き、「いや、直接受け取るよ。今、玄関に行く」と男に告げた。

男を玄関に上げ、楽は商品を受け取った。

商品は二重にしたビニール袋で包まれており、いかにも厳重そうに見えた。かなりの大きさで、出前荘の配達員登録をしたときに買うという配達バッグが満タンになるほど、商品が詰まっていた。

「毎度ありがとうございました」

男が立ち去ろうとした時、田辺は男の肩に手を置いた。

男が意外そうに振り返った時、田辺がすかさず警察手帳と、スケッチブックのページを見せた。

内容はこうだ。

『この家は盗聴されています。今、お話をお伺い出来る部屋に連れて行きますので、それまで黙ってついてきてください』

男の体が硬直する。怯えたような顔になった。


応接間に、田辺、佐久間、男の三人がいた。

男は小久保《こくぼ》という大学生だった。

「あの、俺、何も知りません」

小久保は不安そうに首を振った。

「何も君を疑っているわけじゃない」田辺は極力落ち着かせるように言った。「この家は今、ある事件に巻き込まれていてね。そのために、少し慎重に話を聞く必要があるだけなんだ。もちろん、君が関与していると疑われているわけじゃないし、質問に答えてくれればすぐに解放する」

田辺の本音は違う——目の前の男が犯人グループの一員である可能性も、十分に疑っている。会田という編集者にしてやられたことを、彼はしっかり教訓にしていた。

「田辺さん」

その瞬間、佐久間が言った。

佐久間は袋の中身を開けていた。二重になった大きな袋には、からあげ丼が四つ、入っているように見える。しかし、本当にどんぶりが入っている容器は上の二つだけで、下の、容器二つ分の空間には、直方体のプラスチックケースが収まっていた。

男はそれを見て、何やら青ざめていた。ようやく、目の前の不思議な事態の薄気味悪さに気付いた様子だった。

「……な、なんだよ、これ」

「中身はブルーレイディスクのようです。間違いなく、犯人からの連絡ですね」

佐久間は平板な声で言った。

「すぐに内容を検めてくれ。小久保さんには、私が話を聞く」

佐久間は頷き、すぐにパソコンのドライブにディスクをセットした。

田辺は小久保に向き直った。

「まず、基本的なことから確認しよう。『出前荘』というのは、利用者がアプリなどから注文して、君たちのようなドライバーが店舗に商品を受け取りに行き、配達する。そういう出前サービスのことだったよね」

「はい……」

「注文した人物は？」

「あの……オオノタダスさん、という方です」

小久保はスマートフォンの画面を見せてくれた。

画面には、注文番号としてアルファベットと数字を組み合わせた番号が表示され、注文者オオノタダスの名前、配達先の住所、クレジットカードにて決済が完了している旨が表示されていた。配達先の住所は、もちろん、この家になっている。

大野紀のスマートフォンには、もちろん、彼のクレジットカード情報が登録されているはずだ。犯人は大野紀のスマートフォンを奪い、その名前と住所で注文した、ということだろう。

――ということは、今大野紀のスマートフォンの電波を追跡すれば、居場所を特定出来る可能性がある。これまでも試みていたが、電源が切られているらしく、情報がなかった。

田辺は即座に佐久間に指示を飛ばす。

だが、心のどこかでは、これはそう単純な事件ではないだろうと思っている。犯人は人手を惜しんでいない。おそらく、監禁場所から遠く離れた場所で、注文操作のみ行ったのではないだろうか。それなら、スマートフォンの電波を追っても、犯人には辿り着けないことになる。

「ちなみに、初歩的な質問で申し訳ないんだが、注文する人間が配達先にいなくても、注文することは可能だったよね」

「えーっと……あっ、そうですね。会社から家に帰りながら、帰宅時間を見込んで注文する人もいますから。アプリによっては、『配達先と現在位置が違います』っていう警告が出ることもありますけど、注文は通りますよ」

サービス上、通常に想定されている使い方なら、十分に可能だろう。

「注文を受けた後、注文者に連絡することはないのか？」

「予定時刻よりすごく遅れる時は、電話したり、SMSでメッセージを送信することもありますね。大抵はメッセージの送信だけです」

「そのメッセージに返信する必要はない？」

「はい」

それなら、注文だけして、電源を落としてしまってもいいわけだ。

「話を続けよう。注文の内容と、お店の場所は？」

「あっはい。『ダイニングKITCHEN森のコモレビ』のからあげ丼四つです。配送料込みで三千七百円」

「配達の時、何か不審に思ったことは」

うーん、と小久保は唸った。

「確かに、おかしいな、とは思ったんですよ」小久保は言う。「『コモレビ』さんは、新しくできたダイニングカフェなんですが……その、商品を渡してくれた店員さんが、店の前まで、出てきてくれていたんです」

「普段は、店の前まで出てくるようなことはない？」

「大抵はカウンター越しに受け渡しです。配達員は、スマートフォンで受注した注文の番号を持っているんで、それを店員さんに伝えるんです。そうすると、用意しておいた商品を渡してくれる、って仕組みで……どこも開店したばっかりで、忙しい時だから、店の外まで持ってきてくれるなんて珍しいな、って……」

「店舗の前の画像です」

佐久間がパソコンの画面を皆に向けた。小久保が画面を指さす。

「あっ、これです。ここですよ」

オシャレなダイニングカフェ風の店だった。隠れ家的な立地で、大通りから一本隔てた路地に面していた。

「店員が出てきたのは、この店頭のあたり？」

「いやあ、もう店の前の道路まで出て来てくれてましたよ。僕が自転車で、『出前荘』専門のバッグをかついで行ったら、手なんか振ってくれて……」

明らかに不自然だった。

「その店員の顔を覚えていますか?」

「いや……男の人で……帽子とエプロンを身に着けていたことと、あ! そうだ! 顔に絆創膏《ばんそうこう》をつけていました!」

佐久間がため息を漏らした。田辺が咎めるように佐久間を見る。

「あ、あの、僕何か……?」

「いえ、あまりによくある手なので」佐久間が言った。「絆創膏なんてすぐに貼って剝がせるのに、犯人の特徴を聞くとみんなそのことしか覚えていない。強盗なんかが使う手でね」

「じゃ、じゃあ、あの人、本物の店員じゃなかったんですか!」

「その可能性が高いでしょうなあ」田辺が言う。「今、店の方にも人をやって聞き込みに当たらせていますが、おそらく、あなたに商品の袋を渡してきた人物は、本物の店員ではなかったと思います」

「つ、つまり……?」

「あなたは、犯罪に巻き込まれたのです」田辺は首を振った。「善意のメッセンジャーとしてね」

小久保の喉仏が上下した。

6

「――かくして、第二の願いは成就せり」

憔悴《しょうすい》しきった大野の前で、カミムラは意気揚々と言った。

「どうだい、大野君。芸術的だろう？　シンプルにして効果は絶大。これは、古典的とも言える一人二役のトリックなんだよ」

サンは頬を掻きながら言った。

「……あのう、つまりどういうことなんで？」

カミムラは大げさにため息をついた。

「やれやれ。じゃあ最初から話すよ。

いいかい？　ここにいる大野君が生意気にも指摘した通り、誘拐犯からターゲットに連絡する行為は、繰り返すごとに危険性が増していく。逆探知の技術が発達した今となっては、昔の犯罪映画のように、何度も電話をかけるような手口はご法度だ。サンが何か喋り始める前に、サンの居場所は特定されてしまうんだよ」

「そこはなんとなく分かってます」

「だったらもっと早く言ってよ。まあいいや、ともかくね、多くの犯罪映画や小説はここに知恵を絞ってきて、宅配便を使う手とか、手紙を置いておく手とか、色んな手を試してきたんだよ。そこに、僕は新しい手を編み出したんだ。善意のメッセンジャーを仕立て上げる方法をね」

「方法論としては、宅配便と変わらないがな」

大野がボソッと言った。

「確かにそうかもしれない。だけど、こちらの手は、筆跡も残さないし、依頼の際に顔を見られることもない。何せ、そういう風にシステムが出来てるんだから」

カミムラはスマートフォンを掲げた。画面には『出前荘』のアプリ画面が表示されている。

「いいかい、サン。こうするんだ。このアプリで、大野君の名前と住所を登録し、商品を注文する。支払いは彼のクレジットカード情報をそのまま使うんだ」

大野は軽く笑い声を立てた。

「無断使用かよ……拉致された瞬間に、ロックかけたはずなのに、あれはどうやって解除したんだ？」

「ああ、そうだった。君、意識を失う直前に、自分のスマートフォンの電源ボタンと音量アップボタンを同時押ししていたらしいね」

「えっ、そうすると、どうなるんですかい？」

「スマートフォンの生体認証機能がロックされて、パスコードを入力しないと開かなくなるんだよ。ほら、指紋ロックや、顔認証でスマートフォンが開いたら、拉致監禁した犯人に、自分のスマートフォンを悪用されてしまうだろう？　気絶している間なら開き放題になるからね」

「その、拉致監禁した張本人が、よく言うぜ」

大野が皮肉を言うが、力はない。

「ね、サン。大野君は素晴らしいだろう？　とっさにそこまで機転が利く」

カミムラが大野に顔を近づけて、笑った。

「でもね、大野君。僕が計画を仕込んでいるこの半年もの間、君はたびたび尾行されている——その時、指の動きを見ていれば、パスコードを知るくらいはわけないよ」

「そうか。だったら、毎日変えるぐらいしておくんだったな」

大野は自嘲気味に笑った。これも皮肉なのだが、カミムラは屁とも思っていない。

「さて、出前荘の話に戻ろうか。配達に指定する店は、大通りなど人気《ひとけ》の多いところに面していない、隠れ家的な店で、それも見通しが悪いところがいい。朝早くから営業してくれていいるとなおいいね。

注文すると、この注文を受注した配達員が店に向かうだろう。そしたら、その人に先回りをして、店に向かう」

「え？　なんだってそんなことを？」

「やれやれ」カミムラはため息をついた。「君は本当に話を聞いてないんだね。呆れてものも言えないよ。

いいかい？　僕らは、先回りして、注文番号を告げて商品の袋を受け取る。その時には、店先に『出前荘』で購入した専用バッグを積載した自転車を置いておき、自分も『出前荘』のキャップとジャンパーを身に着けているんだ」

「なるほど……。自分で注文したから番号も分かるし、店員の方も、そういう格好で現れた人間を偽者とは疑わない……ってことですよね？」

「そういうことだ。まして、注文した当人だと思うはずもない。当人が来られないから、出前を注文する……このサービスの構造は、そもそもそうなっているんだから。

そして、商品を受け取ったら、ここからが早業だ。人目につかないその通りで、『出前荘』のジャンパーとキャップを脱いで、バッグの中に仕舞う。バッグの中の袋と、受け取った商品をすり替える。あとは、バッグを載せた自転車を近くの他の飲食店の前に停めておけばいい。その店の店員は、配達員がどこかに休憩に行っているとしか思わないだろう」

「ああ、分かってきましたぜ。そいつはジャンパーの下に、あらかじめ、店のエプロンを着けておくんですね。そうすれば、早業で一人二役が出来る」

カミムラが手を叩いた。

「素晴らしい！　どうだい大野君。出来の悪い生徒でも、根気よく教えれば伸びるんだよ。そのことがよく分かる一例だろう？」

大野はくすりとも笑わなかった。

「……二つ、気になる点がある」

「どうぞ」

「一つ目だが、出前荘のようなサービスでは、店の前で待機している配達員も多いはずだ。いくら先回りして向かうといっても、目の前で待っている相手には敵《かな》わないだろ」

「ご明察。その点については、二つのアプローチで潰している。一つは、店の選定だ。問題の店は路地にあって、そもそも店の前で待機しづらいが、何よりも大きいのが、近隣に大手のチェーン店が複数存在することだ。事前の下見で、注文待ちのドライバーの多くが、これらのチェーン店に張っていることを確認している」

「つまり、待機している可能性が著しく低いってことか。しかし、可能性はゼロじゃないだろう？」

「ああ。そこで、もう一つ、とても簡単な仕込みをしておいた」

「なんだ？」

「事前に別のスマートフォンから注文して、同じ商品を受け取っておくんだ。つまりカラ注文だね」カミムラは肩をすくめた。「やってきた配達員に渡すのは、この『事前に入手しておいた方』なんだよ。だってそうだろう？　ビデオレター入りのプラスチックケースを、あらかじめ仕込んでおかなくちゃいけないんだから。そんなの、店の前でやるのはあまりにリスキーだよ。

つまり、さっきは理想的な流れ――注文番号を告げて正規の商品を受け取って、それをすり替えてから渡す、という流れを紹介したけど、これが逆になっても全く問題はない。早く配達員が辿り着いたなら、店員のふりをして、先に『事前に入手しておいた方』を渡し、後から悠々と、配達員の格好をして大野君の注文分を受け取ればいいんだ」

「なるほどな……抜かりはないってわけか」

「今はフードロスが世界的な課題だからね……『〈劇団〉の皆さんが美味しくいただきました』とでもしておくよ」

カミムラがフフッと悪戯《いたずら》っぽく笑った。

「それで、二つ目の疑問は？」

「……注文番号のことだ。配達アプリによっては、『店―配達員』側と『配達員―客』側で二つの注文番号が発行されるケースがあるだろう。店に渡される方の注文番号に、客の名前や住所が紐付いていると、店に利用者の情報が筒抜けになってしまう。事実、店と配達員が客の名前を口頭で告げて商品を受け渡す例も見られて、個人情報保護の観点から問題になった……そんなニュースを見たことがある」

「ご明察。今は大野君の言った手法が主流になっているね。大手各社も右へ倣《なら》えで合わせている。ところが、『出前荘』というのは、コロナが世間を騒がせる前からシステムがローンチしていた、いわば老舗でね。老舗であるがゆえに、システムが変更されるには多くの金と労力がかかる。ようやく再来週にはシステムが改修されるらしくてね、倫理観の高い大野君には朗報だろうけど、この手口は、再来週には使えなくなる」

「そりゃ安心したよ。汎用性の高い手口だから、心配していたんだ」

大野はそう言いつつも、険しい表情を崩さなかった。手口を悪用される危険よりも、何か別のことが気になっているかのようだった。

「早着替えによる古典的な一人二役トリックも、こんな風に使えば一風変わった連絡手段として使えるってことさ。店員に対しては配達員として、配達員に対しては店員として。極め付きに頬に絆創膏でも貼り付けておけば、店員も配達員も、そのことしか覚えていないだろうね」

カミムラはくっくっと笑った。

「ね？　大野君。心配には及ばない。三つの願いは、二つまで果たされた。僕は必ず、この誘拐を成功させるよ」

7

小久保は事件に関係がない、善意の第三者だ——。そう結論を下すと、田辺は小久保を帰した。

小久保は、自分が持ってきた荷物の中身がなんなのか、気になる様子だったが、部外者にそこまで見せるわけにはいかない。

川島と板尾のコンビが、小久保が商品を受け取った店まで聞き込みに行き、その報告が上がってきた。

「田辺さんの推測で間違いなさそうです。『コモレビ』の前の道路の見通しはかなり悪く、たとえ着替えたとしても見咎められる危険性は低い。加えて、近くのハンバーガー店の前に、不審な自転車が停まっていたのが目撃されています。配達員が休憩にでも行ったのか、バッグごと通りに停められて、十分ほどそのままだったと。行列を捌《さば》いている間にいつのまにか消えてしまったそうですが、自転車が目撃された時間帯は、問題の『ダイニングカフェの店員』と小久保が受け渡しをしたと思われる時間に一致しています」

「まるで現代の怪人二十面相だな。変装の達人ときている」

「田辺さん、笑えないですよ」

川島が生真面目な声で答えたので、田辺は少し笑った。

川島と板尾は本部に戻り、残った数名の警官で周辺の聞き込みをする予定だが、成果は上がらないだろう。田辺には妙な確信があった。

それよりも……。

田辺は、袋の中身を検めている佐久間を見た。『出前荘』のバッグは、中に他のものが入っていないことを確認の上、小久保に返却している。

袋の上部には、万が一上から覗き込まれても平気なように、注文通りのからあげ丼が二つ、載せられていた。問題のブツは、その下にある、白いプラスチックケースの中だった。

ケースはどんぶり二つ分のサイズに合わせた直方体で、中にブルーレイディスクが一枚入っていた。ケースのサイズの方が大きく、不格好な状態だ。

「ディスクの中身は？」

「今やっています」

中身は動画ファイルのようだった。

佐久間がパソコンで、その動画を開く。田辺は佐久間の隣に座り、動画を覗き込んだ。

田辺は息を呑んだ。耳を澄ませる。その男が言っている言葉に意識を集中する。

田辺は立ち上がった。

「山口美々香を呼んでくれ」

8

望田が真田耳鼻咽喉科に着くと、今日は診療が少し早く終わったからと、すぐに診察室に通された。

「いやー、まさか美々香ちゃんのお友達が来るとはねえ。びっくりしましたよー」

真田は五十代後半くらいで、人の良さそうな医師だった。目尻に皺が寄っている。まるで美々香が小学生であるかのような口ぶりに、望田は苦笑した。

「やあ、もうね、美々香ちゃんもいい年齢だとは分かってるんだけどね、どーしても、私の記憶に残ってるのは、子供の頃の美々香ちゃんだから。実を言うと、彼女のお友達と聞いて、もっと小さい男の子を想像したりしていたんだ。この町を出て高校に進学したのも随分前なのにねえ」

「山口さんの家とは、かなり懇意になさってたんですね」

「そうだね。美々香ちゃんが生まれる前からだから、もう三十年以上の付き合いになるかね。今でも、親御さんを診ているけど、一番関わりが深かったのは、やはり美々香ちゃんだね」

真田はエヘン、と咳払いをする。

「こういうのは、あくまでも患者さんの個人情報だから、人にはあんまり話さないんだけどね。美々香ちゃんがお世話になっているのは知ってるし、美々香ちゃんのお母さんからも電話で口添えがあったから、お答えするんだけど……」

どうやら、昨晩話していた通り、電話をかけてくれたらしい。望田は、内心で山口小百合に感謝した。

「わけあって、望田さんという、東京から来た美々香ちゃんの同僚の方に、彼女の耳のことをよく知っておいてもらいたいから、ってことで話があったんだ。だから君から電話が来たら、ああ、来た来た、って思ってさ」

真田はこちらに向き直ると、ニヤリと笑って、威勢よく言い放った。

「それじゃあ、さっそく核心に入ろうか。つまり私が言いたいのはね——聞く力とは、聴力そのものではなく、脳の働きを指すということさ」

「脳の……？　あの、どういうことでしょうか」

「まずは、こちらから見てもらおうか」

真田は電子カルテの画面にグラフを表示した。随分用意がいいが、これも根回しのおかげだろう。

グラフは、ざっくり言って、下に凸の放物線が二つ描かれて、真ん中が湾曲したブーメランのような形を描いていた。望田は高校の頃に受けた数学の授業を思い出した。

「これは人の聞こえ方を示したグラフなんです。縦軸が音圧をあらわすデシベル（dB）で、横軸が周波数をあらわすヘルツ（Hz）です。縦軸の下に行くほどデシベルの値が大きくなるので音が大きくなり、横軸の右に行くほどヘルツの値が大きくなって音が高音になる、と考えてください。二つの曲線に囲まれた領域が、人に聞こえる領域——形状がバナナのようなので、スピーチバナナと呼ばれています。

　さて、このグラフですが、加齢とともに、人が聞き取れる音の範囲が狭まっていきます」

　真田がパソコンのキーをタップする。

　グラフに、もう一つの折れ線グラフが重なる。

「この折れ線グラフは、年齢ごとの可聴域を示しています。これの意味するところは明白で——人は年齢を経るにしたがって、スピーチバナナの右上に当たる部分、つまり、小さく、高い音から聞こえにくくなっていくということです」

「高周波の音、いわゆるモスキート音が若者にしか聞こえないのは、それが理由ですか」

「ああ、まさしくそうです。モスキート音も、今ではいろんなところで利用されていますから、人口に膾炙してきましたよね」

　真田がにこりと笑った。

「さあ、このグラフを使って、私が何を言いたいかというと、美々香ちゃんの可聴域の問題なのです」

望田はごくりと唾を呑み込んだ。

遂に明かされるのだ。

美々香のあの鋭い聴覚の秘密。あそこまで聞こえるのは何が理由なのか。その秘密がいよいよ明かされる。

「私が美々香ちゃんの耳のことを調べ出したのは、彼女が小学一年生の時です。色んなことに鋭敏に気が付く美々香ちゃんは、その持ち前の鋭さのせいで、周囲と軋轢《あつれき》を生んでしまうこともあった。美々香ちゃん自身はあっけらかんとしていましたが、親御さんの方が、『何か異常があるのではないか』と不安がったんですよ。そこで、私のところに来た、という経緯でして……」

真田はもったいぶるのが上手かった。

「そして、結論から言えば」

真田はパソコンのキーをタップし、また新たなグラフを表示させた。

「こちらの二つの曲線は、小学一年生の一般的な可聴域と――美々香ちゃんの可聴域を示したものです」

「えっ」

望田は驚愕した。

二つの曲線は、ぴったりと重なっていたのである。

「そうなんです」真田は微笑んだ。「美々香ちゃんの耳は、その聴力という点では、普通の人となんら変わりはないのです」

9

「山口さん。来てもらったのは他でもありません」

田辺と佐久間は、向かいのソファに美々香を座らせていた。

美々香は、何かのお守りのように自分のハンドバッグを手元に携え、険しい顔つきで田辺たちを見た。

「……何か、進展があったのでしょうか。先ほどから、家族の方たちにまた動きが……」

「はい。そうなんです。一風変わった方法ではあるのですが、犯人から次の指示が届きましてね。動画ファイルによる指示です。身代金の受け渡し場所と時間の指定がありました。ＪＲ新橋駅前のＳＬ広場において、午後一時に受け渡しを行う、と。そして、身代金を運ぶ役目は——大野家の女性にお願いをしたいと」

新橋駅前のＳＬ広場。

田辺はその言葉を自分の口の中で反芻《はんすう》し、やはりか、といった思いを新たにする。犯人が十五年前の事件を利用しているとすれば、もちろん、身代金取引の舞台は、そこにすると思っていた。

十五年前の再現。

それが、真犯人の動機なのだろうか。

「なるほど……」

美々香は口元に手をやって、何かを考えているようだった。

「大野家の女性、と言っても、選択肢はありません。美佳さんは車椅子での移動となり、何かあった時に私たちの警備体制が不十分になる恐れがありますし、家政婦の吉澤さんという手もありますが、指定通りでない、と犯人の逆上を買うかもしれない」

「すると」美々香が言った。「消去法からいって、早紀さんが受け渡し役に選ばれたのですね」

「はい。午後一時までですから、もう一刻の猶予もありません。受け渡し役の家族と警官には先に動いてもらっています」

「それで、私は何を……？」

田辺は唾を呑み込んだ。

「何を隠そう、また捜査協力をお願いしたいのです。問題の動画ファイルを見て、何か気付いたことがないかどうか……。特に、今回は、大野紀さんが映っていますから、彼がいる場所を特定できる音がないかどうか、あなたに聞き込んでいただきたいのです」

実のところ、動画ファイルについては、佐久間による音声解析も同時進行で進めている。

佐久間は、また美々香の力を借りることに反対だった。いわく、超常じみた力に頼っても、それを捜査の根拠に出来るとは限らない、というのである。捜査はあくまでも科学に拠《よ》るべきだ——それが佐久間の主張だった。佐久間は、先の拉致現場での音声を聞いた時の美々香の推理がお気に召さなかったようなので、そうした主張の背景には、美々香への失望があるのかもしれない。

だが、田辺はまだ、美々香に期待していた。この喧騒の中で落ち着き払っている美々香の態度に、何やら自信めいたものを感じたからだ。

「大野所長……大野所長が、映っているんですか」

美々香が食い入るような目をして言った。

「はい。ただ……いささか、ショックを受けるかもしれません。私が心配しているのはその点でして」

美々香の瞳が揺れた。彼女は目を伏せ、自分の指を擦り合わせた。

やがて、顔を上げて田辺の目を見た。

「……大丈夫です。仕事柄、見慣れていますから」

常套句だった。だが、一つ見落としている。これまで「見慣れて」きたものは、あくまでも関わりのない他人のものだ。

田辺はそう指摘しようかと思ったが、美々香の眼の光にたじろぎ、彼女の覚悟に委ねることに決めた。

「これが問題の映像です」

田辺は再生ボタンを押す。

＊

問題の動画ファイルは、約三分――正確に言えば、二分五十六秒の長さである。

田辺自身は既に五回、六回と見直しているが、初めて見るような新鮮な気持ちで見直すよう試みる。

動画の冒頭の光景が目に飛び込んでくると、美々香は、ハッと息を吸い込んだ。無理もない。それだけショッキングな光景だからだ。

動画はどこか、倉庫のような殺風景な部屋で撮影されている。コンクリートの冷たさが画面越しに身に染み入ってくるようだ。画面の奥に大きな換気扇が映っているのが、唯一の特徴といえる。

部屋の中央にカメラが向けられ、そこに男が一人、椅子に縛り付けられている。男――言うまでもなく、大野紀である。ジャージに着替えさせられており、これも、錦糸町に現れたのが大野の服を着た替え玉であるという推理を裏付けていた。

大野紀は後ろ手に縛り付けられている。右頬には殴られたような跡があり、鼻の下から顎にかけて、鼻血が垂れた跡があった。

後ろ手に縛り付けられた、手の下あたりには、血が滴っている。今もなお血が垂れ、血溜まりに落ちていた。田辺は大野の手がどういう状態になっているのか、想像するのが嫌だった。

瞬間、田辺の思考は脇に逸《そ》れる。大野紀に拷問を加えていると仮定して、犯人の目的は一体なんなのだろう？　家族との連絡手段といったありふれた課題にすら、新しい答えを用意してくるような犯人だ。なんの理由もなしに、大野紀を痛めつけるとは考えにくい。この映像を撮るため、とも考えづらかった。

この事件には、大野紀には、まだ何か秘密があるのか。

動画の中で、大野紀がゆっくり顔を上げる。カメラのレンズと視線が合わない。レンズよりも少し遠くを見ていた。

田辺は、ここで、犯人が大野にカンペを出しているはずだ、と思った。

「……身代金受け渡しの指示をする」

大野の唇が動く。やや画面から遠いため、目を凝らさないと分からない。

「本日午後一時に……ＪＲ新橋駅の、ＳＬ広場にて……身代金の受け渡しを行う……」

大野は淡々と、与えられた文章を読んでいく。

こうしている間にも、何か、入っている音に手掛かりがあるのではないか、と田辺の耳は探り続けている。

しかし、換気扇の回る、ゴウンゴウンという音がするばかりで、明瞭な手掛かりはないように思える。

「……受け渡しには……大野家の……」

大野の目がわずかに見開かれる。

「待て、これも読むのか？　だって――」

犯人がどう返答したにせよ、その声や様子についてはカメラやマイクに残っていなかった。大野は一旦下を向き、やがて諦めたように首を振り、また正面を向いて、続きを読み始める。

「受け渡しには、大野家の女性を誰か、寄越してもらいたい……警戒しているわけではないが……大野泰造は柔道の有段者だし……大野楽には護身術の心得があったはずだ……こちらとしては、平和な取引を希望するものである……」

大野は、口にすることさえ屈辱だと言うように、顔を歪めていた。

その間も、彼の後ろでは、不規則なリズムで血が滴り落ちている。

父親と叔父の情報については、家族に聞いて裏が取れている。ここから分かることは三つ。一つ、言わずもがな、犯人は大野家の家族構成について入念な下調べをしていること。二つ、文面上は警察の介入に気付いていないようにも見えること。しかし、これは見せかけかもしれず、油断は出来ない。三つ、犯人は、泰造が家にいると勘違いをしていること。

田辺は、この三つ目の発見の意味が摑めなかった。犯人がこの家を盗聴しているのだから、父親の不在には早い段階で気が付くはずである。これもまた、何かの理由で、気付かないふりをしているのか。

映像はまだ続いている。

大野は画面の向こうに目をやっている。犯人から何かの指示が出ているらしい。

重苦しいほどの沈黙。

「……みんな、今回は俺のせいで迷惑をかけて、ごめん」

大野は言った。

察するに、先ほどの指示は、家族にメッセージを一言残すように、というものなのだろう。

「探偵なんていう、危険な商売に自ら飛び込んでおいて、こんなことになるなんて、想像もしていなかった……本当に情けない……情けないけど……」

大野はカメラを真っすぐに見て言った。

「助けてくれ……信じている」

映像は止まった。

＊

果たしてこの中に、何かの手掛かりがあるのだろうか？

犯人の正体につながる、と言わないまでも……大野が監禁されている場所が分かるような、そんな手掛かりが。

「山口さん、映像は以上に――」

その時だった。

美々香が瞼《まぶた》を押さえていた。

田辺は口を引き結んだ。

無理もない。最後の大野の必死の訴えを聞けば、心を動かされないはずはなかった。まして、日頃から接している同僚が、家族に見せる、弱りきった姿である。

――信じている。

田辺自身、あの最後の言葉を、自分を鼓舞するメッセージとして受け取った。大野の意図は別として。

美々香は乱暴に目を擦ると、ハンドバッグから目薬と手帳、ペンを取り出す。

何も言わず、目薬をさして、ハンカチで雫を拭った。

次に田辺に向き直った時、美々香の瞼《まぶた》のあたりは赤くなっていた。

「田辺さん、私、全力でやります。やらせてください。どこかで、この映像を持って、少しの間、一人にしてもらっていいですか」

涙は目薬のせいに、というわけか。

田辺は段々と、彼女のことが気に入り始めていた。川島が部下になったばかりの時期のことを思い出す。

「捜査資料と部外者を一人残して、我々に部屋を出ろと言うんですか」

佐久間が険しい声で言った。田辺はそれを手で制して、佐久間に頷いた。

佐久間はため息をつく。

「……そうだろうと思いましたよ。まあ、上司の命令なら逆らえませんね」

「直属の上司ではないがね」

「では。あとはお好きに。わかったことがあったらお知らせくださいね」

佐久間はそう言って、さっさと部屋を出てしまった。

美々香はきょとんとした様子でそれを見つめている。

「すみません。不器用なやつでして」

「いえ……あの、私、気にしてません」

「なによりです」

田辺は立ち上がった。

「あなたとそのパソコンを、二階の誰かの部屋に移しましょう。智章君あたりに協力を求めましょうか。盗聴されているのはリビングのようなので、そこなら、一人で集中して作業にあたってもらえると思います」

「……ありがとうございます」

田辺は智章を呼び出し、捜査のため、部屋を貸してもらえるように頼んだ。智章の部屋には勉強用の机があり、作業にもちょうど良かった。

「メモ帳もお借りしていいですか」

美々香は田辺が答える前から、パソコンの横に置かれていたメモ帳を手にしていた。誰か捜査員が使っていたものだろうが、予備は十分にあるので、許可した。

智章の部屋に美々香用の捜査スペースをこしらえると、田辺は美々香を一人残し、部屋を出た。

彼女は、食い入るような目つきで、目の前のモニターを睨んでいる。

本当に、彼女はあの映像から、何かの『音』を見つけ出すのだろうか。

ICレコーダーから二度の拉致トリックを見破り、彼女は自分の力を見せてくれたが
――ここでいよいよ、その真価が問われる、といっていいだろう。

この事件の計画者、カミムラは、現場に姿を現していない。全て配下の者に任せて、自分は糸を操るだけ――。

だが、この映像は、カミムラが直接撮ったのではないか。田辺はそう直感していた。

それなら、あの映像には残っている。

カミムラの息遣い。足音。彼がその場に居ることにより生まれる音。

犯人は、音の中に潜んでいる。

美々香は今、犯人に迫っているのだ。

10

「つまり、美々香ちゃんが優れているのは、聴力そのもの、ではないのです」

真田医師は得意げな笑みを浮かべてそう言った。

「ここの出来、なんです」

真田は頭の横を、トントン、と二回人差し指で叩く。

その仕草は、美々香が昔、大野所長の前でやっていたものだと聞いている。「ここの出

来が違うもので」と言って耳を指差すと、犯人たちが頭を指していると勘違いして逆上するのだと。今は大野が矯正して、耳たぶを引っ張るようなポーズになっているが……。

望田は、半ば呆然《ぼうぜん》とする思いで、首を振った。

「ですが、私は……美々香さんが、彼女の耳の力で事件を解決に導くところを、何度も見ています。どんな微小な音も聞き逃さずに、手掛かりを見つけ出すところを見ています」

望田は、大野や美々香たちと解き明かした数々の事件のことを思い出したが――最初に思い出したのは、三か月前に解いた事件のことだった。あれなんかは、美々香の聴力を証明するのに、うってつけで、シンプルな素材と言える。

「例えば三か月前――美々香さんは、大勢の参加者がいるパーティーで撮影された動画から、たった一人の『ばかたれ』という発言を聞き分けました。その発言から、隠された共犯関係が明らかになって、事件は解決に導かれたのです。それにその時、美々香さんは、私の足の不調に足音で気付き、所長の隠し事も喋り方から見抜いたくらいで――」

真田はウンウンと頷いた。

「そうでしょう、そうでしょう。しかし、例えば、その殺人事件というのを例にとってみましょうか」

真田はニヤリと笑った。

「私は確信していますがね――その事件の時、一番早く事件の真相に辿り着いていたのは、美々香ちゃんだと思いますよ」

「はっ……？」

口をあんぐりさせると、真田が肩を震わせて笑い始めた。「なかなかいいリアクションを取りますね」と言われて、恥ずかしくなった。

「いや……到底信じられません。いえ、美々香さんのことを侮っている、というわけではなく……大野所長と美々香さんの関係性は、いわば名探偵とその助手という感じで、美々香さんが観察から得た手掛かりに、大野所長が解釈を見つけている、といった連携プレーなのです。あの事件の時も、『ばかたれ』という言葉の解釈と、共犯関係を見いだしたのは大野所長の推理でした」

「ええ、確かにそう見えるでしょう。なら、こう言い換えましょう。美々香ちゃんは、真相を直感する天才であり、話に出てくる大野所長という人は、真相に至る解釈を組み上げる秀才なのです」

さらに分からなくなった。

大野はよく美々香に、「思いつきをすぐ口にするな」と言う。美々香が気付いたことを徹底的に、丁寧に聞いて、そこから推理を組み立てる。美々香も、大野の推理を聞いて感心しているように見えた。あれが、真相を知っている者の振る舞いだとはとても思えない。

「天才という言葉が馴染まないなら、野性の勘、とひとまず言い換えておきましょう。彼女は自分の聞いた音に何か不自然な点を見つけると、それをエラーとして認識し、そこから真相を直感する。ただ、これは無意識のうちにそうするに過ぎず、言語化は出来ないようなものなのです」

　野性の勘。そう言われてみれば思い当たることが多かった。美々香たちと解決した幾つもの事件が、脳裏をよぎっていく——。

「……つまり、大野所長は、その野性の勘に過ぎなかった直感を、誰にも分かる推理に組み替えている」

　真田は我が意を得たり、というように手を叩いた。

「そうです。美々香ちゃんはとても良いパートナーを見つけました」

「じゃあ、美々香さんの『耳の良さ』というのは、要するに……？」

「そう。頭の働きなんです。彼女は幼少期から祖父と遊んだりして自然と触れ合い、一方で騒音に塗《まみ》れた都市部の生活を営み、この繰り返しの中で、彼女の頭の中に、膨大な音のデータベースが蓄積された。彼女は、無意識のうちに、聞いた音とそのデータベースを照合し、目の前の音をクリアーに解釈している。ただ、その働きがあまりに高速に行われるがために、言語化が行き届かないのです。

　だからこそ、大野所長のような人と出会えたことは、彼女にとって幸福なことでした。彼女の力を引き出すためには、まさにその言語化——推理を組み上げる誰かの存在が必要不可欠だったのです」

望田は唖然とした。

真田はふっふ、と腹を揺すって笑った。

「この話をしたら、美々香さんのお母さんは、原因が分かって、少し安心した様子でしたが、お父さんはなかなか頑固でねえ。これは娘さんの天性のもので、俺からの遺伝なんだって言って、理屈の方は全然入っていかないんです。ただ、頭が優れている、ってところだけ妙に入っちゃって、『そうだろう、そうだろう』って言うばかりでね」

大野と美々香。名探偵とその助手。ずっとそう見えてきたものが、今大きく揺らぎ始める。

「……もし、そのお説通りならば、美々香さんが自分の能力に完全に目覚め、自分の感じたことを、全て言葉にできるようになったなら」

真田は満面の笑みで頷いた。

「ええ。おそらくは、その大野所長という人を超える、本物の『名探偵』になるでしょうね」

11

策は打った。

大野紀は半ば朦朧《もうろう》とする意識をなんとか保ちながら、視界の端に映るカミムラを見つめていた。

（……このまま……負けてたまるものか……）

大野は知っていた。

山口美々香には自分のそれを大きく凌駕《りようが》する推理能力があることを。それに彼女自身は気が付いていないことを。彼は知っていた。もちろん、医学的所見があるわけでも、彼女自身からそう聞いたわけでもない。

だが、彼は知っていた。

それ以上に、信じていた。

美々香には飛び抜けた才能がある。

彼女自身も気が付いていないような才能。

しかし、それが開花すれば、彼女は自分をも超える探偵になる。

（そう考えれば……こうやって……偶然とはいえ……分断されたのも悪くないかもしれな

い）

美々香が大野に頼っているうちは、才能の開花はない。

（カミムラ……どう考えても、こんな復讐めいた誘拐事件を自分から考え出したとは思えない……話をして分かった……奴は、そんなことに興味はない……別の人間だ……この事件の大枠……その絵を描いたのは……カミムラのいう『犯罪の種』を蒔《ま》いたのは……別の──）

大野は頭の中で、その人物を「X」と呼んでいた。

気取っているわけではない。本当の意味で、大野には、その人物が誰なのか、分からなかったからだ。

（カミムラの言った通りだ……ここに縛り付けられている俺には、確かに情報が足りない……だが、それは補い合えばいい……そう、俺には美々香がいる……）

大野には、その人物が誰かは分からなかった。

だが、探り出す術は知っていた。

大野の顔が歪んだ。爪を剝がされた指に、痛みが走ったのだ。今回は彼もかなり無茶をした。

（荒事は得意じゃないんだがな）

彼は内心、苦笑する。だが、それだけに実りもあった。

彼は策を打った。

彼は賭け、擲《なげう》って、そして待った。

（最後には、俺たちが勝つ）

Xには、必ず報いを受けさせる。

（美々香……）

最後に願うのは、そのことだけだった。

（勝とうぜ……美々香……）

12

田辺が応接間に戻ってきたのを見て、俺は思わず立ち上がった。

どうしても、尋ねたいことがあったからだ。

先ほど、『出前荘』の配達員を通じて届けられた動画ファイルがリビングで上映された。田辺は当初、あまりにショッキングな内容なので、家族に見せるのを差し控えることを検討したようだったが、「カミムラ側も家族が見ることを想定しており、カミムラはリビングの盗聴を行っている。家族が見た反応を聞かなければ、おかしいと思うかもしれない」と考え、家族に引き渡した。苦手であれば無理に見ないでください、と注意を告げたうえで。

映像を見て、皆口々に「ひどい」と言い合った。兄の手は後ろ手に回されていたので、どんな暴行が加えられているか、はっきりとは見えなかったが、足元の血溜まりを見れば想像には難くなかった。吉澤は思わず卒倒し、あの気丈な母でさえ青ざめるほどだった。

もちろん、兄のことも心配だ。しかし——何より俺には、犯人の要求が衝撃だった。犯人は「大野家の女性」を指定したようだが、実質その選択肢は一つに絞られる。

姉だ。

……あの姉さんが、一人きりでは地元の町でも迷子になるような姉さんが、そんな大役をこなせるとは思えなかった。

応接間には、さっきから、姉と母の二人が入り、冬川から注意事項などの説明を受けているという。母は、やはり不安だからと、姉の横について一緒に説明を聞くことになっていた。

——だが、やはり納得がいかない。

俺は田辺警部補に抗議しようと、応接間に飛び込んだ。

だが、口にしようとしたまさにその瞬間、続けざまに飛び込んできた、熊谷の声にかき消された。

「刑事さん！　僕は到底納得いきませんよ！　どうして……どうして早紀が危険なところ

に行かなきゃならないんですか！」

熊谷は顔を紅潮させていた。

「彼女一人では行かせられません。せめて、現地までのドライバーは僕にやらせてください。僕が、彼女の傍についていないと……！」

俺は思わず胸打たれた。

彼の内情を調べろと、母に促されたこともある。しかし、今ではその疑念も雲散霧消していくようだった。

「太一さん」

応接間の奥のソファに座っていた姉が、立ち上がり、熊谷を押しとどめた。

隣にいる母は、依然冷たい目で、熊谷を見ていた。

「私なら大丈夫だから……兄さんを助けるためですもの。きっとやり遂げてみせます」

「ダメだ！　犯人と接触する役回りなんだぞ！　白昼堂々、駅前の広場を指定してきているところも、むしろ怪しいじゃないか。人混みにまぎれて撃たれでもしたらどうするんだ」

熊谷の心配をよそに、姉はプッと笑った。

「撃たれる、って、そんな、銃社会じゃないんだから」

その時、微笑んでみせた姉の手が、微《かす》かに震えているのを見た。それを人前から隠すように、熊谷は何も言わず、姉の手を取った。もはや二人の間には、入り込めないほどの信頼があるようだった。

「そんなことを言って、自分が現場に居合わせておかないと、まずいことでもあるんじゃないのかい」

母がぼそりと言った。

「なんですって？」

熊谷の眉が吊り上がる。俺は慌てた。

「母さん、いくらなんでも……」

「無礼は承知です。ですが、あなたがドライバーになるのだけは反対ですよ」

「お母さん……いえ、美佳さん、一体どうしてですか」

母はフン、と鼻を鳴らした。

「先ほどの動画ですが……犯人は、夫が家にいると勘違いをしているようです。あの夫は役立たずにも、今は海外にいるというのに。やはり、家の中にまでは目が行き届いていないのでしょう。そんな状況下で、部外者のあなたが、身代金の受け渡し現場に現れたらどうなるか……」

熊谷は神妙な面持ちを浮かべた。

「……警察に間違われるかもしれませんね」

「そうよ。まるで、十五年前のようにね」

俺は言葉を失った。

「もちろん、犯人は警察の介入を織り込み済みかもしれない。田辺さんたちも、現場では早紀と身代金の監視のため、現場に人を投入するかもしれない。ですが、早紀と一緒に車に乗るというのは、いただけませんね」

母は熊谷を正面から見つめた。

「この程度のことに思い至らないほど冷静さを欠いている方に、そうそう娘を任せられませんね」

母は手厳しかったが、指摘そのものは的を射ていた。

「お母さん、何もそんな言い方しなくても……！」

「いいんだ、早紀……いいんだ」

熊谷はグッと唇を嚙み、悔しさと不安をこらえているようだった。

姉は熊谷の手を離し、田辺に歩み寄った。

「田辺さん、私、やれます。頑張ります。もう時間もありませんよね。ご指示を」

田辺はゆっくりと頭を下げた。

「……ありがとうございます」

そう言うと、田辺は俺と母、熊谷を部屋の外に出した。

俺は、姉の無事だけを祈っていた。

13

田辺は早紀に向き直ると、説明を始めた。

——前夜、早紀と楽が用意した三千万円は、犯人の指示通りアタッシェケースの中に詰め込まれている。

ケース一つ分で、重さは三キロ。

美佳が指摘した通り、早紀は運転免許を持っておらず、誰が同道するにせよ、現場まで家族の車で向かうのはリスクがある。楽が運転する手も考えたが、動画内において名指しで取引現場に来ないように言われているのだから、無用のリスクを負うのは避けたい。

「土曜日なので電車も混んでいます。不特定多数の人間と接触すると危険なので、電車移動は避けた方が無難かと」

「ええ。知り合いの個人タクシーの方に、先ほど連絡しました。私が一人で出かけると言ったら驚いていましたが、何も聞かずに運んでくれると思います」

「それがいいでしょうな。現場には、私服警官を待機させておきますので、ご安心ください。ただ、警官が送るわけにはいかないので……」

「分かっています。帰りは別のタクシーでも捕まえるか、電車でも大丈夫ですから。この子さえ渡してしまえば、電車移動も問題ないでしょう？」

　この子、ときた。田辺は顔をしかめそうになった。怯えや不安もあるようだが、どこか緊張感が欠けている。根本的なところで箱入り娘だ。

「ええ。それでいきましょうか」

「午後一時に新橋でしたよね？　なので、余裕を持って十一時半にはタクシーを呼んであるので……程なく来ると思います」

「分かりました」

　田辺は唇を舌で湿した。

「それで……私たちとしては、これは犯人と接触することが出来る貴重な機会です。なんとしても犯人を捕まえます」

「余計なことはしないでください！」

　早紀はぴしゃりと言った。

「それで犯人が逆上して、兄のことを……その……殺されでもしたら……」

「細心の注意を払います」

「でも、受け渡しのタイミングで捕まえてしまったら、兄の居場所さえ分からないんですよ？　それに、山口さんから聞きました。犯人は複数人のグループだと。受け渡しに誰か来たとしても、きっと兄の傍には別の誰かがついています。もし仲間が帰ってこなかったら……」

田辺はそれには何も答えなかった。

早紀は首を振って、目をそらした。

「……いえ、そんなこと、考えるだけでもおぞましい……警察の皆さんにも、重々注意していただければと思います」

「分かりました」

田辺は深々と頭を下げる。

その時、冬川がスッと背後に立ち、耳元で囁いた。

「――田辺さん、お耳に入れたいことが」

応接間は今、早紀の待機場所として使っている。田辺と冬川は、美々香に明け渡した、二階の智章の部屋に来ていた。

美々香は引き続き、パソコンに向かって呻吟《しんぎん》していた。田辺と冬川が部屋に入ってきたことに気付かないほどの、集中ぶりだ。

手元の手帳に何かを書きつけては、二重線で消し、を繰り返している。

あれが彼女の推理法というわけか、と田辺は眺めていた。耳に頼るだけではないのだろうか。気がついた音の特徴についてメモを取っているのか。

田辺は冬川の方を向いた。

「それで、知らせておきたいことというのは」

「あの、しかし、彼女が……」

冬川はちらちらと美々香を見る。

田辺は手を振った。

「構わん。彼女はもう、半ば捜査陣の一員みたいなものだ」

「はあ……」

冬川は釈然としない表情を浮かべつつ、手元の手帳に目を落とした。

「報告は三つです。一つは、野田島勲の行方について」

「見つかったのか」

「はい。栃木県山中で発見されました。近くの山道で足を滑らせて転倒、斜面を滑り落ちたらしく、昏睡状態だったのを地元の住民が発見しました。救急車で運ばれて、身に付けていた免許証から野田島勲と判明」

「栃木県というと、十五年前、野田島加奈子と秀人が監禁されていたのが――」

「そうです。まさに、その山の中で発見されました。なぜこのタイミングで栃木に足を運んだか、という理由は、カバンの中に入っていたこの手紙で判明しました」

冬川は、所轄署の刑事から送られてきたという写真データを見せる。

手紙は印字されたものだった。パソコンで作成し、印刷したものと思われる。

『父さんへ

十五年前、僕は誘拐犯たちと一緒に転落し、あの山で投げ出されてしまいました。今はあの山の中で、優しい家族に引き取られて暮らしています。ですが、あの事故で両足を悪くしてしまい、会いに行くことが出来ません。不躾なお願いとは承知していますが、下記の住所まで、会いに来ていただくことは出来ないでしょうか。

野田島秀人』

名前の前に、問題の住所が記載されていた。

明らかにうさん臭い内容だった。

だが、この手紙によって、一つ分かったことがある。川島と板尾が野田島家を調べた時、リビングテーブルの上にあったという空の封筒の中には、この手紙が入っていたのだろう。

確か、消印は、栃木県のものだったはずだ。

これで、四日前から、野田島勲が不在にしていた理由が判明した。

「この住所には誰か行ってみたのか？」

「古い山小屋が一つ、あるだけだったようです。人の住んでいる形跡はなかったと。野田島勲は、その場所まで行く途中、足を滑らせて斜面を転落したものと思われます。山小屋に行くまでの山道はかなり道が悪く、地元の人間でも苦労するそうです」

それで、と冬川が言った。

「その山小屋には、中に入った瞬間に外から鍵がかかって開かなくなり、自動発火するブービートラップが仕掛けられていた、と」

「何――」

田辺は目を見開いた。

「山小屋に向かった警官は無事だったのか」

「二人組で行っていたので、外に残された方がすぐに斧《おの》で扉を壊し、閉じ込められた方を救出したと。ですが――もし、一人で行っていたとしたら――」

野田島勲は、その罠に引っ掛かって、焼け死んでいたかもしれない、ということか。

田辺は顎を撫でた。

この手紙は、明らかに犯人が書いたものだ。野田島勲を殺すための手紙。差出人が秀人になっているのも意味深長である。田辺は、美佳とした推理を思い出していた。十五年前の事件は、勲と華の共犯だったのではないか、という。もし秀人が同じ結論に辿り着き、復讐を果たそうとしていたなら――。

「野田島勲は、この手紙を信じたのか？」

勲は自分の息子に会いたいと思う一方で、自らが犯行を企てたがゆえに、この手紙を怪しんだのではないか？　恐れたのではないか？　何の下心もなく、息子が自分に会いたがっていると、本当に信じられたのか？

「現在はまだ昏睡しており、聴取は出来ていないようです。目覚めたら、その質問をするように伝えておきます」

「分かった。二つ目の報告は？」

「野田島勲と熊谷太一のＤＮＡ鑑定の結果についてです」

「おお。もう出たのか」

超特急で依頼したとはいえ、田辺は驚いた。

前夜、熊谷の頰の内側から採取した検体は、田辺たちがこの家に入って来た裏道のルートを使い、川島たちに引き渡した。野田島勲は四日前から家を空けており、直接の検体採取は出来なかったようだが、ヘアブラシについた毛髪、飲みかけの缶ビールから唾液を採取したと聞いている。

「まず、親子関係についてですが、結論から言えば、野田島勲と熊谷太一に親子関係はありませんでした」

「やはりか」

予想通りの結果だった。熊谷はあの時、素直にDNA検体の提出に応じた。その時点で、この結果は分かり切っていたのだ。

熊谷太一はシロ。その直感を、鑑定が裏付けた形となった。

「また、板尾さんと川島さんは、野田島秀人の母子手帳と臍帯も発見しています。この臍帯と、熊谷太一のDNAが一致するかどうかも検査し——やはり、一致しませんでした。そもそも血液型から一致しないそうです。完全に別人です」

とすれば、熊谷太一に動機は存在しないことになる。

彼は、完全にシロだ。

「分かった——それで、最後の報告は？」

「それが……」

冬川は目を伏せた。

「……先ほど、本部の方から、大野泰造の出入国の履歴について照会が終わったと報告がありました。確かに大野泰造は、半年前、商用でブラジルに出国しています」

ですが、と冬川は続ける。

「三日前に帰国しています」

頭を殴りつけられたような衝撃だった。

「なんだって?」

「帰国しているんです」冬川は言った。「大野泰造は、家族に場所も告げず、連絡も取らずに――日本に帰ってきています」

14

川島はヒリつくような気分を持て余しながら、車の中で待機していた。

川島と板尾は同じ車に乗り、新橋SL広場を見渡せる位置に停車していた。車は軽ワゴン車で、工事作業の車と見せかけるべく、川島と板尾も作業服を着ている。

「いよいよこの事件も大詰めってわけか」

後部座席に控える板尾は、頭の後ろで手を組んで背中を反らし、いかにもくつろいだ様子だった。川島は顔をしかめる。本当はもっと隠れるように乗ってほしい。この人には、緊張感というものが足りない。

「板尾さん、ちゃんと周り見てるんですか?」

「はいはい、そりゃもちろん」

川島は不満げに鼻を鳴らす。

「不審な人物を見かけたらマークしないといけないんですから、少しは真面目にやってください」

「これだから東大出のお坊ちゃんは。真面目なのは生まれつきかい？」

「努力です」

「ご立派なこって」

川島は板尾を無視し、現況を再確認する。

時刻は十二時四十五分。犯人の受け渡しの指定は午後一時だ。板尾の言う通り、いよいよ大詰めと言ってよかった。

川島たちが停車しているのは、SL広場から道を一本隔てたニュー新橋ビルの真向かい――SL広場全体を見渡せる位置だった。路地を入れば、すぐに烏森《からすもり》神社が見えてくる。

反対側の宝くじ売り場の前では、バイクに乗った私服警官が待機している。SL広場側の道路に停めている分、何かあった時には、こちらの部隊の方が動きやすい。

駅の周辺には、木の周辺のベンチに座るなどして、多くの私服警官が広場の監視についている。スマートフォンをいじっているふりをしたり、新聞を読んでいるふりをしたりしているが、みな眼光は鋭い。犯人に見咎められるリスクを恐れ、人数は必要最小限に抑えていたが、包囲網としては十分だった。

この厳戒態勢の中に現れて、身代金を奪取し、逃げ切れるわけがない。

川島はそう分析した。

しかし、今回の犯人は油断がならない。拉致現場の偽装トリックだけでなく、連絡手段にも、出前サービスを使った一風変わった仕掛けを用いてきた。

――身代金の受け渡しにも、何かトリックがあるのではないか。

川島はそう身構えていた。

だが、どこに仕掛けを施す余地があるのだろう――。

「さっきの話だけどよ」

「どれのことですか」

「大野泰造だ。三日前から家族にも告げず、帰国しているっていう」

「ああ……」

板尾が舌打ちする。

「臭うよなあ。なんでも、お前のパートナーの田辺警部補が探り出したところでは、隣人の野田島の娘――十五年前に誘拐されたっていう二人のうちの一人、野田島加奈子は、大野泰造と野田島華の子供だったんだろう？」

「そうでしたね。だからこそ、大野家は、野田島の息子と娘が攫われた時、身代金を出すことに同意した。慈善ではなく、結局自分達のためだったんですよね」

田辺が大野家の人間と話をして十五年前の真相を探り出した今朝、川島は指示を受けつつ、田辺からこの事実について聞いていた。

「だとすると、確かに大野泰造には十五年前の事件に関して動機がある」

「動機？」

「そうだ」板尾は側頭部を親指で揉みながら言った。「誘拐に見せかけて、その実、自分のおとしだねである自分の子供を殺す……言ってみりゃ、子供さえいなくなれば、自分の不倫の証拠は無くなるんだから」

「そんな」川島は首を振る。「だって、不倫のことは妻にも父にもバレているんですよ。今更、証拠隠滅を図りますか？　殺人なんて犯す必要ないですよ。仮に板尾さんの推測通りでも、相手方の野田島華を殺す必要だってあるでしょう」

「彼女は事件後に自殺してる。もし、自殺でないとしたら？」

「……考えすぎです」

「そうかな」板尾が口の端を持ち上げて笑う。「そうでないとしたら、なんで家族にも言わずに帰ってきたりしてる？」

「それは……」

……そう、それが分からないのだった。

家族にも言っていないのだから、何か後ろ暗い目的があるのは間違いない。もちろん、野田島華の一件から分かる通り、女遊びが激しいタイプの男らしいので、そうした火遊びのために一時帰国しただけなのかもしれない。偶然なのかもしれない。だが、ちょうど彼が帰国した時に、大野家の長男が攫われている。

「板尾さんは、今回の事件も大野泰造が犯人だと考えているんですか？」

「そこに来ると、途端に分からなくなる」板尾が唸った。「どう考えても、今回の事件を起こす理由がない。どうして自分の息子を誘拐して、自分の家から金をむしり取らなきゃいけない？」

一旦袋小路に入ると、板尾の口数は途端に少なくなった。

大野泰造のことは確かに気にかかる——だが、今は目の前のことだ。

土曜の昼とはいえ、人影はそこそこだった。大型の家電量販店が近くにあったり、乗り換え駅としての利用があるので、人通りはあるが、平日の夜ほどではない。そこはやはり飲み屋街である。

広場の道路沿いには、広場の名前の由来となった一九四〇年代の機関車がディスプレイされている。その機関車の前で待ち人を待つようにして、大野早紀は立っていた。

早紀は、十二時四十分に、個人タクシーで到着した。運転手に興味を持たれ、嗅ぎ回られると困ると思っていたが、念のため監視についた捜査員によれば、すぐに新橋を離れ、仕事に戻ったようだった。

早紀は何かあった時に動きやすいようにか、パンツルックの、スッと引き締まったコーディネートで整えていた。中性的な魅力が際立ち、黙っていればすらっとした男に見えそうだった。

彼女は何の変哲もないアタッシェケースを手にさげ、いかにもなんでもなさそうな顔をして、手元のスマートフォンに目を落としている。待ち人来らず、といった風情だが、その待ち人というのが誘拐犯だと知ったら、広場にいる人々は腰を抜かすだろう。

早紀がおもむろに、機関車の脇にしゃがみ込んで、何かを見たように思った。彼女はそれを確認すると、何事もなかったかのように正面に向き直った。

「彼女、今何か見なかったか？」

板尾が言う。

「僕の気のせいじゃなかったみたいですね」

無線で連絡が来る。今、大野早紀が見た何かを、誰か確認出来る者はいないか？　口々に返答がある――俺の位置からは見えない――角度的にもう少し近づけば見えそうだが、不審な動きになりそうだ――軽率な動きは慎んでくれ――。

もしかして、犯人からの指示が、機関車の傍に置かれていたのか？

「どうする」板尾が言った。「誰か確認しに行くのか？」

無線の声がまた次々聞こえる。

『いつからだ！　いつから置かれていた！』

『分かりません！　一時間半前から配置に付いていますが、ＳＬ付近で不審な動きをした人物はいませんでした』

『ずっと前から置かれていたと？　馬鹿な……誰にも気付かれなかったのか？』

『大野早紀に連絡を取れる人間は？』

『ダメだ、無線の類はつけさせていない。電話もダメだ、犯人に見咎められたら……』

『だけど、このままでは！』

一体、どんな指示が飛んだというのか？

犯人が提示した条件から、早紀が選ばれたこと。これこそがもしや、犯人のトリックの要件なのだろうか？　川島は訝しんだ。明確に名指しはしなかったものの、消去法からいけば、早紀が現場に来ることは十分に予想出来る。

あるいは、身代金は？　ここに作為はないか。身代金三千万円を全て一万円札で用意すると、ざっと三キロになる。これはケース一つに収まるように額を調整したり、女性でも一人で難なく持てるように設定したゆえだろうか？　ケースは家族が選んだもののようだが、これも、犯人に選ばされたとは言えないか？

「なあ、なんか広場の人、増えていないか？」

板尾が言う。

確かに、広場には、ぽつりぽつりと人が増えてきていた。駅の入り口のあたりにいる人まで含めれば――四十名から五十名ほど。誰も彼もが、そわそわと、何かを待っているように見える。中には十名ほどの私服警官も入っているが、それでもかなりの人数だった。

機関車の付近に十数名。木をぐるっと囲むベンチに腰かけているのが七名。時計のあたりでそわそわと立っているのが三名……奇妙なのは、誰もが、落ち着きなく互いを見ているように見えることだった。

「困るんだがな……注意すべき対象が増えるのは」

広場に集まる人々は、何か同じ方向を見ているように見えた。あれは——時計の下？

今、時計の下に立つキャップを被った男に、若い女性が一人近づいていく。

若い女性は、男に向けて会釈をした。しかし、男は反応しなかったように見える。

「誰なんだ、あいつ」

「怪しいやつでも見つけたか？」

「いや……なんてことはないのかもしれませんが」

川島は様々な思考を巡らせながら、「その時」を待っていた。

そして、いよいよ三分前。

その時のことだった。

「おい、なんだあいつは」

板尾が後部座席からこちらに身を乗り出して、指をさす。

アロハシャツを着た、ちゃらちゃらした服装の男が早紀に声をかけていた。

目には見えない緊張のようなものが、鋭く広場を走る。

しつこく声をかけられていた。

早紀はにべもなく突っぱねるが、男は食い下がる。

「ナンパか。止めるか？」

「ダメでしょう。今僕らが近づいていったら、それこそ……」

「だが、あいつの方こそ犯人の怒りを買う可能性があるぜ」

「それはそうですが……くそっ、なんでこんな時に！」

一分前。

その時、早紀が動く。

彼女は、突然、そこにしゃがみ込んだ。

そして、ビックリするような行動を取った。

彼女はアタッシェケースをその場に置いたのだ。

「どうして！」

「あれだろう！　何か見ていた時……犯人の指示書！」

早紀はその場を離れ、ニュー新橋ビル沿いの道を足早に歩いていく。ナンパを撒《ま》くため

でもあるのかもしれない。ナンパ男はなおもしつこく、早紀のことを追いかけていた。

無線ががなり立てる声が聞こえる。

「ケースから目を離すな！」

早紀は間違いなく、犯人からの指示で、アタッシェケースをそこに置いたのだ。

だとすれば――ここで、犯人が現れるはず。

重苦しいほどの緊張感が彼らを覆っていた。誰もがアタッシェケースに注目し、怪しい人物が現れないかどうか、今か今かと待ち構えている。

「……おい」

板尾が言った。

「なんですか、今は……」

振り返ると、板尾は改札の方を向いて、フリーズしていた。

「とんでもないやつが現れた」

板尾の視線の方を見て、川島は息を呑んだ。

――馬鹿な。

大野泰造だった。

川島は彼のことを写真でしか見たことがない。しかし、川島はもともと、指名手配者の写真を大量かつ正確に記憶出来るほど、記憶力のいい方だった。

間違いない。

キャップを目深に被って伏し目がちに歩いているが、耳に特徴がある。耳たぶがかなり大きく、まるで下に引っ張って引き伸ばしたかと思うほどだ。人相は変えることが出来ても、特徴は耳に現れる。

大野泰造は三日前、家族にも告げずに帰国している——その情報が伝えられたのは、つい先ほどのことだった。

板尾が無線に連絡を入れる。ベンチに座る私服警官が、何気なく、泰造に目をやった。

「おい」板尾が身を乗り出す。「ケースの方に向かっていくぞ」

無線のやり取りが耳に入る。

『取り押さえますか？』

『まだ待て！　早まるな！　もう少し泳がせてから……！』

泰造はアタッシェケースに手をかけた。

『手を触れたぞ！』

『これでもまだ行っちゃいけねえっていうのか！』

川島たちはじりじりする思いで泰造を見た。

泰造はアタッシェケースを取り上げ、機関車のディスプレイがある、膝ぐらいの高さの段の上に、それを載せた。そして。

その場で、アタッシェケースを開いた。

「ええっ」

「なぜこんなところで」

大野泰造は、しばらく、体を硬直させていた。

その時、三十代くらいの男性が、泰造の近くにしゃがみ込んだ。何気ない様子だった。

何か、大野泰造に話しかけている。

次の瞬間だった。

その男性が札束をつかみ、帯封を引き裂いた。

川島は無線に向けて叫んだ。

「今すぐ大野泰造と隣の男を取り押さえろ！　収拾がつかなくなるぞ！」

問題の男は、帯封を外した札を、上に放り投げた。

結果は見るまでもなかった。

広場は、四方をビルと建築物に囲まれている。そして今日の風は強い。風に煽られ、広場に一万円札が飛び散った。

大歓声が広場に響き渡った。

近くにいた人々が――駅の入り口にいた人や、近くの店を見ていた者まで――五十名ほどの群衆が、一斉に舞い散る札めがけて集まっていく。

川島たちが目を奪われている間にも、男は次々帯封を千切り、一万円札を撒いていく。

風に舞った一万円札に、みるみるうちに五人、十人と人が群がり、さらに風に舞って伝播していった。改札口の方までひらひらと舞っていく札もある。配備についていた捜査官たちはその喧騒に巻き込まれた。

「おい、これ、本物じゃないのか!?」

「本当だ、透かし入ってるじゃんこれ」

「撮影用の小道具じゃなかったのかよ」

川島は次第に読めてきた。

彼らは、撮影用のエキストラだと思って、ここに集められたのだ。

札が本物であることに気付いて、「話が違う」と恐れをなして、さっさとその場を離れる者もいれば、欲をかいて、ますます札をかき集める者もいる。

歓声、嬌声《きょうせい》、怒声。

広場に混乱が渦巻いた。

騒ぎを聞きつけてか、さらに、百人を超える人間が続々と集まる。近くのビルから、様子を撮っている人もいれば、ビルの窓から騒ぎを見つけて、慌てたように広場に飛んでくる人もいる。

悩んでいる暇はなかった。川島と板尾は目を見交わして頷き合い、車を飛び出した。混乱の収拾に向けて動く。

その間にも、無線の声は怒鳴り合っている。

『どうなっているんだ！』

『とにかく大野泰造の身柄を確保しろ！』

「どけよ！　その札は俺が先に拾ったんだぞ！」

「タッチの差だったろうが！　やんのかてめえ！」

今にも殴り合いの喧嘩になりそうな二人がいた。川島が間に割って入ろうとした時、無線の声がした。

『大野早紀はどこだ？』

瞬間、混乱に揉まれていた意識が、奇妙なほどクリアーになった。

うるさいほどの喧騒が途端に感じられなくなって、体温が急速に下がるのを感じた。

『大野早紀の姿を見た者はいないか？』

あれほど騒がしかった無線の中の声も、静まり返った。

川島は辺りを見回した。確か、彼女はニュー新橋ビルの方へ消えて――。

走ってビルと駅の間の道に向かうと、すでに一人、刑事が辿り着いていた。

彼は高架下の壁に向かって立ち尽くしている。

「おい、一体どうしたんだ」

声をかけた瞬間、それに気付いた。

壁にもたれるようにして、男が倒れている。

アロハシャツのナンパ男。

外傷は一切ない。眠ったように目を閉じている。

川島は無線を入れた。

「ニュー新橋ビル前の通り沿いに、大野早紀に声をかけたナンパ男が倒れています」

次の言葉を発する瞬間、川島の声は震えた。

「大野早紀の姿はありません。彼女は、消えてしまいました」

15

「一体、何が起きているんだ！」

川島が報告を上げると、捜査本部は大混乱に陥った。

そもそも、犯人の意図が分からないのだ。

誘拐は多大なリスクを伴う犯罪だ。拉致、監禁、身代金受け渡し、人質の身柄引き渡し。どの段階にも目撃や証拠を残すリスクが付きまとい、多くの人間が接触し、特に身代金受け渡しでは警察や家族と実際に接触する必要がある。

一度誘拐するだけで、それなのだ。

　ところがこの犯人は、二度も誘拐をした。

　早紀の行方は未だ知れない。一時的に姿を消しただけかもしれない、ひょっとすると、化粧室にでも行っているのかも……そんな希望的観測は、午後一時から三十分が経過すると、既に消え去っていた。彼女は家族にも、警察にも連絡をしていない。この非常事態に、誰にも行方を告げずに消えるとは思えない。

　大野早紀は攫われた。

　誘拐犯が、またしても大野家の人間を攫ったのだ。

　今なお、警察による懸命の捜索は続けられているが、その見方が強くなっていた。


　大野泰造はすぐに身柄を確保され、本部に移送された。

　彼は金がバラ撒かれた後、呆然とその場に立ち尽くしており、警察が現れた時も特に抵抗する様子を見せなかったという。

　広場で金に群がっていた人々は、現在警官隊が対応に当たっている。金は全て回収しなければならない。熱が引いたようにおとなしく指示に応じ、金を返す者もいれば、抵抗する者もいる。混乱に乗じて、もう逃げた者もいるだろう。

　彼らの何人かを捕まえて話を聞いたところ、三日前から、各種ＳＮＳのダイレクトメッセージで『映画撮影』のエキストラ募集があったという。

エキストラは総勢五十名。エキストラたちは前日、近くのセミナールームに集められ、今日の『撮影』のための説明を受けたという。その事前説明会にも日当が出るので、みんな参加したということだった。セミナールームは電話一本で予約できる会議室で、部屋の鍵も、ダイヤル錠の番号を教えてもらってポストの中から取り出すタイプだという。一切足はつかない。

説明会は、『撮影』の話をもっともらしく見せるための仕込みだろう。

その時、説明を行ったのが、川島も注目していた時計の下の『キャップの男』だった。彼らは、あの男がいることを目で確認して、互いに安心していたという。当日、全員を集めて説明を再度繰り返すことはないので、それぞれ広場に散っているようにと事前に説明されていたが、いつまで経っても始まらないので不安を感じていた、と彼らは口々に話した。だけど、あの『キャップの男』はいる。このまま待っていれば、確かに『撮影』が始まる、と。SL広場の真ん中あたり、時計の下に立っていたのも、五十人のエキストラが広場のどこに立っていても、視認できるようにということだろう。

その『キャップの男』は、あの騒動の最中、SL広場から完全に姿を消していた。

最初に泰造に近づいた三十代の男性――『最初の男』は、アマチュア劇団に所属する俳優で、彼が混乱の口火を切る役だったという。

彼には、映画監督を名乗る人物から、直接連絡があったという。

「札束の入ったアタッシェケースの近くに、呆然と立っている男がいるから、その男に近づいて、声をかけることになっていました。男は愛人のために人を殺して逃げるその逃避行の最中で、アタッシェケースの鍵が壊れ、中の札束が出てしまったと。その時、風に舞う札束に、人が群がる姿を撮りたい、ということでした。孤独に立ちすくむ男と、欲にまみれた群衆の対比を撮りたいのだ、と。

当日のエキストラは、その人が用意すると。カメラはなるべく群衆の生の反応を撮りたいから、遠くから撮影するので、君はとにかく、札束をバラ撒き、エキストラの皆を煽動してほしい、と。なるべく生の反応を撮りたいけど、エキストラの動きを指示するために、煽るような言葉も使いました。仕切り役も任せてもらったような格好で。

……おかしな話だとは思いました。ですが……払いが、良かったので……」

エキストラたちにも、現場の警官は質問した。「その話を、君たちは信じたのか？」すると、彼らは口々にこう言った。

「だって、有名人のアカウントから来たんですもん。信頼できる筋の話だと思いました。その有名人の人が出る映画のエキストラを募集しているとか……そんなことだと思ったんですよ」

調べると、確かに数人の俳優やアイドルなどのアカウントが、スパムメールでウイルスに感染し、フォロワーにアトランダムにメールを送り付けるようになっていたという。アカウントを所有している俳優やアイドルにも話を聞いているが、関与は否定しており、いつウイルス感染したかも定かではないという。

ただただ、事実確認に時間がかかる。

川島たちの怒りは募っていた。


大野泰造の取り調べの内容は、以下の通りだった。

「……二週間前のことでした。ブラジルにいた私のところに、『野田島華』を名乗る人間から、SNSを通じて、メッセージが届いたのです」

――メッセージの内容はどういうものでしたか。

「今すぐ日本に帰り、指示に従わないと、お前の秘密をバラす、というものでした。つまり、加奈子が、私と野田島華の子供であったことをバラす、と。華がもう死んだのは分かっていましたが、その名前を名乗るからには、確かに相手は全部知っているに違いない……と、思って……」

――『野田島華』の指示はどのようなものだったのですか。

「今日午後一時にSL広場に行き、そこにあるアタッシェケースを手に入れろ、ということでした。風に飛ばされたり、誰かに持っていかれないよう、中にはおもりが入っているから、その場でケースを開き、おもりはそのあたりに放置するように、ということでした。

SL広場を選んだこと、ケースという指示も、私にとっては、あの日の再現であることが明らかでした。おそらく、その指示を入り口に、ケースに金を入れ、どこかで受け渡しするものと思ったのです。

『野田島華』は、『十五年前、中断された取引を再開したい』と書いていました。だから、出発点はSL広場なのだと……」

――しかし、実際にケースの中に入っていたのは、おもりではなく、三千万円だった。

「はい。その瞬間、頭が真っ白になりました。十五年前のあの日に、連れ戻されたような気がしたのです。

その時、突然、あの男が現れて、札をバラ撒き始めました。私は意味が分からなかった。当然、あの男を問い詰めましたが、『だってこれは撮影なんだろう』とか、ワケの分からないことばかり言われて……混乱を押しとどめる術もなく、流されてしまいました」

――帰国後も、ご家族と連絡を取らなかったのはなぜですか。

「それも『野田島華』の指示でした。犯人の要求額は分かりませんでしたが、私個人の口座にもかなり蓄えはありますし、家族に迷惑をかける必要はない、とも思いました。……十五年前のようには、家族に迷惑をかけられませんので。

しかし、あの三千万円は、一体何だったのですか。どこから現れたものなのでしょうか」

――現在、大野紀さんと大野早紀さんの行方が分からなくなっています。そのことはご存知ですか？

「紀と早紀が⁉　二人共ですか？　一体、何があったんですか」

――大野紀さんが誘拐されたのです。三千万円は、その身代金です。

「馬鹿な！　あの子が……なぜ？　そんな……。あり得ない。『野田島華』という名前を見た時――あのケースの中の三千万円を見た時――私は確かに震えあがりました。過去はどこまでも追いかけてくるのだと。私の罪は、決して許されないのだと。ですが、あの子たちまで――あの時の『間違い誘拐』が、まさか、本物にすり替わるなんて――！」

*

本部に戻る車の中で、板尾と川島は議論した。板尾は助手席にやってきて、作業着の前もはだけていた。

「取り調べにあたった警官の印象では、大野泰造に嘘をついている素振りはなかったらしいぜ。過去のネタで強請《ゆす》られていただけで、こっちの事件とは何の関係もなし、っていう見立てらしい」

犯人が張り巡らせた操りの糸は、恐ろしく広大なものだった。大野泰造から、エキストラの人々まで——それら全てを利用して、大野早紀の誘拐、二度目の誘拐を演出したのだ。

川島は運転しながら唸った。

「犯人は計算し尽くしてますね。ブラジルから大野泰造を呼び寄せて、与えた役割は『警官の注意を引き付けること』『アタッシェケースを開けること』だけ。贅沢な使い方ですよ。広場の混乱を引き起こす役割は、エキストラに担わせている」

「作業を分担して、パズルのように組み立ててるってことか。そうすることで、二度目の誘拐は達成された」

川島は首を振る。

「馬鹿な……どうして、犯人は二回も誘拐する必要があるんですか。それも、警察の目の前で、ですよ。あまりにもリスクが大きすぎる。それなら例えば……そうですね、警察が現場にいるのに途中で気付いて、その報復として、大野早紀を攫った、とか」

「報復、ね……お前にはこの犯人が、そんなタイプに見えるのか？」

「見えません」川島は不機嫌な声を出した。「言ってみただけです」

「それならやはり、犯人は計画的に早紀を誘拐したことになる。この線に沿って検討してみよう」

板尾が論戦モードに入ったのを、川島は空気で感じ取った。

「反論一。身代金受け渡しに大野早紀が来るとは予測できない」

「再反論。動画内における犯人の指示を考えれば、消去法で早紀が選ばれることは十分に予測できる」

「反論二。SL広場には警察による包囲網が敷かれていた。その目を盗んで早紀を誘拐できるはずがない」

「これは簡単だな。実際に誘拐されたんだから」

「真面目にやってください」

「はいはい」板尾が笑う。「再反論。犯人は早紀に指示するためのメッセージを機関車の脇の植え込みの中に残していた」

確かに残っていた。

遠目には落書きにしか見えないが、近くで見るとよく分かる。午後一時の二分前になったら、ケースを足元に置き、その場を離れるように、と書いてあった。さらに、その近くには飛ばしのスマートフォンが置かれ、十二時五十五分に着信履歴が残っていた。近くにいた捜査員は誰も着信に気付かなかったから、早紀が気付いた段階で切ったのだろう。確実にメモを見つけさせる仕掛けだ。

「あの指示には、ケースを足元に置くようにとあった。つまり、警察の注意は、嫌でもそのケースに引き付けられるようになっている。犯人はそうやって、早紀を誘拐する隙を意図的に作り出した。これは犯人の二度目の誘拐が計画的だった証拠だ、だろ？」

「反論三。しかし、いくらケースが放置されたとしても、早紀のことを見守っている警官はいるはずです。ただケースを放置したとしても、それだけでは確実に計画は成功しません」

「再反論。それならば、もう一つの事件を、目の前で起こせばいい」

川島は唇を噛む。

「大野泰造……そしてエキストラ」

「あの混乱の中じゃ、誰もが注意を引かれちまう。あれのせいで、俺たちは大野早紀の身の安全という重大事を、すっかり忘れさせられたわけだ」

板尾が鼻を鳴らす。

「あのナンパ男は？　何か見てないのか？」

「その線は望み薄です。広場の方に合流する直前、男が目を覚ましたのでいくつか質問しましたが、後ろから殴られて、ろくに顔も見なかったと。脳へのダメージの危険があるので、今本人は病院に向かっています」

「ダメか……」

板尾がそう呟いて首を振る。

その時、無線で連絡が入った。

『――アロハシャツの男が逃亡！』

板尾の表情が固まった。

聞けば、アロハシャツの男は病院に搬送される途中で行方をくらましたという。現場に到着した救急隊そのものが犯人グループの一員だったとみられている。

「ほら見ろ、インテリ坊主」板尾は助手席の窓ガラスを叩いた。「ここにも分担がある。あのアロハシャツの役割は、大野早紀を拉致地点まで誘導することだ。そして、自らが被害者のふりをして尋問を受けることで、捜査陣の一部を足止めする」

「ただのナンパで、事件に巻き込まれただけの男だという印象で、どうしても注意深くは観察しない」

「断言してもいい。十人に聞けば十人とも、覚えているのはあの派手なアロハシャツだけだろう」

「分かってきました……カミムラというやつは、大量のデコイを撒く戦術を組んでいるんですね。出前荘の仕込みにしても、今回のことにしても、一つ一つ辿っていけば、全容を把握するのは難しくない。でも、確かめるには大量の時間がかかる。エキストラを呼んだSNSの仕込みだってそうだ……」

まんまと、翻弄《ほんろう》された。

あのSL広場にいた人間は、川島も含めて全員、歯車に仕立てられていた。大きな歯車は五つ、大野早紀、アロハシャツのナンパ、大野泰造、エキストラを精神的にまとめ上げていた『キャップの男』、エキストラを煽動した『最初の男』。ここに、川島たち警官と、五十人のエキストラが小さな歯車として加わっている。

　こうして、世にもバカバカしい、機械仕掛けの一幕が仕組まれた。

「ですが……」

　川島は首を捻った。

「犯人が計画的に大野早紀を誘拐したとして――なんのために……大野早紀を誘拐する必要があるんでしょうか？」

「そこなんだ」板尾が頭を抱える。「そこが、さっぱり分からない」

16

　冬川が所轄署の刑事から連絡を受け、野田島勲が目覚めたと聞いた。

　所轄署では勲が言っていることが分からず、現在、田辺たちが追っている事件と関連性が高いと判断されたことから、異例ながら、オンライン会議ツールで田辺たちが話を聞くことになった。

　勲のいる病院と、大野家の応接間をオンラインで繋ぐ。

カメラに勲が映った。

田辺が見たのは、十五年前の家族写真の勲だけである。もちろんその頃に比べればかなり老け込み、髭や髪が自堕落に伸びてはいたが、面影はあった。

「野田島勲さんですか」

勲は弱々しく目を瞬いた。

『……あなたは？　さっきここの人に言われた、東京の刑事さんですか？』

声も弱ってはいるが、意識ははっきりしているようだ。

田辺は名乗り、質問を始めた。

「私たちは現在、東京で進行中の事件を捜査しています。あなたを栃木に呼び出した人物が、こちらの事件にかかわっている可能性があるんです」

『はあ……』

「あなたは、『野田島秀人』を名乗る人物からの手紙を受け取って、そこに向かった。間違いありませんか？」

『……そうです。刑事さんから聞きました。問題の住所には、山小屋があるだけで、誰もいなかったんですよね。そしてその山小屋には、訪れた者を殺す仕掛けが施されていた』

昏睡から目覚めてすぐ、勲は、秀人のことを口にしたという。カバンの中の手紙のことを言って、「そこに一人で待っているかもしれないんです」と訴えた、と。

この一件だけでも、野田島勲が手紙の内容を信じていたのは間違いないように思われる。

「失礼ながら、どうして、あの手紙を本物と思われたのでしょうか。手紙は全てパソコンで作成されたもので、署名を含め、自筆の部分はありませんでした。かなり怪しい手紙だと思いますが」

勲は目を伏せる。

『あの日以来……十五年前のあの日以来、私の生きがいは、いつか帰ってくる息子を待つことだけでした』

勲はここで言葉を切り、ゆっくりと喉仏を上下させた。

『刑事さん……打ち明け話をしてもいいでしょうか』

「なんでもおっしゃってください」

『十五年前……あの誘拐事件を計画したのは、私でした。最初にアイデアを持って来て、私をたきつけたのは妻でしたが、計画の細部を描いたのは私です』

田辺は息を呑んだ。

まさしく、美佳と自分の推理が当たっていた形になる。

「……ではやはり、華さんの自殺や、飛ばしの携帯電話に残っていた遺書は」

『はい。私がしたことです』

勲は目を伏せた。

『いまさら何を言っても、信じてもらえないかもしれませんが……私がしたのは、自殺した妻の現場に、あの遺書入りの携帯電話を残しておくことだけでした。妻は、本当に自殺したのです』

田辺はそっと目を閉じた。智章の推測が当たっていたことになる。勲と華は共謀して誘拐事件を組み立てたのかもしれないが、勲が華を殺したとは考えられない、と智章は言っていた。

『妻は、加奈子の死を知って、ひどく自分を責めていました。私が薬を持たせるようにすればよかった、と。もう中学生なのだからと、妻は娘に自分で薬を管理するよう話していたのですが、娘は薬を飲み忘れたり、家に置いて行ったりすることが多くて。あの日、もっとよく確認すれば、死なせずに済んだかもしれない。加奈子さえ死ななければ、事故も起きず、秀人もいなくならなかったかもしれない。妻は自分を責め、あるいは私を詰り……私は何度も、もう警察に全て話そうと、妻に言いました。西田と東が死んだ後も妻が無線を受けていたことから、警察の関係者が妻を疑い始めていることに、私は薄々気付いていたのです。だが、妻は頷かなかった』

勲の喉仏が上下した。

『今思えば、そうした言葉も、妻を追い詰めていたのかもしれません。八月七日……忘れもしない、あの朝。彼女は自宅で首を吊って亡くなりました。私が起きた時には、彼女はもう冷たくなっていた。私は泣き、そして、もう自分が守るべきものは何もないことに気付きました。今すぐ、警察に全て話してしまおう、そう思った時――』

勲が目を閉じた。

『……秀人のことを、思い出したのです』

「帰ってくると思ったんですね」田辺は言った。「息子さんが」

勲の目に、何かきらりとしたものが光った。不意に、この男はこんな告白を十五年もの間、腹の中に抱えてきて、今ようやく人に分かってもらえたのだ、と田辺は思った。

『私がこの家からいなくなったら、秀人の帰る家がなくなってしまう。姿を消したあの子が、いつか、私の家に――私たちの家に帰ってくるかもしれない。そう思ったら、捕まるのが怖くなりました。それで、西田と東との連絡用に使っていた携帯電話に遺書を打ち込み、華が死んだ部屋に残しておくことにしたのです。警察が疑問に感じている、新橋での華の無線連絡も、加奈子の死も、西田と東の事故死のことも、これで全部説明がつく。私は疑われずに、このまま私たちの家で、秀人の帰りを待ち続ける……』

勲は力なく首を振った。

『……山小屋の仕掛けのことを知って、私は絶望しました。秀人は、私のことを殺そうとしている。それでもう、秀人は私の元へ帰ってくるつもりはないのだと、分かったのです。恨まれても仕方がないことをしたのは分かっていたのに、息子に縋りたかったんだと思います。……今は、自分の罪から目を背けるのは、もうやめにします』

田辺は勲の反応を冷静に観察していた。

筋が通った話である。これまでの美佳と自分の推理とも合致しているし、棚ぼた的に、十五年前の華の死の謎が解決したとも言える。

だが、本当に勲が犯人だったというなら、やはり秀人の手紙を信じたのは不自然だ。少しでも、恨まれているという疑念は湧かなかったのだろうか？　あるいは、と田辺は考える。今回の誘拐事件をカミムラに依頼した「依頼人」は、野田島勲なのではないだろうか？

栃木県の消印が押された封筒を家に残し、それを警察に発見させ、山中で気絶しているところを見つけさせる。この四日間の足取りと目的をはっきりさせ、一見アリバイを持っているように見える。しかし、それが全て嘘だったとしたら――？

田辺はやはり、確かめずにはいられなかった。

「しかし……あなたはこんな手紙一つで、本当に息子から連絡が来たと信じたのですか？こう言っては何だが、こんな手紙くらい、誰でも偽造出来そうな気がしますが」

勲の喉仏がゆっくり上下した。

『電話があったんです』

「電話？」

田辺は色めき立った。横で聞いている佐久間の雰囲気も変わる。

『はい……「父さん、手紙は届いた？」と……』

その時のことを思い出したのか、勲の目に涙が浮かぶ。

『その声を聞いて……私は、私は信じてしまったのです。本当に息子は生きているのだ、と』

「確かに息子さんの声だったんですか？」

本当にそうだとすれば、とんでもないことになる。野田島秀人はやはり、どこかで生きていたのだ。

『さすがに声変わりはしていましたが、五歳の時、遊園地で買ってあげたメダルの話をしてくれてね。妻にも内緒で買ってあげたものだから、私と秀人しか知らない話です』

「……ともかくあなたは、その電話を受けて、息子さんからの手紙だと信じた。そして、問題の住所に向かおうとしたんですね」

『その通りです。途中の山道で足を滑らせてしまい、転倒してしまったのですが……』

「ちなみに、あなたの家ですが、玄関に鍵がかかっていないようでした。インターホンを鳴らしても返答がなく、それで、あなたの不在が分かったのですが、家を出る時、鍵を閉めた記憶はありますか」

田辺はもちろん、家の中に入った話は伏せておく。

『鍵……ですか？　ええ、もちろん、閉めたと思いますが……』

田辺からはもう質問はなかった。

また思い出したことがあったら連絡するように伝え、オンライン会議を閉じる。

田辺は顎を撫でた。

さっきの野田島勲の証言により、また局面が変わった。

――野田島秀人は生きている。

だとすれば、大野紀誘拐事件の犯人は、やはり野田島秀人だ。

野田島秀人は、実の肉親である勲を罠にかけ、無残にも殺害しようとした。

考えるだけでも、おぞましいことだった。

そうまでして、秀人が勲を殺そうとするのはなぜだろう。復讐のためか。あるいは、勲に姿を見られるのがまずいからか。親子関係の立証を不可能にするためか。

田辺は矛先を変え、「野田島秀人」の正体に思いを巡らす。

この事件の関係者に、野田島秀人の年齢に合致する人物はいただろうか。十五年前に十歳。今は二十五歳。

年齢が合致する熊谷太一は、ＤＮＡ鑑定の結果シロとなっている。

二十代半ばと言えば、川島もそうだった気がする――と考えて、田辺は慌てて首を振った。川島のことを一瞬でも疑うとは、どうかしている。しかし、警察の中に内通者がいないとは言い切れない。

姿を見ていない人物なら、まだ一人いる。

「カ、ミ、ム、ラ……」

田辺は小さく呟いた。誘拐の首謀者自身が、野田島秀人と同一人ということもあり得るのではないか。

応接間の扉が開いた。

「あの……田辺さん、あれ以来、姉から連絡は」

智章を筆頭に、美佳と熊谷が部屋の中に入ってくる。

身代金受け渡しの成否が気になり、じっとしていられなかったようだ。

時計を見る。もう一時四十分になっていた。野田島勲が目覚めたと連絡を受け、そちらに意識が逸れてしまったが――確かに、連絡が遅すぎるようだ。

その時、田辺のスマートフォンが鳴った。

*

「馬鹿な……」

田辺警部補は応接間で電話を取っていたが、そう呟いたきり、立ち尽くしていた。

俺は異変の予感を察知して、身を硬くした。冬川という女性の刑事も心配そうな顔で田辺警部補を見ていた。

「田辺さん。一体どうしたんですか」

熊谷がソファから立ち上がった。

田辺は応接間にいる面々を見渡した。重々しい仕草だった。ゆったりと、何か、心の準備をするような。

田辺は口を開いた。

「……大野早紀さんが、身代金の受け渡し現場からいなくなってしまいました」

重苦しいほどの沈黙が降りる。

「あの」俺は言った。「それって、どういう」

「娘が、何か危害を加えられたということですか？」母が聞く。「それとも、自分から？」

「まだ、何も分かっていません。現在、現地にいる刑事たち総出で捜索を行っています」

「だから、だから僕は反対だったんだ！」

突然、熊谷が声を荒らげる。彼は田辺警部補の胸倉をつかみ、揺さぶった。

「刑事さんどうして！　どうしてそんなことに！　せめて……せめて僕が傍にいてやれば！」

彼は怒りの行き場がないのか、田辺を揺さぶっていた手を止めると、ゆっくりとその場に膝をついた。

だけど、なぜだろう――。

なぜ、犯人は兄と姉、二人も攫う必要があったのか。

その時、応接間の扉が開いた。

現れたのは、山口美々香だった。

彼女は応接間の喧騒など我知らずといった冷静な顔で、田辺を見、そして、母を見た。

「大野美佳さん」

美々香の声がとても静かだったので、母はぴたりと動きを止めた。

「大野家には、半年前に死んだ大野巌さんが遺した、隠し財産があるんですね」

繋がった。

母の表情が青ざめた。

「あなた――警察の前で――よくもそんなことを――」

「そして、そのカギは、紗さんと早紀さんが二人で分けて持っている。違いますか」

17

午後一時五十八分。

SL広場での大騒ぎも、大野家の応接間での騒動も——ここに捕まっている大野紀には、知る術はなかった。

だが、午後一時に取引、という部分は、大野自身、動画を作るべく自分で口にした内容だった。もう、取引は終わっただろうか……大野は、既に狂ってしまった体内時計を頼りに、今の時間を推測するしかなかった。

「やあやあ大野君、そろそろ君の心も折れた頃かな？」

カミムラが部屋に入ってくる。

サンが後ろで、ニヤニヤと笑っていた。

大野は目を細める。

「……終わったのか？」

「終わった？　とんでもない、ここからが始まりなんだよ」

カミムラが顎で促すと、サンがタブレット端末を取り出し、大野に見せた。

大野は目を見開いた。

映っているのは生中継の映像だった。そこには、縛られ、目隠しをされた大野早紀が映っていた。外傷はどこにもないように見える。

大野紀は真っ青になった。

「やめろ」彼は懇願するような口調で言った。「彼女には手を出さないでくれ」

サンが歯を見せて笑った。

「カミムラ……お前が知りたがっていたことを教える……早紀にも、すぐに話すように言う……俺を早紀のところに連れて行ってくれれば、話は早いはずだ……」

「負けを認めるんだね？　大野紀君」

カミムラは鼻を鳴らし、露悪的な態度で言った。

「兄貴、こいつ急にしおらしくなりましたぜ」

「無理もないさ。彼も自分のことなら耐えられただろうがね。彼には、自分に加えられた痛みの記憶が残っている。自分の妹に同じことをされたらと思うと、それだけで寒気がするだろう。ね？　痛みっていうのは、こういう風に使うんだよ。それを与えることが目的になってはいけない。あくまでも、ビジネスのテーブルに載せるための策略でなくては――」

カミムラは笑い、大野紀に顔を近づけた。

「それで？　負け犬君。答えを君の口から教えてくれよ」

大野紀はギリッと唇を嚙んだ。

だが、やはり背に腹は代えられないとばかり――口を開いた。

「伊豆《いず》の別荘だ。そこに、祖父の隠し財産がある」

それは、昨晩の深夜、大野紀がカミムラに投げかけられた質問――大野が、この誘拐事件の全貌を知ることになった質問への答えであり、一昼夜の間彼に加えられた拷問の理由だった。

「隠し財産は地下室にある。そして、その地下室の扉の解錠キーは」糺は言った。「早紀が教えられている」

カミムラはそれを聞き、歯をむき出しにして笑った。

「大野君、分かっただろう？ 僕の狙いは最初からこれだった――これまでの長い旅路は全て、この時のものだったんだよ」

カミムラは囁くように言った。

「かくして、第三の願いは成就せり」

さあ、と彼は続ける。

「君と大野早紀を、最後の舞台に連れて行こうか――その、隠し財産のありかとやらに」

18

「大野巌さんは非常に用心深い性格だった、ということになるのでしょうね」

山口美々香は続けた。

「一つのカギでは開かないようにしておき、カギを二つに分けた。恐らく、一人は場所を、一人は解錠キーそのものを与えられているのでしょう」

大野美佳はその間、人をも射殺しそうな目で美々香を見ていた。

田辺は呆気に取られていた。突然現れたかと思えば、捜査陣の誰も気付かなかった情報を叩きつけて、局面を大きく動かした――。

応接間の隅の方にいた佐久間が、ジッと目をすがめて、美々香を見た。

彼の胸中は分かっていた。あの動画から、本当に何かの手掛かりを引き出したのか――それが気になっているのだろう。

「大野巖さんは、どんな理由かは知りませんが、問題の隠し財産を、美佳さんの世代ではなく、一つ下の世代に遺すように決めたのでしょう。その時、兄妹同士が協力しなければ決してカギが開かないようにしておいた。そういう方法を取ったのには、大野巖さんの願いが込められているような気もします」

田辺は膝を打って立ち上がった。美々香の視線を正面からとらえる。

「それで分かりましたよ、山口さん。

早紀さんは言っていました。巖さんが亡くなる直前、巖さんに呼び出され、『お父さんたちは、私のお金をいつも無駄遣いする』と言われたと」

これは言わないでくれと早紀に頼まれていたことだが、今は背に腹は代えられない。

美佳が目をそらした。

「その時巌さんは続けて、『尻拭いをさせられる』とも言ったそうです。これは、泰造さんと華さんの不倫によって生じたトラブルを、お金で解決したことを指しているのでしょう。そして、早紀さんはこの話をしてくれた時、巌さんの話の続きを話してはくれなかった。私は彼女の話があまりに尻切れトンボに終わったので、何か続きがあるのではと、推測していたのです」

美々香は一拍置いて、頷いた。

「こう言うのはなんですが――巌さんは、美佳さんの世代に財産を遺したくなかった、ということですね。なんとか相続順位を繰り上げて、一足飛びに、孫たちに遺産を遺したかった。そのために、カギを与えたのです」

「ちょ、ちょっと待ってください」

大野智章が立ち上がり、美々香の前に躍り出た。

「紘兄さんと早紀姉さんにカギが分けられたって……それで、兄妹同士が協力するように、って……だったら、俺は！　なんで俺はそのことを知らないんです⁉」

美々香は智章の顔をじっと見つめた後、言った。

「……何か、理由がありませんでしたか？　大野巌さんが、あなたにだけ、言葉を遺せなかった理由が」

彼女の返答は歯切れ悪かった。しかし、それだけで智章は納得したようだった。

「そっか……俺……じいちゃんが死んだ時、留学に……」

呟くような声だった。

確かに彼は、コロナが落ち着いたタイミングで留学に行っていたため、祖父の死に目に会えなかったと言っていた。

智章がゆっくりと椅子に座るのを見届けてから、美々香は次に、美佳の方を見た。

「美佳さん。犯人たちの狙いは、三千万円の身代金などではなかった。真の狙いは、あなたたちの家に遺された隠し財産だったんです」

営利誘拐の最大のリスクは、警察と接触する、身代金奪取の瞬間だと言われている。

この犯人はそれを二つの方法でクリアーした、ということになる。田辺は内心、舌を巻いた。

一つ目は、身代金受け渡しに見せかけた、第二の誘拐。

二つ目は、二つの誘拐を組み合わせることによって生じる、全く別のところからの金銭の奪取。

あとは二人の身柄をどこかに放置し、警察に見つけさせれば終わり、というわけだ。犯人グループは一切警察と接触しない……。

美々香の話はまだ続いていた。美佳の車椅子ににじり寄って、問い詰める。

「しかし、隠し財産はこの家にはない。違いますか」

「待ってください、どうしてそんなことが分か――」

田辺が口を挟んだが、美々香の勢いは止まらなかった。

ずい、ずい、と美佳に迫っていく。

「家にあったなら、あなたがとっくに捜索させて見つけ出しているでしょう。誘拐犯がこの家から財産を持ち出そうとしているなら、いくらなんでも本末転倒ですからね。財産があると考えられる、ここ以外の持ち家がどこかに存在するのでは？　しかし複数候補があるので、あなたは絞り込めずに、手をこまねいているのでは？」

美々香は美佳に顔を寄せて言った。真正面から、美佳の顔をとらえ、車椅子の肘掛けに手をついている。

「どこにありますか」

「……それは」

「あるんですね？」

美佳がグッと顔を引いた。

「………ありますす。別荘が六つ。維持管理は地元に住む管理人に任せていて、シーズンになると貸し別荘も経営している建物が、六つ」

「その六つの中に、伊豆はありますか」

美佳はわずかに目を見開いた。

「……ええ。他の五つは、軽井沢《かるいざわ》、伊勢志摩《いせしま》にあって、伊豆には一つだけ」

美々香はしばらく美佳の顔を見つめていた。まだ嘘をついていないか、探っているのだろうか。

彼女は田辺の方をパッと振り返ると、言った。

「聞きましたよね？」

唐突な言葉だったので、田辺のリアクションは遅れた。田辺は気圧されたように頷く。

「伊豆の別荘に、すぐ警察を向かわせてください」

田辺はその要請にすぐに答える。

「――田辺さん、話はもう一つあります」

「なんですか？」

「犯人が分かりました」

「い、い、い、い、
田辺は呆気に取られた。

「犯人!?　犯人……というと……」

「この誘拐事件を仕組んだ犯人。実行部隊に依頼を出し、この復讐劇の絵を描いた人物。事件の裏に存在する真犯人です」

「一体誰が……？　帰国していた大野泰造ですか？」

美々香は先ほどまでの迫力は何処《どこ》へやら、きょとんとした顔をした。

「帰国……大野泰造さんって、紀さんの父親ですよね？　帰ってきていたんですか？」

田辺は苦笑した。さっき智章の部屋で、目の前でやり取りしていたのに、やはり聞こえていなかったらしい。無理もない。あの時、美々香は動画を見るのに集中していた。集中しすぎて、周りの音が聞こえなくなる経験は、田辺にもよくある。

そう、動画。

「山口さん、犯人の名前を聞く前に、一つ聞かせてください」

美々香はまっすぐ田辺の顔を見ていた。

「あなたがそうした発見……犯人の名前や、隠し財産の存在に気が付いたのは、やはりあの動画が鍵だったんですか？　何かヒントが隠されていたんですか？　何かの音で？」

美々香はやがて、首を振った。

「私が聞いたのは、答えそのものです」

彼女は続けた。

「あの動画で、所長は答えそのものを伝えていました。モールス信号で」

19

美々香が、あの動画から突き止めたことを話す。

そう言われて、佐久間は二階の智章の部屋に招かれた。

だが、佐久間はまだ信じていなかった。美々香の耳の力のことを。

――本当に、あの動画の中から何か見つけ出したというのか。

佐久間自身も動画の解析を行い、場所の特定や、犯人に繋がる手掛かりの発見を試みた。だが、上手くはいかなかった。部屋にはなんの特徴もなく、換気扇の音にかき消されて外の音も聞こえない。

あの動画の中から何かを見つけるなら、それこそ超常的な力を想定するしかない。それが佐久間の結論だった。それゆえに、美々香のことを彼は信じていなかった。

「山口さん、先ほどの話を、もう一度佐久間に伝えていただけますか」

田辺警部補が言うと、山口美々香は頷いた。

「はい――。あの動画には、モールス信号が隠されていたんです」

「モールス信号だって」

佐久間は唖然とした。

あり得ない。例の映像には、電子音めいたものは入っていなかった。何か編集した痕跡こそあったが、しかし、モールス信号など入っていればすぐに気付いたはずだ。

「馬鹿な。一体どこに⁉」

佐久間は声を荒らげた。

「映像にもきっちり映っています」

「嘘だ」

「ここです」

美々香は有無を言わせず続け、パソコンの画面の一点を指差した。

それは大野糺の足元の床だった。

そこには、血溜まりが出来ていて——。

「まさか……」

「大野糺さんは、自分の血が垂れる音で、モールス信号を残していたんです」

佐久間は頭が殴られたような衝撃を覚えた。

動画の中の大野糺が喋る。

「——……身代金受け渡しの指示をする」

その間も、彼の足元には、血の滴がポタ、ポタ、と不規則なリズムで垂れている。

不規則なリズムで——。

確かに、大野がじっと手を動かさず、そのまま腕を垂れているのだとすれば、不自然なリズムだった。だからと言って、あれがモールス信号に聞こえたというのか。

彼女の特殊技能が、その聴力そのものだというのなら——。

聞こえたのだ。

血の垂れる音が。

「一度通しで聞かせてくれないか」

佐久間はそう申し出、話の流れを切った。

ヘッドホンをつけ、三分間、動画の中の音に集中する。動画音声を解析した音の波形にも、大野紗の血の音は現れない。もちろん、佐久間の耳にも聞こえない。聞こえるのは、大野紗の声と、換気扇が回る音だけ。

佐久間はヘッドホンを外し、畏敬に満ちた目で美々香を見た。

彼女には一体、何が聞こえているというのか。

田辺が咳払いをする。

「佐久間、そろそろ……」

佐久間は不機嫌を表情に表しながらも、田辺の言葉に従う。

田辺は美々香を振り返って頷く。

美々香は、佐久間の様子に気を取られたのか、ワンテンポ遅れて言った。

「――はい、私が読み取った信号の解読結果が、これです。モールス信号を調べながらだったので、随分かかってしまいましたが……」

彼女は、自分のハンドバッグから手帳を取り出すと、それを開いて佐久間と田辺に見せた。動画を見ながら、何やら熱心に書き取っていると思ったら、それだったのか。

美々香の手帳の最後のページだった。

手帳の下半分は、彼女の手で隠れていた。そこにも何か書かれているようだ。

上の方に、「い・さ・ん」「い・ず」という文字。

これによって、先ほど、美々香が美佳の前で披露してみせたマジックの正体が明らかになった。彼女は、大野紀から与えられたこの言葉から、大野家の秘密と、犯人グループがいかにして金を得るつもりなのか、その目論みを推理したのだろう。

「伊豆！」田辺は手を打ち鳴らした。「それでさっき、伊豆の別荘に隠し財産があると、美佳さんに突きつけていたんですね。これで、犯人に一歩先んじた形になりますね」

「いえ、今となっては分かりません」美々香は首を振った。「犯人グループは、早紀さんを交渉材料に使っているでしょうから。大野所長はもう、口を割ってしまったでしょう。早紀さんのことを説得している頃かもしれない」

「もはや一刻の猶予もありませんね。わかりました。後手に回らないためにも、すぐ人を向かわせます」

田辺は美々香の持つ手帳を指さした。

「ところで山口さん、手で隠している、手帳の下半分には……」

「はい。それが、犯人の名前です」

そして、山口美々香は手をどけた。

そこに犯人の名前があった。

「この人が？」

「はい」

「ですが……」

「しかし、この人であれば、あのフリーライターが殺された理由もハッキリします」

フリーライター？

あれか、と佐久間は思い至る。大野家の斜め向かいの家の庭で、新島というフリーライターが殺害された事件。現場の近くには、大量の吸い殻があり、そこで張っていた誘拐犯に新島が見つかり、襲われたものだと——。

「あの人の事件は、やはりこの誘拐事件と関係が？」

「はい。ですが、それを説明する前に、一つお聞きしたいことがあります。吸い殻に付着していた唾液のＤＮＡ鑑定はもう済んでいますか？」

「済んでいる」佐久間が間髪容れずに言った。「結果が届いている。唾液のＤＮＡと、新島のＤＮＡは不一致だった」

「それで、私たちも頭を抱えていたのです」田辺が言う。「当初の見立てでは、新島が張り込みの時にタバコを吸っていた、とみられていた。しかし、そうではなかった。だとすれば、この唾液のＤＮＡは、犯人のものと考えるしかない。見張りをしていたのは、犯人の方だった。しかし、これでは犯人の性格に合わない。これほど入念な仕込みをする人間が、事件の前日にターゲットの家の周辺をうろつくとは、とても……」

美々香は頷いた。

「しかし、それこそが事件のポイントだったのです。確かに、その吸い殻は犯人のものです。この誘拐の、実行犯のもの。しかし、実行犯のその人物は、新島さん殺しの現場には行っていないんです」

「しかし、なぜ吸い殻が……」

「吸い殻だけが持ち出されたからです」

佐久間ははたと気付いて、現場の写真を見た。現場の傍で発見された吸い殻を写したものだ。

「そう、私が気付いたのは、佐久間さんと同じ写真を見たからでした」

美々香は言う。

「塀の陰に、確かに吸い殻は落ちている。しかし、灰や焦げ跡はどこにもないんです。アスファルトの上にも、周囲の壁にも。吸い殻には真ん中から折られて、何かに押し付けてもみ消したような跡があるにもかかわらず、です。気象情報を調べて、一昨日の夜から昨日の昼にかけて、この近辺では雨はおろか、風も吹かなかったことは確認しています。確かにそれでも、屋外で捨てられたものですから、灰が綺麗に残っているとは考えづらいですが、ここまで綺麗さっぱりないというのも、疑わしい」

「つまり……何者かが、誘拐の実行犯が吸ったタバコの吸い殻だけを持ち出し、現場に残した。誘拐の実行犯に、殺害の罪をなすりつけるために」

美々香は頷いた。

「そうです。誘拐の実行犯と、殺人の犯人は別です。殺人犯はこの誘拐を実行犯に依頼し、自分の動機に適《かな》うように計画を立て、そしてその途中、ある理由で新島さんを殺した……殺さざるを得なくなったんです。殺人犯は灰のことに気づかないくらいですから、普段タバコを吸わない人物の可能性が高い。もう一つ言えることは――」

美々香は一呼吸置いて、言い放った。

「この殺人犯は、誘拐の実行犯に全ての罪をなすりつけ、裏切るつもりです。そこが、私たちにとっての『つけめ』です」

20

望田もまた、結論に辿り着いていた。

真田に聞かされた話を頭の中で整理する。

（美々香さんの耳自体は、普通の人と変わりなかった……美々香さんが優れていたのは、

実は頭脳だった）

とすれば、美々香はある種の名探偵だ。

どんな秘密も、彼女が本気になれば、一瞬で嗅ぎ取って——いや、聞き取ってしまうのだろう。

そんな彼女が、なぜ父親、山口純一の秘密に気付けなかったか。

望田は今や、その疑問自体が間違っていたことに気付かされた。

美々香は、当然山口純一の秘密に気付いている。無意識の領域においては。それをただ、言語化することが出来ていないだけだ。

いや。

山口純一の秘密の内容ゆえに、美々香からは、指摘することが出来ないのかもしれない。

美々香の耳の良さは、山口純一の自慢だったという。かつての知り合いに「ひけらかし」という言葉を口にされるほどだから、昔からよく話していた、ということだろう。山口小百合、真田医師、そして句会の友人たちの証言は、「純一は美々香の耳を自慢に思い、小百合は不安を感じていた」という点において一致している。

だからこそ、美々香は無意識に父の秘密に気付きながら、指摘することが出来ないのだ。

それは、ある種傲慢《ごうまん》な行いに見えるから。

純一があの言葉を発したのも、同じ理由だ。

——美々香にだけは、絶対に言わない。

あれは、父としての意地のようなものだったのだろう。

山口小百合に、答えを告げる時が来たようだ。


望田は再び、山口家の戸を叩いた。

「先生には会えましたか？」

小百合は嫌な顔一つせず、望田を迎えてくれた。

「ええ……会えました。だから、分かったことがあります」

「そうなんです」

小百合は片手で頰を押さえる。上品な仕草だった。

「長いこと、私も主人も、あの子の耳について勘違いをしていてねえ。あれは何か特殊な病気じゃないかって疑っていたんですが、先生に診てもらってからは安心して……」

「分かったのは、美々香さんのこともそうですが、純一さんのこともです」

小百合はそっと目を閉じて、頷いた。

「——お分かりに、なったのですね」

「はい」

小百合は廊下の先を示した。

「お上がりください。長い話になりそうですから」

望田は和室に上げられ、昨日も飲んだ静岡茶を振る舞われた。

望田は居ずまいを正した。

カウンセラーとしての自分の経験からも、出した答えに、間違いはないと確信していた。

しかし、こういう瞬間はいつも緊張する。

「小百合さん」

「はい」

彼女は覚悟を決めたように、望田に向き直った。

「単刀直入に聞きます。純一さんは、この二年の間に、急速に——難聴が進行したのではありませんか」


加齢性難聴。

それ自体は、なんら珍しいことではない。真田医師のところで解説されたように、人の可聴域はスピーチバナナの形を描いていて、加齢とともに、小さな音、高い音は聞こえにくくなっていく。ごく一般的なことだ。珍しいことではない。

「どうして気付かれましたか」

小百合は特段否定もしなかった。

「あなたは、夫と会話もしていません。あのように、ずっと眠っていますからね。それなのに、いつ、気付きましたか」

「最初に違和感を覚えたのは、句会でのことです」

「句会の……？」

望田は頷く。

「純一さんはコロナ禍において、リモートで句会が開催された時は積極的に参加して、句会がようやく対面で開催出来るようになると、なかなか参加しないようになった。おまけに、一年前に参加した時は、突然席を立って退室したそうです」

「まあ、そんなことが……」

「本人からは言い出しづらかったでしょうがね。その時、句会のメンバーは、ちょうど純一さんの句を講評し合っていたところだったので、怒って退出したのではないか、と気にされていました。結論から言えば、私はそうではなかったと思います。純一さんは会話の内容に怒ったのではなかった」

「どうしてそう言えるんですか？」

「ここで、リモートと対面の比較が生きてきます。つまり、オンライン会議のツールにもよりますが、多くのリモート会議用ツールでは、発話者の顔が画面に大写しで映る。発話者が口々に会話することはしにくい。つまり、リモートでは、会話のフェーズは明瞭に分けられるのです。

一方、対面は――それも、大人数で集まる場合はどうか。句会のメンバーは高齢者が多く、念のための感染対策として、今でも多くのメンバーがマスクをしているそうです。そうすると、発話者もばらばらで、口元の動きも見えない。

いわゆる読唇術に秀でていなくても、口の動きは、会話の内容を類推させる大きな手掛かりになります。純一さんは、そうした手掛かりがない状態で、長い間ストレスに晒され――遂に、自分の句が話題に上ると、自分の話をされているのに、内容が分からない、ということになった。そこで、ストレスに耐えかねて、いよいよ退出してしまったんです」

「あの人も、悩んでいたんですね」

小百合は、はあ、とため息をついた。

「少しでも、人とかかわりを持たせなければ、と思って勧めたことでしたが、そうですか……謝らないといけませんね」

「楽しまれていたそうですよ、句を作ることは……小百合さんが気に病むことではありません」

望田は首を振った。

「実は、その問題の句にも、私が純一さんの耳のことを知る手掛かりがあったんです。純一さんが一年前、問題の退出事件を起こした際に作ったという、三つの俳句です」

望田は、メモに書き取ったその俳句を小百合に見せた。

喉鳴らし百舌も見ている焼き秋刀魚

落ち葉踏むその下を行く足音や

鈴虫や回転灯下のブルドーザー

小百合は一通り目を通してから、小さく頷いた。

「主人が句会に行っていた頃、『これはどうだ』なんて言って、よく習作を見せてもらっていましたけれど……確かに、こんな句もあったかもしれません。ですが私、恥ずかしながら、俳句はあまり詳しくなくて。主人に聞かれた時も、ただの印象だけで返事をしていました」

「それだって、立派なコミュニケーションですよ。俳句に詳しくない小百合さんから得る言葉も、純一さんにとっては刺激になっていたと思います」

望田は小百合へのフォローを忘れずに言ってから、続けた。

「さて、この三つの俳句について、詳しい講評については句会の人に譲りますが、大まかに言うと、初心者によくあるミスもありつつ、ファンタジーな部分にファンもいて……という感じだったようです。

ですが、注目されるのは全く別の点です。三つの句には、二つずつ、『音』の情報が含まれているのです。喉を鳴らす音と秋刀魚の焼ける音、落ち葉を踏みしめる音と虫の足音、鈴虫の鳴き声とブルドーザーの轟音。俳句の限られた文字数では、同じ聴覚情報を二つも盛り込むのは多すぎるということでした。

私はこれを聞いた時、最初にこう思いました。純一さんは、美々香さんと同じで耳が良かったんだ、耳の良さは遺伝だったんだ、と。ですが、真田先生の話を聞き、美々香さんの耳の良さは頭の働きによるもので、本質的な聴力は人並みだと聞いた時、考えが変わりました。過剰に音の情報を盛り込んだのは、『自分はよく聞こえている』とアピールしたいからではないか、と」

小百合は首を小さく横に振った。

「美々香は、あの人の自慢でした。私はあの子の耳の良さに不安を感じていたけど、あの人は違った。いつも無邪気に、『自分の子供には特別な才能がある』と喜んでいました。あの人にもいつも自慢して……俺の遺伝だな、なんて、うそぶいていた時期もありました」

生涯学習センターで会った、句会の参加者の田中も、同じようなことを言っていた。

「人前で認めるのが、怖かったんですね」

小百合は頷いた。

「誰にも言わないでくれ、と夫には言われていました。一度真田先生にも相談して、補聴器を作ろうとしたんですが、人に見られるのが嫌らしいんです。なのに、私には箝口令《かんこうれい》を敷いているでしょう？　だから、どんどん人とすれ違っちゃってねえ……」

それが、美々香が感じた「よそよそしさ」の理由だ。

山口純一は、美々香の耳の良さを自慢に思い、「彼女の耳が良いのは自分の遺伝だ」とよく人に話していた。そんな自分の耳が悪くなったことで、彼は、自分のプライドを貶《おとし》められたように感じたのだろう。それまで積極的に人に自慢してきたことさえ、この時には仇《あだ》となった。

美々香は父と話した時、直感レベルでは、父の隠し事に気付いていたのではないか。難聴が急速に進行すると、本人の声が大きくなり、本人の耳に届く声の質も変わる。よく看護師やヘルパーが、高く、大きな声を出して高齢者に話しかけるが、実は、潜めるような低い声の方が、聞こえやすいこともある。低い声なら聞こえないと思って悪口や不満を話し合っていると、本人に届いてしまうことがあるのだ。

「美々香さんはおそらく……気付いていると思います。ですが、指摘することは出来なかった。耳が優れていると父親にも自慢される彼女が、耳の聞こえが悪くなった人の秘密を暴くのは、ひどく傲慢なことに思えたのではないでしょうか」

そう思いながら、父に打ち明けてくれるよう話をしていたのは、父の方から話してくれれば、という思いがあったのだろう。

だが、それを拒絶するように、山口純一は言った。

――美々香にだけは、絶対に言わない。

それで美々香は、無意識のうちに、自分の直感に蓋をしたのではないか。

「今は、人からは見えにくいタイプの補聴器もあります……幸い、前職の絡みで、色々と伝手《つて》を持っていますから、紹介します。小百合さんも、一人で悩まないで、小百合さんと純一さんと、それに、美々香さん。三人でこれからのことを考えましょう。私も協力しますから」

望田が手を差し出すと、小百合は「……ありがとうねえ」と言って、両手で望田の手を包んだ。小百合は何度も、うん、うんと頷いて、手を上下させた。

「小百合――小百合？」

その時、奥の間から呼ぶ声がした。

小百合はハッと身を起こし、奥の間へ急いだ。望田もその後に続いた。

純一が、目を覚ましていた。

純一はぼんやりとする意識の中で、望田を見ると、誰何《すいか》してから言った。

「……娘は、やらんぞ」

望田と小百合は顔を見合わせて笑った。その心配は微塵《みじん》もない。

小百合がしばらく、寝起きの純一の面倒を見て、体の様子を聞くのを見てから、望田は奥の間を後にした。


これで、用事は済み、家族三人の話し合いの準備は整った。

美々香の秘密を知り、彼女が父親の秘密でさえ見抜いていたに違いないと確信した今、望田は、美々香の能力に羨望の念さえ抱いていた。

昨晩連絡した時、美々香はすでに、ICレコーダーの録音内容から、二度の拉致トリックを見破ったという。彼女の「直感」は、あくまでも「音」を起点としている。彼女の脳のデータベースが、「音」に残る違和感を見逃さない。

彼女がそのトリックを、大野の助力が得られない状況で——あまつさえ、望田もいない状態で、一人で解き明かしたとするなら。

真田医師の言葉が脳裏に蘇る。

——おそらくは、その大野所長という人を超える、本物の『名探偵』になるでしょうね。

あの言葉が、現実になりつつあるのかもしれない。

望田は今や、美々香が誘拐事件を解決に導いてくれることを、疑いもしていなかった。

望田は美々香にメッセージで連絡を取った。

『お父さんは目を覚まされました。元気そうですよ』

すぐに返信がある。

『本当？　良かった。こっちももうすぐ解決出来る』

その言葉を聞いて、望田はそっと胸を撫でおろす。

続いて美々香からのメッセージ。

『今、伊豆の別荘に向かっている。そこに大野所長と、犯人がいるはず』

伊豆――。

望田は驚いた。まさかそんな展開になっているとは。そして、目的地が伊豆であるならば――自分も県内にいる。駆け付けることが出来るではないか。

望田はすぐに連絡した。

『僕も向かいます。場所を教えてください』

21

最後の舞台は、伊豆の別荘。

俺はそこに、小さい頃一度行ったことがあるだけだった。今や記憶も薄れている。だけど、住所は調べた。田辺たちがメモ帳に住所を書いているのを見つけ、その情報を手に入れたのだ。


田辺警部補もまた、伊豆の別荘に直接乗り込むことになった。

「山口さん。あなたも、一緒に来てくださいますか」

美々香は田辺の顔を見つめながら、まばたきをした。

「ちょっと待ってください」俺は言った。「なんで俺たちの身内でもないのに、山口さんが一緒に行くんですか。彼女が行くなら、俺も一緒に――」

「分かりました。行きます」

美々香は唐突に、俺の言葉を遮った。

俺が不満げに口を閉じると、田辺は申し訳なそうな顔をして首を振った。

「申し訳ないが、智章君を連れて行くことは出来ない。他の皆さんもです。ここからは、誘拐犯と接触する危険性が高い。山口さんにお声掛けしたのは、これまでの捜査協力を受けて、現場でも、何か助力を得られるかもしれないと期待してのことです」

それに、美々香は探偵事務所の探偵なのだ。当然、俺たちよりも事件の経験は積んでいるはず。

そう言われては、俺も納得するしかなかった。

だが、さらに同行を申し出たのが、熊谷太一だった。

「——田辺さん、僕も行かせてください。誘拐犯たちがそこに現れるというなら、早紀の行き先もそこで分かるはずです。早紀のことが心配でたまりません。居ても立ってもいられないんです——どうか、お願いします」

田辺はやや渋っていたが、最終的には、先ほどの理屈をしりぞけ——もちろん、熊谷にも、危険性の説明は十分に言い含めていたが——熊谷の同行を許すことになった。

もちろん、兄と姉のことは、家族の皆も心配していたが、全員が動くわけにはいかなかった。母の移動には困難が伴うし、いざという時に狙われでもしたら危険だ。母の面倒を見るため、吉澤や叔父も動けない。

俺だって、ついていったところで、出来ることは何一つない。

……でも。

「智章君、どこに行くんだい」

俺はバイクにまたがっていたところを、呼び止められた。

叔父だった。

ヘルメットを装着しながら、叔父に答える。

「俺も行くんですよ。兄さんと姉さんの一大事なんだ。じっとしちゃいられない……」

「危険だ。それに、道だって分からないだろう？」

「大丈夫です。住所は調べて、ルートは頭に叩き込みました。まあ、途中で迷ってもスマートフォンで確認出来ますから」

俺が頑なに言うと、叔父は息を吐いた。

「……止めても、無駄なんだろうね」

俺は答えなかった。

「本当なら、ここに義兄さんがいてくれればいいんだが」

「いたって、同じことですよ。それに、身代金受け渡しの現場に現れたそうじゃないですか。今頃、警察でこってり絞られてますよ」

俺は軽口を叩いてから、叔父に別れを告げた。

バイクを走らせながら、これまでのことが走馬灯のように頭をよぎる。

——病理家族。

十五年前の真相を知り、こんな事件を経てもまだバラバラな自分たちを見ていると、そんな言葉が浮かぶ。それは祖父と母の強権的な性質のゆえだろうか。大野家と野田島家の因縁を巡る話は、まるで昔の映画でも見ているようだった。

でも。

俺は、グリップを握る手に力を込めた。

——このまま、バラバラの家族のままで、終わっていいはずがない。

だからこそ、そこに駆け付けたかったのだ。

俺はもう一度、心の中で強く願った。

兄さん。姉さん。

どうか、無事でいてくれ——。

*

佐久間はまだ、納得していなかった。

——本当に、あの動画から、血の垂れる音を聞いたというのか？

佐久間は、美々香の耳の良さがどういう能力によるものかを知らない。だからこそ、それは当然の疑問だった。

——突き止めてやる。

何も彼は、美々香の能力を否定しようというのではなかった。しかし、彼はどこまで行っても科学者だった。科学的に理解できないことには、彼は納得できなかった。

美々香が、あの動画を見ていた部屋——智章の部屋に、彼はやってきていた。田辺警部補は伊豆の別荘に向かい、冬川と佐久間は万が一誘拐犯から連絡があった時対応できるよう、大野家に残った。冬川は今、リビングで家族と共に過ごしている。残された家族が、少しでも安心出来るように、ということだった。

勉強机の上には、パソコンとメモ帳が置かれている。

メモ帳はパソコンの右側にあって、動画の中で、大野の発話内容を書き取ったものだった。これは最初にここで動画を再生し、身代金受け渡しの指示を家族に伝えた冬川の文字だ。

ふと、なぜあのメモ帳が、この部屋にあるのだろう、と思った。

メモ帳は、美々香が応接間から、パソコンと一緒に持ち出したものだったはずだ。彼女はあの時、メモに使いたいから、と言ってメモ帳を持っていったはずではなかったか。

しかし、佐久間と田辺に推理を聞かせる時――彼女は、あのモールス信号を読み取った内容のメモを、自分の手帳に書いていた。

違和感が、音を立てて大きくなる。

佐久間は動画に意識を向け直した。

この中に、音があるはずなのだ。

美々香が気付き、読み取った――モールス信号の音。

佐久間は動画を加工し、探り出す。美々香の超常に手が届かないなら、佐久間は人為で迫るしかない。

まず換気扇の音を除く。

大野の声を取り除く。

まだ聞こえない。

何も聞こえない。

佐久間は舌打ちする。

山口美々香の聞いている音は――彼女が聞いている「世界」は、自分には手に入らないものなのか？

そう思うと、佐久間はただただ、もどかしいのだった。

佐久間は鍵を見つけ出そうと、ぶつぶつと口を動かす。

次第にその口の動きがゆっくりになる。

ゆ、っ、く、り、と、画面の前で口を動かす。

その時だった。

佐久間の目が見開かれた。

「なん……という……」

信じがたいことだった。だが、結論はそれ以外あり得なかった。

佐久間は椅子に深く沈みこんだ。

今ではすっかり、彼も信じる気になった。

名探偵なるものが、この世に実在するならば。
確かに今、自分はその人物と巡り合ったのだ。

その時

望田が到着すると、問題の伊豆の別荘はすごいことになっていた。

午後八時。

美々香から送られてきた事件の要約によれば、身代金受け渡しの指定時刻は午後一時。その時点で大野早紀が誘拐され、わずか七時間の間に、事件は大詰めを迎えたことになる。

高原に建つ二階建ての別荘は、木目調を生かしたオシャレな外装になっていた。

その前に、警察車両がずらっと並び、周囲を取り囲んでいた。

「いいか、犯人を絶対に逃すな」

田辺警部補と呼ばれる男が指揮を執っていた。さっきまでは美々香と一緒に、大野家にいたと聞いている。

今、遅れてもう一台車両が到着した。望田も遅れて到着したクチだが、それよりも十分は遅れたことになる。

降りてきたのは、三人組の男だった。二人はスーツ姿、もう一人はラフな装いだった。

男のうち二人は、田辺に声をかけられ、「田辺さん、お疲れ様です！」と応えたことから、刑事と分かった。

「川島、ご苦労だったな」と田辺が言う。

「本当ですよ。田辺さん、ほんっと人使い荒いんですから」

そう応える川島という方の刑事は、満更でもなさそうにため息をついた。もう一人の刑事が、その様子を呆れたように見ている。その様子だけで、田辺を含めた三人との関係性がなんとなく窺い知れた。

「早紀！　無事でいてくれ！」

そう叫ぶのは、刑事以外のもう一人の男だった。

「気持ちは分かりますが、どうか落ち着いてください」川島がすかさず言う。「犯人をあまり刺激しては……」

「あ、ああ……すみません」

同行を申し出た、大野家側の関係者なのだろう。望田は所長以外の大野家の面々とは面識がなく、誰かは分からない。

田辺警部補は別荘突入の指揮を執っており、川島ともう一人の刑事は、同行者の警護に当たるようだ。万が一、彼の身に危険が及んだら、身を挺《てい》して守れるように、ということなのだろう。川島の腰にはホルスターが装着されていて、望田は否応なく、これからの危険な展開を予感させられた。

望田が知らない間に、誘拐事件の局面は大きく動いていた。

身代金受け渡しに見せかけた第二の誘拐。大野早紀までもが誘拐犯グループに攫われ、大野家の隠し財産を巡る情報は、全て犯人の手に落ちた——それこそが、犯人側の真の狙いだったのだ。

この伊豆の別荘には地下室が存在する——そこに、財産がある可能性が高い、ということだった。

この財産と、伊豆の情報は、大野所長から美々香に、暗号の形で伝えられたものだという。望田の心は、これを聞いて、ますます高揚した。

——やはり、所長と、美々香の能力は開花していたのだ！

「あとは、所長と、その妹さんが無事でいてくれれば……」

望田は、願うように呟いた。

「——突入する」

田辺警部補が言った。

＊

世界が止まるような一瞬だった。

この日この瞬間の光景は、自分の脳裏に永遠に焼き付くのだろう。――望田はそう直感した。

酸素が急に薄くなり、視界が遠ざかっていく。それなのに、目の前の光景が一枚の写真のように見える。

誘拐されていた大野所長が見つかったのは、この建物の地下室だった。

「大野所長！　大野所長！」

美々香が大野に駆け寄る。

大野は木の椅子に後ろ手に縛られている。うなだれていて、足元には血痕が飛び散っている。今もなお、指先から血が滴っていた。

地下室の奥の方にも、女性が一人、横たわっていた。こちらに背中を向けていて、顔は分からない。

美々香は大野に取りすがり、体を揺すぶっている。

「山口さん、今、救急車を――」

田辺と川島という二人の刑事の声が、現場を飛び交っている。

「貴様、貴様よくも！」

男がうつぶせの姿勢で、床の上に組み伏せられている。パーカーを着た男の姿。上に乗っているのは、大野家の関係者だったはずだ。

望田は途中からこちらに合流したので、顔と名前が一致していなかった。

「熊谷さん！　もうそこまでで――」

川島という刑事が、熊谷と呼ばれた男の肩を押さえた。

「ですが、ですが川島さん！　この男のことを！　この男のことを許すことが出来ますか！」

熊谷は吐き捨てるような口調で言った。

「三人も――この男は、三人も殺したんですよ！」

熊谷は声を震わせる。

「望田君――」

美々香がこっちを見る。

その声だけが、やけに大きく、歪んで聞こえた。

脳がキュッと絞られるような感覚。この最悪の一瞬だけが、何度も何度もリフレインする。

熊谷に組み伏せられた男の顔。

その顔だけが、まだ見えない。

＊

俺が現場に辿り着いた時、まさに、警察は突入作戦の真っ最中だった。

当然、突然来た俺が入れてもらえるとは思っていない。バイクは少し遠くに停め、警察に見つからないようにしておいた。

伊豆の地を踏んで、小さい頃の記憶が蘇ってきた。

確かこの別荘には、祖父に教えてもらった裏道があったはずだ。そこから、地下室に行けたのではなかったか。

俺はそっちの方から、別荘に近づいてみることにした。ドキドキするような体験だった。

地下室に辿り着く。

地下室には、正面玄関近くの入り口から入る正面の扉と、今俺がやってきた、裏道から入って、食料などの倉庫を抜けた箇所にある、奥の扉の二つがある。この奥の扉は、コンクリート色に塗られ、普通には扉があると気付かれないようになっている。

扉を薄く開けた。

その奥の扉の傍で、女性が倒れていた。

（――姉さん！）

俺は声を出すのを必死に抑えた。近くに誘拐犯がいるかもしれないからだ。姉の胸のあたりを見ると、規則正しく胸が上下していた。呼吸はしている。どうやら、気絶しているだけのようだ。

俺は、ホッと胸を撫でおろした。とにかく、姉が無事で本当に良かった。

姉がここにいるということは、兄さんも……？

俺は薄く開けた扉から、地下室の中を観察する。

地下室は元々、祖父が一人で静かに過ごすために作った部屋で、奥の壁と手前の壁に沿って、大きな本棚が一列ずつ置かれている。真ん中には重厚なテーブルが据えてあった。祖父はこの薄暗い空間で、ランタンに火をともし、読書や音楽を楽しむのが趣味だった。

テーブルの奥に、兄がいるのが見えた。椅子に縛り付けられ、俯いている。胸のあたりは、テーブルの陰になって見えなかった。

俺の胸に不安が萌す——まさか、兄は死んでいるのか？

テーブルの下から覗く、兄の足元には血溜まりが見えた。兄の体が傷つけられているのは明白だった。動画に映っていた兄の姿を思い出す。

俺はせり上がってくる胃液をどうにか抑えた。

もう一度姉を見る。目立った外傷はなかった。なんの根拠もなく、ああ、兄が守ってくれたんだ、と思った。

本棚がスライドし、大きな金庫の扉が露《あらわ》になっているのが見えた。

本当に、隠し財産があったなんて……。

扉は開き、中の様子は見えない。もう誘拐犯が中に入って、宝を持ち出しているのだろうか。

テーブルの上に、新聞紙や灰皿などが雑多に置かれている。立ち上がって、灰皿を斜め上から見ると、中の様子が見えた。根元まで吸い尽くして、あれでは火のついたフィルターで指を火傷するのではないかというくらい、ちびた吸い殻が山のようにあった。それに、一本から薄く白煙が上がっている。つい最近まで、誰かが吸っていた証拠だ。

誘拐犯は、まだ近くにいる。

俺はゾッとした。

その瞬間だった。

あの場面が始まったのは。


「三人も――この男は、三人も殺したんですよ！」

熊谷が叫んでいた。

熊谷は、隠し金庫の中から出てきた怪しい男に馬乗りになっていた。男はパーカーのフードを深々と被り、顔が見えない。

俺の頭は真っ白になった。

熊谷は、姉が死んだと勘違いしている。

誰よりも姉の身を案じ、この事件の間、ずっと寄り添ってきた男。身代金受け渡しの現場から姉が消えたと知り、家族よりも、激しく怒ってくれた男。

姉のことを「放っておけない」と言い、彼女の人生に現れた高潔な騎士。

今、彼は姉のために怒っている。

姉の復讐をしようとしている。

「離せ！　離してくれ！」

男を組み伏せる熊谷を、二人組の警官が押さえつけようとする。

「許さない！　よくも！　よくも早紀を！」

熊谷は、彼を押さえつけようとしていた警官のベルトから、ホルスターの中の拳銃を奪った。

「お前だけは！　お前だけは！」

——ダメだ！

俺は扉の外から躍り出た。

「熊谷さん！　撃っちゃダメだ！　姉さんはまだ死んでいない！」

「智章君⁉　どうしてここに？」

田辺が素早く振り返って俺を見た。当然だった。奥の扉の存在は、祖父に教わった家族ぐらいしか知らない。

だが、田辺でさえ驚いたのに、熊谷は俺の方を向かなかった。

それだけ、目の前の男しか見えていなかったのだ。

怒りで我を失っている。

「こいつだけは、殺さないとダメなんだ！」

「熊谷君！　それはダメだ！」

「ああああああーッ！」

熊谷は絶叫した。

撃鉄を起こす音。

そして。


ガチッ。


引き金が引かれた音。

それだけだった。

熊谷がきょとんとした表情で手にした拳銃を見つめた。

田辺が周囲を見回しながら念を押した。

「今の見たね？　聞いたね？」

「聞きました」と警官。

「たしかに」と警官。

「見ました」と美々香。

俺は場の雰囲気に呑まれるまま、頷く。

「……なんだ一体」と熊谷。「これは、一体なんだ」

田辺は前に進み出た。

「実はですね、私たちが到着した時、犯人グループはもう逃げた後だったのです。奪うべきものを奪って、今はもう遠くに逃げおおせているはずです」

「は……？」

熊谷は唖然とした顔で言った。

熊谷に組み伏せられていた男が、難なく熊谷を押しやって起き上がる。

彼は警察官だった。パーカーのフードを被って、犯人らしく装っていただけだ。

今度は、その警察官が熊谷を押さえつけ、立たせたまま後ろ手に腕を回して、逃げないように壁際に押し付けた。

俺もまた、あんぐりと口を開けて、彼らの様子を見ていた。

地下室に明かりが点く。

「大野紀さんと大野早紀さんは無事です。生きています」

そう言うと、兄がバッと顔を上げてニヤリと笑い、姉が床から身を起こした。

「兄さん！　姉さん！」

俺は叫んだ。

兄は呆れたように言った。

「全く、智章、お前ときたら……まさか急に現れるとはな。そっちの道、じいちゃんの教えてくれた裏道だろう？」

「お、おう」

「ったく、焦ったぜ。お前が突然現れて、早紀が生きてるとか言ってくれたときにはよ。せっかくの俺たちの演技が台無しになるところだった。ネタバレ厳禁だぞ、バカ野郎」

兄の手の拘束を美々香が外し、兄が立ち上がった。もう解放されて、演技のために縛られていたらしい。傍にいた警官いわく、もう傷口は消毒、化膿止めの処置を済ませていて、床の血溜まりは絵の具で作った偽物だという。

拍子抜け、という気分だった。

だが、兄と姉は無事だ——それだけで、俺の心は満たされた。

望田は突然の大野智章の登場に驚き、加えて、所長と大野早紀が起き上がって驚いた。

「しょ、所長……！　びっくりさせないでください。本当に死んだかと思ったじゃないですか」

「悪い悪い。でも、これこそが『X』を捕らえるための秘策だったのよ」

大野所長はこともなげに言った。

「もちろん、紕さんの手の拷問の痕跡は、本物ですがね……」

田辺が痛ましそうに言う。

＊

今は地下室の中に明かりがついている。部屋の中の様子を十分に見通すことが出来た。

部屋の中にいるのは、所長、美々香、望田の探偵事務所の三人と、大野家の早紀と智章の姉弟。警察官は、田辺警部補、川島と板尾という二人組の刑事、それに、犯人のふりをしてパーカーを着ていた警察官の四人。

そして、熊谷太一。

そこで田辺が説明を引き取る。

「伊豆の別荘に向かった先遣隊《せんけんたい》がこの別荘に着いたのは、今を遡《さかのぼ》ること一時間。地下室は今ご覧の通りの状態でした。金庫の扉は開かれ、中の財産は持ち出された状態。紗さんは椅子に縛られ、早紀さんは床に横たわっていた。二人ともただ気絶させられているだけで、命に別状はないと知り、私はホッと胸を撫でおろしました。

目覚めた紗さんから、先遣隊が事情を聴き取ると、もう『カミムラ』を名乗る誘拐犯の主犯格は逃亡したということでした。彼は金を得て、満足したようだと。紗さんと早紀さんに薬を嗅がせ、『じきにあんたのお気に入りの女探偵さんが迎えに来てくれるさ。それまでおとなしく眠ってな』と言って去って行ったと」

熊谷が何かを言いたそうに息を吸い込んだが、また口を閉じた。

田辺が首を振った。

「対誘拐犯という点では、我々警察は完全に後手に回り、カミムラに敗北を喫したわけです。ですが、そこで先遣隊の刑事に、大野紗さんから提案がありました。

『このまま、誘拐が継続しているという演技をして、カミムラの背後にいる依頼人――Xを捕まえる作戦に協力してくれないか。Xが自分の考える人物なら、必ず、あることをするはずだ。それを引き出すための「実験」がしたい』と」

望田は息を呑んだ。

所長は、あんな状況に置かれてなお、そんなことを考えていたのか。

「私はサービスエリアで熊谷太一にトイレ休憩を取らせるふりをし、大野紗さんと電話し、計画の詳細を詰めました。大野紀さんと早紀さんが死んだふりをし、現場に一人、誘拐犯のふりをした男性警察官を配置する」

「なぜ、死んだふりをする必要があったのですか？」

望田が問うと、所長がニヤリと笑った。

「Xは、俺と早紀が殺されていると期待したからだよ。まあ、その説明は後に譲ろうか」

所長がこう言うときは、決してすぐに教えてくれない。

「それに、もう一つ」川島が言った。「僕を熊谷さんの『護衛』として傍に置き、これ見よがしに拳銃のホルスターを身に着けておくこと。そして、拳銃の弾倉から弾丸を全て抜いておくこと。これも重要な仕込みでした」

熊谷がギロッと川島を睨んだ。

「そう。私たちは最初から、あなたを捕まえるつもりだったんです。『X』こと、熊谷太一さん。いえ、こう言い直しましょうか。野田島秀人さん」

熊谷はそれを聞き、呆れたように首を振った。

「とんだ言いがかりですね」

「まだお認めになりませんか」

「先に質問するのはこちらだと思いますがね。あなたは新島さんというフリーライター殺しの件で、私にDNA検体の提出を求めた。あれは何かと照合するためのものだったんでしょう？　結果は出たんですか？」

「ええ。結果は出ました。あなたから採取した検体と、野田島勲の親子関係は認められず、野田島家から『野田島秀人』の母子手帳と共に発見された臍帯のＤＮＡとも、同一とは認められなかった」

「やはり、疑われていたんですね。ですが、それなら明らかじゃありませんか。私は野田島秀人ではあり得ない。あなたたちがしてくれた鑑定が、それを証明してくれています」

田辺はニヤリと笑った。

「それこそ、あなたが野田島勲に手紙を出し、電話をかけた理由だったんですね？」

「……」

熊谷が押し黙ると、田辺は畳みかけるように言った。

「あなたは『野田島秀人』を名乗る手紙を野田島勲に送り、それだけでは真偽を疑われると、野田島勲に電話までかけた。勲は電話で語られた幼少期の思い出話の内容から、本物の息子だと確信し、手紙で呼び出されるまま、栃木県内の山小屋へと向かいました。その山小屋には、野田島勲を殺すための罠が仕掛けてありました。

私には野田島秀人がそんな行動をした理由が分からなかった。いずれ勲さんに事情を聞けば、秀人が実は生きていることが、捜査陣にも知られることになる。なぜそんなリスキーな行動を取ったのか？」

熊谷の周りをゆっくりと包囲するように、田辺は歩き回っている。

「目的は単純でした。あなたはまず、野田島勲に、野田島家を留守にしてもらいたかった」

「そんなことをして、私になんの得があるというんです？」

「あるでしょう？　部屋の中を完璧に掃除して、偽物の検体を家の中に残しておくんです」

田辺は胸ポケットから紙切れを取り出した。

「これはあなたのアルバイトの履歴をあたったものですがね、あなたは大学生の頃、ハウスクリーニングの会社でアルバイトの経験がある。その時に、掃除の技術を学んでいたんでしょう。五日前から昨日のパーティーまで、あなたは早紀さんとも連絡を取っていなかったようですが、随分苦労されましたねえ」

「あの家には」川島が言った。「不自然な点がありました。『整理された乱雑さ』とでも言うような奇妙なちぐはぐさがあったんです」

「それに気づいたのは俺だがな」板尾が言う。「髪の毛が残ったヘアブラシや、飲みかけの缶ビールは放置されているのに、キッチンや風呂場の排水口には生ごみや毛髪一つない。埃一つ落ちていないんだからな。あとでもう一回調べさせたら、床には毛髪一つ落ちていなかったそうだ」

「無論、一人であれだけの部屋を掃除するのは、かなり時間がかかったでしょう。しかし、あの部屋は半分以上の部屋が、家具一つ置かれず殺風景なまま残っていた。掃除するために家具をどかす必要さえなかった。勲さんの性格を知り、彼が『息子を迎えるためだけにあの広い家に住んでいる』ことを知っているからこそ、あなたはこの計画に勝算があったのです」

　熊谷は黙っていた。

「当然、ＤＮＡ鑑定に使われた、ヘアブラシについた毛髪、ビール缶についていた唾液は、何の関係もない赤の他人のものでしょう。臍帯も誰かのものを、多額の金を積んで買い取り、悪用したんでしょう。母子手帳だけが本物だった」

「……」

「あなたはこうして入念な仕込みを終え、同時に、徹底的に疑われてやろうと考えていた。大野家の中では部外者として登場するのですから、あなたに疑いの目は向く。おまけに、年齢や、児童養護施設の出身であることから、十五年前の生き残りであると推理されることも当然見越していた。あなたは徹底的に疑われたうえで、身の潔白を証明することにしたのです。それこそが、この偽物の検体を使ったトリックの理由です」

「そうすることで、大野家の奥深くまで潜り込んだ」

　大野所長が静かな声で言った。

田辺が熊谷を睨む。

「野田島勲さんが呼び出された山小屋には、自動発火装置の仕掛けがありました。かなり火力は強かったようです。骨も残らないほど焼き、勲さん本人からDNA検体を採取されることを防ごうとしたんでしょう。勲さんを殺すことで、あなたは母親と姉の仇も討とうとしたのでしょう。そうでなければ、実の親を手にかけるはずもない」

その時、田辺のスマートフォンが鳴った。

「待っていた結果が届いたようです。失礼」

田辺が電話を取る。彼は電話の向こうの相手と言葉を交わしながら、何度も頷く。

「そうか、ありがとう」

田辺は通話を切ると、熊谷に向き直った。

「今、DNA鑑定の結果が出ましたよ。いえね、栃木の病院で野田島勲さんの身柄は保護していますから、彼本人からあらためて、DNAの検体を取り直し、検査できるところまで特急で送ってもらったのです。もちろん、比較対象は、あなたの頬から採取した、正真正銘、あなたのサンプルですよ」

「田辺さん、もったいぶらないでください」川島は言った。「結果は？」

「親子関係が認められた。熊谷太一は、野田島秀人で間違いない」

熊谷はやがて、声を震わせ、叫んだ。

「……こんなこと、許されるはずがない！　大体、僕が何をやったっていうんだ？　確かにあんたらは、僕が野田島秀人であることを突き止めたのかもしれない。だけど、それがなんだ？　あんたらはまだ、何一つ立証できていない。

さっきまで、僕は早紀が死んだと思っていたんだぞ。さっきまでの僕は頭に血がのぼっていた。それは認める。だから、だから、犯人に……いや、僕はあの警官のことを、犯人と思って……あんな恐ろしいことを……反省している……」

「いえ、あれはあなたにとって計算ずくの行動です」

大野所長が言った。

「俺と早紀を殺し、その罪をカミムラになすりつける。そのために、現場でカミムラを殺害して口をふさぎたかった。だからこそあなたは警官の銃を奪い、引き金を引いてしまった。あなたは、三人殺しの罪をカミムラになすりつけたかった。『三人も殺した』と叫んだのがその証拠です。俺と早紀、それに……あれ、三人というのは……そういえば、誰ですか？」

ずっと監禁されていた所長は知らないのだ。新島というフリーライターが、大野家の近くで殺されたことを。

熊谷は、そんなことも分からないのか、というように首を振った。

「決まっている。あなたは犯人に監禁されていたから知らないだけだ。あなたの家の近くでも殺人事件があったんですよ。警察の人がそう言っていた。ねえ、早紀、そうだったよね？」

「そうなのですか？　あれは、カミムラによる殺しだったたんですか？」

田辺が言う。熊谷が眉を動かした。

「なんだ――そんな言いがかりをつけるつもりなのか？　あれがカミムラによる殺しだと知っていたから、僕が殺したと？　笑わせますね。誘拐された家の近くで、人が殺されたんですよ？　関係がないと考える方がおかしい。僕は、自然と、この二つに関係があると思ったんですよ。それが何かおかしいですか？」

「いえね……」

田辺が眉間を人差し指で押さえる。

「まあ、世の中にはいろんなことがありえますからねえ。誘拐が起きた家の近くで、それとはまるで無関係に、路上強盗が起きることだってあるかもしれません。二つの事件に関係があると、もっとはっきり分かる証拠があればいいんですがねえ――」

田辺はそう言って、フッと口を噤んだ。

望田は両肩に、ずっしりと沈黙がのしかかってくるのを感じた。

田辺は微動だにしない。

初めて会う男だが、望田は確信していた。この男は、こうしていつまでも待つことが出来るのだろう。

たとえて言うなら、水中に顔をつけて、何秒息を止めていられるか、という勝負なのだ。田辺という男は、おそらくこの勝負に負けたことがない。

熊谷が口を開く。

――息を吸った。

「警察っていうのはここまで低能なのか⁉　証拠なら、この部屋の中に、はっきりと残っているじゃないか！」

田辺はまだ口を開かない。

「――灰皿がある！　そこに、あの男の特徴が残ったタバコの吸い殻があるじゃないか！　い、い、い、い、い、い、い、い、半分以上吸い残して、い、い、半分に折り曲げる！　それがあの男の癖だ！　ここにも、それからあのフリーライター殺しの現場にも、それがあった！」

「はい？　吸い殻？」

ようやく田辺が言う。

「だから……！　あるだろう！　机の上に！」

「あなたがおっしゃるのは、これのことですか？」

後ろ手に押さえられている熊谷の目の前に、田辺が現場の灰皿を持っていった。

熊谷が目を見開く。

灰皿の上に載っていたのは、フィルターが指を焼くのではないかというほどまで吸った、ちびた吸い殻と大量の灰だった。

熊谷が言った吸い殻の特徴とは、全く違っていた。

「馬鹿な……」

熊谷は目の前で起きたことが理解できないのか、何度も首を振っていた。

「あなた、今自分で罪をお認めになったんですよ」

田辺が言う。

その背後から、不敵な笑みを浮かべた大野所長が現れる。

「熊谷さん。残念でしたね――実は、俺が本当にやりたかった『実験』はこれだったんですよ」

田辺が説明を引き継いだ。

「山口さんは、新島殺しの現場に残っていた吸い殻を見て、それは誘拐の依頼者が実行犯に罪をなすりつけようとした工作だと見抜きました。つまり、あなたは、カミムラと会った時、彼の吸っていたタバコの吸い殻を四、五本持ち出して、それを今回の事件のどこかで使うつもりだった。あなたは、自分で大野紀さんと大野早紀さんを殺して、その罪をカミムラになすりつけるつもりだったのですから、それこそ、この現場に吸い殻を残すのが理想だったんでしょう。ところが、あるアクシデントにより、新島を殺害せざるを得なくなった」

「アクシデントって……？」

早紀が聞くと、田辺はズバリ言った。

「もちろん、彼は見られたのですよ――新島国俊に、野田島家から出てくるところを、ね」

あっ、と早紀が声を漏らした。

「部屋の掃除を終え、偽検体の仕込みを終えて出てきたタイミングでしょう。新島国俊は、大野巌が遺した隠し財産のありかを追って、大野家を張り込んでいた。その時に、野田島家から出てくる熊谷太一さんの姿を目撃してしまったんです」

「だから殺されたのか――」

川島が呟く。

同時に望田は、ずっと分からなかった疑問が一つ解けた。

「所長、新島さんが所長のところに来ていたのは、それが理由だったんですね」

望田が聞くと、所長は頷いた。

――許さないからな！　彼女を危険に晒すことだけは……！

所長は激しい口調で、新島にそう言っていた。望田はあの時、「彼女」とは美々香を指すものとばかり思っていた。新島は、美々香の耳の秘密を嗅ぎ付け、その周辺を探っているのではないか、と。

だが、今にして思えば明らかだ。「彼女」とは、大野早紀のこと——所長の妹のことを指していた。所長と妹は、巌から託された、隠し財産のカギを二人で分け合っている。財産について新島が迫った時、彼は、早紀が秘密を握っているのではないかと、早紀をネタに脅すような言動を取ったのだろう。

　田辺は言う。

「新島は大野早紀の周辺も洗っていたはずです。当然、その婚約者である男のことも。そして、彼の目の前で、その男が野田島家の中から出てきた――」

「あの男なら、何かあると嗅ぎ付けたでしょうね」

　所長が言った。

「おそらく」田辺は推理を続ける。「あなたを見かけた時、新島はカメラであなたを撮ったのでしょう。フラッシュは焚《た》かなかったかもしれませんが、シャッター音などで、あなたは新島の存在に気付き、とっさに口を封じた。カメラのデータは消し、大野探偵事務所を写した写真を見つけると、新島の標的はそちらだったと警察に思わせるために、写真だけは思わせぶりに残しておいた」

　田辺はニヤリと笑った。

「あなたは実に残酷な人です。普通なら、ここで焦ってしまうはずなのに、あなたは冷酷にも、新島殺しをカミムラになすりつけ、加えて、事件の前半から、『この誘拐犯は人殺しも辞さない』という伏線を張っておくのに利用出来ると考えた」

「し、しかし、さっきの吸い殻はなんだっていうんだ。タバコの吸い方を、僕が勘違いしていたからって、なんだというんだ」

田辺は答えなかった。

大野所長が熊谷に向き直る。

「じゃあ、その点は俺が説明しよう」

推理は大野所長にバトンタッチした。

「あんたは新島を殺し、カミムラに罪をなすりつけるために吸い殻を残す。とっさのアクシデントも、計画の中に組み込んでしまったわけだ。これで済めば、話は簡単だった。しかし、ここである大きな誤算が生まれた。カミムラ、本名は私立探偵の巻島迅という男だが、この男は非常に困った性格をしていた。裏切られることを蛇蝎《だかつ》のごとく嫌っているんだ。それゆえに、ある特殊な癖が生まれてしまった。いや、習慣と言い換えた方がいいかもしれないが」

「習慣だと……？」

熊谷が言った。

大野所長は微笑んで言う。

「考えてもみろよ。カミムラは、裏切られたくない。だが、事実として裏切られることはある。そして、カミムラは、巻島迅という過去を消し、今はああして自分の力だけで有象無象の間を渡り歩いている。だとすれば、彼が本当に恐れるのは、自分を裏切る人間の、その裏切りに気付かないことだ。だから彼は、さながらリトマス試験紙のように、裏切りを暴くための仕掛けをあらかじめ打っている。自分の信頼出来ない人間の前ではすべて、ね」

「それは一体……？」

望田が聞くと、大野所長は頷いた。

「簡単だよ――自分の『癖』を人に会うごとに変えているんだ」

「な――」

熊谷が絶句した。それを見て、大野所長はまるでいたぶるように、肩を震わせて笑う。

「考えてみれば、有効な手法だとは思わないかい？　今あんたがやったように、人にカミムラの情報を売るには、彼の癖が残った何かを現場に残すか、あるいは、『こんな癖のあるやつで』と特徴を伝えることだ。カミムラは、噂話程度でも、自分の『癖』についての話が聞こえてくれば――誰が裏切ったかすぐに分かる。彼に聞いたところでは、彼は自分の『癖』を五百以上持っているらしい。彼に依頼するのは後ろ暗いことがある人間が大半だから、互いに集まって『癖』を確認し合うようなことはない、と……俺がこの事実を知っていたのは、数年前、私立探偵仲間の間では、巻島のこの手法が結構有名だったからさ」

田辺が後頭部を掻いた。

「カミムラが『出前荘』を使った連絡トリックの時にやった、顔に絆創膏を貼る、という手口にも似ていますな。人は外見を描写するよりも、何か一つ、特徴的なことしか覚えていない。すぐに貼って剝がせる絆創膏だと理屈では分かっていたとしても、顔の造作よりも、絆創膏のことだけが印象に残ってしまう……」

熊谷は肩を震わせていた。

そこをさらに追い詰めるように、大野所長が言った。

「あんたが悪いんだよ。あんたと仕事をしているうちは、カミムラも新しい『癖』を捻り出す必要がないはずだった。しかし、彼はもう一人、自分の身内の中に、獅子身中の虫を見つけてしまったんだ。そう、あんたの、隠れたもう一人の共犯者をね」

大野所長の合図で、入り口にある男が連れてこられた。

髭面で身長の低い男で、今にも泣きそうな顔をしていた。

「ボ、ボス……俺は……」

熊谷は男からバッと目をそらした。

「この男はサンと呼ばれていた男で、誘拐の実行グループ――カミムラは〈劇団〉と呼んでいたが——とは別に、カミムラとコンビで俺の監禁場所にずっといたんだ。こいつは実は、あんたの共犯者だった。カミムラの計画の中に、俺と早紀を殺すことは含まれていない。このサンの役割は、そう——あんたがこの現場に突入する直前に、俺と早紀を殺しておく役だ」

早紀がぶるっと体を震わせた。睨みつけるような目で、自分の婚約者を見ている。

「巻島の特異な習慣は、数年前、私立探偵の仲間の間では有名だったから、俺は巻島のタバコの吸い方を見て、その意味が分かった。この空間の中に、あいつが疑っている奴がいる。俺だろうか？　そうかもしれない。いずれ解放されて警察で証言するときのため、嘘の『癖』を見せているのかも。だが、俺にはサンの態度が気にかかった。彼は、何度も何度も、謎解きをせがむようにして、カミムラに手口を説明させていたんだ。

熊谷さん、多分こう言うことだったんだろう。カミムラという男は非常に自信家で、この二日間の誘拐の手口についても、肝心かなめのことは何も教えてくれなかったんじゃないか？　あいつはよく、『三つの願い』という比喩を持ち出して悦に入っていたが、あんたはその実、ランプの魔人がどうやってあんたの願いを叶えてくれるのか、ろくに教えてもらっていなかった」

「……」

熊谷は険しい顔で押し黙っていた。

「もちろん、隠し財産から身代金を奪う――ってアイデアは、あんたの発案だったんだろう。カミムラはそれを、『犯罪の種』と言っていた。

だが、他のところはどうかな？」

「例えば」田辺が言う。「二度の拉致によって警察の追跡を免れる仕掛け、『出前荘』を使った連絡の手法、身代金受け渡しに見せかけたSL広場での誘拐をどう実現するか。特に、大野泰造を脅して操り、警察の注意を引き付けるというアイデア」

「こういう部分は、全く教えてくれなかったんでしょう。だから、あんたは不安だった。カミムラが果たして自分の仕事をしてくれるのかどうか。だから、あんたはサンからメッセージか何かで連絡を受けて、内容を聞いていたんだ」

大野所長は立ち上がった。

熊谷がたじろいで、一歩下がる。

「さあ、これはあんたの身から出た錆《さび》なんだよ。あんたがサンを共犯者に選んだせいで、カミムラは自分の『癖』を変えた。だからこの現場には、ギリギリまで吸ったちびた吸い殻が残っているんだ。ちなみに、あんたに見せた『癖』とサンの前でやった『癖』が同じタバコという小道具を使っているのは、似た時期に会った複数の人間に対しては、同じものの使い方の違いで裏切り者を見分けるのが、最も効率がいいとカミムラが考えているからだ。二つも三つも、小道具を持ち歩く必要がないからね」

大野所長は熊谷の周りを歩きながら言った。

「カミムラは『癖』を変えた！　ここには、あんたが口にしたような特徴の吸い殻は残っていないんだ。ところが、あんたはカミムラの癖が『半分以上吸い残して半分に折り曲げる』ことだと知っていた――思い込んでいた！　これを知るためには、二つに一つしか方法はない。

一つ、カミムラと今回の事件の依頼者が会った場面に居合わせた。

二つ、新島殺しの現場にいた！

ところが美々香の推理によって、この吸い殻は、依頼者がカミムラに罪をなすりつけるための偽装工作だったことが明らかになっている。つまり、この二つの可能性は、実はたった一つの可能性なんだ。誘拐事件の依頼者と新島国俊の殺人犯は同一人物である！」

大野所長は、熊谷の目の前で立ち止まった。

わざとらしいほどもったいぶって、大野は結論を突き付けた。

「熊谷さん――あんたが殺したんだ」

熊谷は唇を嚙み、俯いた。

チェックメイト――。

望田の脳裏に、そんな言葉が浮かんだ。

だが。

熊谷はバッと顔を上げた。

「それだけか？」

田辺も大野も、口を開かなかった。

「証拠は、そのちゃちな吸い殻一つだけか？」

熊谷は、肩を震わせて笑いはじめる。

「とんだお笑い種《ぐさ》だ！　これだけ長々と話してきて、証拠が吸い殻一つだなんて！　DNA鑑定だって、僕が秀人と分かっただけのこと。決定的な証拠じゃない。認めない。僕は絶対に認めないぞ！」

熊谷は諦めてなどいなかった。

「往生際の悪いことを――」

大野智章が、姉の傍につきながら言った。

「姉の心を弄んでおいて、まだ認めないのか、この裏切り者！」

彼の顔は真っ赤になっていた。

「智章……智章、いいの、だから落ち着いて」

「これが落ち着いていられるか！　あの男は、あの男は……！」

早紀が智章の体を抱きしめていなければ、今にも熊谷を殴り殺しそうな勢いだった。

その時、田辺が静かな声で言った。

「いえ。それだけではありません」

「……え？」

熊谷の動きが硬直する。

「川島。持ってこい」

田辺に命じられ、川島が金庫の中に消えた。

彼が金庫の中から台車を押して現れた時、熊谷の表情は変わった。

台車の上に載せられた小さなコンテナには、密閉性のあるビニール袋に詰められた大量の証拠品があった。

田辺は一つずつ取り出していき、内容を読み上げていく。

警察に見せるための「二度目の拉致」に使われた車のキー。

大野紀のスマートフォン。

『出前荘』のジャンパーとキャップ。

身代金受け渡し現場に残されていた大野早紀への指示メモの書き損じ。

大野泰造を呼び出した『野田島華』のメッセージを送った飛ばしのスマートフォン。

そして、田辺は最後に言った。

「すべてに、あなたの指紋がついています」

「い、い、い、い、い、い、……え？」

熊谷が激しく首を振った。

「そんな——僕はだって——やって、やっていない。大野紀を二回拉致する偽装をしたのも、『出前荘』のトリックとやらも、身代金受け渡しの騒ぎのことも——僕はやっていない。知らない。そんなものは知らない。そんなところに、僕の指紋が残っているはずがない」

だって、やっていないんだから——。

熊谷は子供のように叫んだ。

望田はこれらの証拠品の意味に思い至り、愕然とした。体が冷えるのを感じた。

「恐ろしい……」

思わず呟く。

田辺が言った。

「正確には、これから鑑定にかけ、指紋を採取するところです。しかし、あなたの指紋がついていると、教えてくれた人がいました」

「え？」

「先遣隊が到着した時、金庫の中には、隠し財産の代わりにこのコンテナと、ブルーレイディスクが一つあったのです」

彼はそのディスクをセットしたパソコンを用意していた。

再生ボタンを押すと、動画が流れた。

画面は真っ暗なまま、声だけが入っている。

『――ひどいじゃないか』

ボイスチェンジャーで、低く加工された声だった。

その声はすすり泣いていた。そのことが、望田にはなおさら恐ろしく感じられた。

「あんたなら分かるだろう？」

大野所長が熊谷に向けて言った。

「すべてから自由になったようにさえ聞こえる、この無邪気さ。そう、あんた宛てに、カミムラからのビデオメッセージだよ」

「カ、カミムラから……」

熊谷の声が震えた。

『僕のことを裏切るなんて。君は初めて会った時、僕のことを裏切らないと言ってくれたのに。それなのに、こんな形で、君と別れなくちゃいけないなんて――』

そして、すすり泣きの声は止《や》んだ。

『だから、君には罰を与えることにした』

けろっと泣き止んで、冷たい声で告げる。望田は寒気がした。

『そこにあるのは、今回の誘拐事件で実際に使用した証拠品の数々だ。僕や〈劇団〉の痕跡を全て排除し、君の指紋プリントシールで指紋をつけてある――握手する時は、相手を見て応じた方がいいよ。今後のために教えておいてあげる』

「あ、あの時……バーで握手を求めてきた時か……」

熊谷が呻くように呟いた。遂に自白したことに、自分でも気付いていないようだった。

『君の有罪を立証するのに十分すぎるくらいの証拠だよ。涙が出るようなプレゼントだろう？　それから――君の薄汚い共犯者であるサンは、眠らせたうえで、その別荘に放置してきた。今頃、警察に可愛がられている頃だろうね。彼はこの瞬間をもって、〈劇団〉のメンバーを解任することにするよ』

カミムラは容赦なく続けた。視界の端で、サンがガクリとうなだれる。

『僕としては、君に随分、良くしてあげたつもりなんだよ。大野君に君の裏切りを示唆されてもなお、君の「三つの願い」は叶えてあげたんだから――』

「……ふざけるな」

熊谷が蚊の鳴くような声で呟いた。

『魔法は解けるものだ。魔法が解けてしまえば、どんな金塊も砂の山に変わる。君は今、砂の山を摑まされた気分かな？』

「馬鹿に……するな……」

『君の魔法は解けたんだよ。君が自分でそうしてしまったんだ。「三つの願い」は叶っただろう？　でも、もうおとぎ話の時間は終わりだ。良い子は眠る時間だよ――おやすみ、いい夢を』

カミムラの映像は残酷なほど唐突に切れた。

熊谷太一の絶叫が、地下室にいつまでも響いていた。

＊

熊谷太一こと野田島秀人が連行されてから、かれこれ十五分経った。未だ混乱冷めやらぬ面々は、別荘の玄関口にたむろしていた。

早紀はため息をつく。

「野田島秀人は名前を変えて、ずっと待っていたんですね……。私に、大野家に、最も効果的に復讐できるタイミングを」

「悲しいけど、そういうことだ」と大野所長が言った。「半年前に祖父が亡くなり、隠し財産の噂が出始めて、彼の『誘拐計画』に足りなかったピースが埋まった。彼は大野家から全てを奪って、さらに、十五年前、自分の姉が誘拐事件のさなかに亡くなったのと同じように――俺と早紀の命を奪おうとした。そうすることで、初めて、彼の心は慰められるはずだった」

野田島秀人が乗った車が行ってしまうと、早紀は目頭を押さえ、大野所長の胸に飛び込んだ。所長は早紀の肩を、優しく抱いて、しばらくそうしていた。

智章はそんな二人を見ながら、長い息を吐いていた。

「本当に……二人が無事で、良かった」

望田も同感だった。大野早紀の心の傷は深いだろう。だが、この三兄弟なら、支え合っていけるはずだ、と望田は思った。

田辺は所長のところにやってきた。

「いや、お手柄でしたなあ」

「とんでもない。田辺さんの助力のおかげですよ」

大野所長の賛辞に謙遜しながら、田辺は言った。

「先ほど、野田島秀人から聞き出した話ですが、彼は十五年前、交通事故現場から近くの川に転落し、下流まで流され、下流域の住人に保護されたと確認出来ました。その後、児童養護施設に引き取られ、孤児として育てられたようです」

「なるほど……しかし、なぜ秀人だけが川に落ちたんですか？」

「交通事故に遭った犯人たちの車は、秀人が抵抗したことによって、ウィンドウが全開になっていたのです。落下の衝撃でその窓から投げ出され、川に落ちたと」

何万分の一の確率。嘘のような話だが、それこそが、この悲しい復讐劇の全ての始まりだったのだ。

「連行される前、熊谷は、野田島勲のことを聞いてきました」

「父親のことを？」

「『DNA鑑定が出来たということは、死ななかったのか』、と。罠の仕掛けられた山小屋には辿り着かず、斜面を滑落して、生きて発見されたことを伝えると、意外にも、どこかホッとした様子でした」

「そうなんですか……なぜでしょうね」

所長が言うと、田辺は微笑んだ。

「それは多分、こういうことなのでしょう。十五年前の事件……姉の死の責任は父親にあり、その復讐という立派な動機があり……実父からの検体採取を防ぎ、DNA鑑定を出来ないようにする、というトリックのための要請があっても……実の親を手にかけるのは、やはり怖かったのではないか、と。」

「なるほど。案外、罠を仕掛けて殺すという迂遠《うえん》な手段を試みたのも、手にかけるのは躊躇《ためら》ったから、かもしれませんね」

「はい。だから、私は熊谷の、あのホッとした素振りを見た時、なんだか安心したんですよ。カミムラという男にはもう、怖気《おぞけ》を震いましたから……最後にこう、人間らしい何かに触れた気がしました」

「――分かります」

大野がそう言うと、田辺は丁寧なお辞儀をし、去って行った。

川島・板尾の姿は既にない。別荘内の現場検証や、後始末に忙しいようだ。

「でも、カミムラのことは残念でしたね」望田は言った。「田辺さんも地下室で言っていましたが、隠し財産は持っていかれて、警察としては敗北を喫した形になるわけでしょう？」

「財産って、結局、どれくらいあったんだろう」

智章が聞くと、紀や早紀の証言から、おおよそ五億円程度の宝石類や金塊があったと判明する。

「三千万円がかすむほどだね。これだけやられっぱなしだと、どうも……」

「そう思うか？」

大野がニヤリと笑った。

「智章──疑問に思わなかったか？　俺と早紀に一つずつ、隠し財産に繋がるカギが与えられ、『兄弟みんなで協力するように』という遺志を示したかったなら、どうして、自分の分はないのか、って」

「えっ」智章は突然声をかけられて驚いていた。「だって、俺は留学してたから……」

「確かにそうだ、お前は聞いていない。だけど、それはただ、じいちゃんからお前に伝えるタイミングがなかったってだけだ。じいちゃんがあの財産を遺すことを考えた時は、カギを三つに分けたはずだろう？」

「あ……」

所長の言う通りだ。

「ちなみに、俺に与えられた『カギ』は、六つの別荘のうち、どこに財産があるか。これは『伊豆』だった。早紀に与えられた『カギ』は、隠し金庫を見つけるための、本棚のスイッチの位置だ。あそこに並んだ本を、決められた順番で押さないと、本棚は動かないようになっていた」

「じゃ、じゃあ、三つ目の『カギ』はどうなったの？」

「故人のことをあまり言いたくはないんだが、実は、じいちゃんは死の直前、かなり認知症が重くなっていて、人の顔も分からなくなっていたんだよ。それで、当直の看護師をお前だと思い込んで、ぽろっとカギのことを話したんだよ」

「ええっ」

「大問題じゃない！」と早紀が叫ぶ。

「まあその場面自体が、見舞いに行っていた俺の前で繰り広げられたから、看護師さんにも『気にしないでくれ』と言って済ませたんだ」

「兄さんの前で？　ってことは……」

大野はニヤリと笑う。

「地下室には、本棚が二列あるだろう?」

「まさか——」

「そう、今日開いていた金庫の反対側にも、もう一つ金庫があるんだよ」

「じゃあ!」

早紀が叫んだ。

「そうだ。遺産は半分だけカミムラに渡して、もう半分は守り抜いた。あの絶体絶命の状況じゃ、十分すぎるくらいの痛み分けだろう」大野はウインクした。「カミムラにも、警察にも内緒だぜ。もちろん、母さんや父さんたちにも。ほとぼりが冷めるまで、俺たちの秘密にしておこう」

「兄さん、すごい!」

わっ、と智章と早紀が歓声を上げた。

「でも、これってカミムラへの『裏切り』にならないんですか? バレたら大野所長も……」

大野は、フッと鼻で笑った。

「誰よりも人を信じねえってことは、どんな奴より、信頼する対象をコロコロ替える軽薄野郎ってことだ。そんな奴に『裏切り』だなんだって後ろ指差されるのを恐れて、ビクビク生きられるかよ。ま、もちろん、立派な『裏切り』だろうが、黙ってりゃバレないさ。

それに、今回は完全に不意を突かれたが、次会った時はこうはいかない。——ま、あんなの、もう会わないに越したことはねーけどな」

大野の強気な口調に、望田は思わず笑った。

「これで……ようやく終わったんですね」

望田が言うと、彼の顔をじっと見つめていた美々香が、待ちかねたように言った。

「望田君も、本当にありがとう。お父さんとお母さんのこと」

「いえ、私は大したことは……」

望田はここに来る道すがら、純一が目覚めたことや、純一の悩みが加齢性難聴であり、今度家族三人と望田で話をする約束を取り付けたことなど、一連のあらましについてメッセージで伝えていた。

謙遜する望田に、美々香は首を振った。

「ううん。お父さんの悩みを家族で共有出来るようになったのは、間違いなく望田君のおかげだよ。望田君が間に入って、色々と力を尽くしてくれたおかげ。それにね——」

美々香は、自分の耳を押さえて、少し悲しげな顔をした。

「今ならね——私、お父さんのことが分かる気がするの」

望田は微笑んだ。

美々香は、加齢性難聴の問題に、無意識下では気付いていて、しかし、家族に対してそれを口に出来ないと悩んでいた。そう望田は推測している。

　美々香からこういう前向きな言葉が出てくるということは、この事件を解決に導くうち、彼女に自信が生まれた証拠でもある。

　大野所長が、美々香の肩にそっと手を載せた。

「美々香──本当によくやってくれた。今すぐ病院に行くんだ。少しでも早く……」

　急に不安に襲われた。

　所長は一体──何を言っているんだ？

　どう考えても、治療が必要なのは所長のように思える。どうして、傷一つ負っていない美々香さんが──。

　しかし、美々香は頷いた。

　事件は終了した。

　しかし、まだ解決していない。

　まだ、何が起きていたのか自分は知らない──。

　突然、そんな感覚に襲われる。

　何が起きていたのか。

　本当は、何が起こっていたのか。

　その瞬間、まるで目の前の景色が鮮やかに色づくように、全てが繋がった。

それはまるで、世界が止まるような一瞬だった。

望田は、美々香の目の前に進み出る。

望田は口を動かす。

「美々香さん――もしかして今――」

彼はそこから先の言葉を、口にするのが怖かった。


――耳が聞こえていないんですか。


その言葉は、遂に声にはならなかった。

口の動きだけで、彼はそう言った。

しかし、彼がそう声に出していないにもかかわらず。

美々香はハッキリと、頷いた。

その後

事件の後始末を終え、警視庁に戻ると、田辺警部補は佐久間に出迎えられた。

田辺は驚いた。彼はいつも、自分の研究室に籠っている。自分から出てくるのは珍しかった。

「佐久間、今回はご苦労だったな。おかげで俺も助かったよ。事件はどうにか解決――」

「田辺さん。しばらく、私の妄想に付き合ってくれませんか」

田辺の言葉を遮るように、佐久間は言った。

田辺の驚きはいよいよ最高潮になった。彼が、こんな顔をするとは知らなかった。

「……聞かせてもらおうか。その、妄想ってやつを」

*

突発性難聴。

突然耳の聞こえが悪くなる病気である。過度のストレスや緊張、睡眠不足などがあると起こりやすいとされているが、原因について正確なところは分かっていない。症状は、耳鳴りや眩暈などを伴う——。

美々香はあの後、すぐに病院に急行した。突発性難聴は、症状が発生してから四十八時間以内に病院に行き、早期の治療を受けることが肝心とされている。

美々香が発症したのは、昨日の午前中のこと。ギリギリの時間だった。

伊豆の別荘からタクシーで病院に向かう間、大野所長と望田は二人がかりで、美々香に耳のことを問いただした。

「美々香さん、実際、どこまで聞こえていないんですか」

美々香は正面から望田の顔を見据えていた。一拍置いて、美々香が答える。

「ほとんど聞こえていないの。耳の中で、常に大きな騒音が響いている感じ。工事現場に……ううん、飛行機の発着場の、すぐ傍にいるみたいな。難聴って言うと、何も聞こえなくなって、静かになるのかと思ったから——ほんと、それもしんどくて」

「もちろん、聞こえなくなる、というケースもあるが、強いストレスを感じた時、耳鳴りとか、騒音が聞こえて始まるケースも多いらしい。美々香のように、音に敏感な人にとっては、精神的にも一番きついだろうな」

所長の言葉に対して、美々香の反応はない。

「症状はいつからですか？」

「大野所長の家に行って、智章君に出迎えられた時、実家から着信があったの。お父さんの容体が急変して、往診の先生に急ぎ連絡を取っている、って。その瞬間に、耳が――」

美々香はそこから先を続けることが出来なかった。

それでは、最初からではないか――。

望田は愕然とする。

美々香は続けた。

「私があの日、大野所長の家に行ったのは、実は、大野所長に指示を受けてのことだったの。所長は数日前から張り付いていた『カミムラ』たちの尾行に気付いて、自分の身に危険が迫っていることを予期していた」

望田は驚いて、大野の顔を見つめた。

彼はバツが悪そうに頷いた。

「別に、お前を仲間外れにしたかったわけじゃない。ただ、お前にはかなり多く仕事を頼んでいたし、余計な心配事を増やしたくなかった。それに……俺は、自分に何か危害が加えられるなら、その犯罪は誘拐で、動機は十五年前のことだろうと想像していた。あまりにもあやふやな想像だから、美々香にもあらかじめ話すことはしなかったんだが……」

「それで、決行されるなら、大野家が家に集まっている昨日のパーティーの日が怪しいと踏んだ？」

「そう。家族全員にアリバイが出来るからな。十五年前の複雑な人間関係からは、誰もが犯人であり得た。俺は父さんさえ疑っていたよ。加奈子を殺す動機はあの人にもあったしな」

ふう、と所長はため息をつく。

「その日に計画が実行されるなら、パーティーの場には、誰かを送り込んでおきたかった。それが――」

「美々香さんだった……」

望田が呟く。

それが、美々香にとっては過度な心理的負担になっていたのだろう。

父の異変。

大野所長に伸びる犯罪の手。

二つの不安が最高潮に達した瞬間、彼女の体はストレスに耐えかね、突発性難聴を発症した。

「……すまない、美々香」

所長が謝罪を口にする。

美々香に反応はなく、望田の顔を見つめている。

その様子を見て、望田はすぐに、美々香の状態に気が付いた。

大野はもう一度、美々香の肩に手を置いて、謝罪の言葉を口にした。それでようやく、美々香は「そんなことありません」と首を振る。

それでいよいよ、確信が持てた。

美々香がもう一度望田の方を向くと、望田は言った。

「騒音が聞こえて、ほとんど聞こえていないってことは、会話は唇を見てしている、と？」

美々香は頷いた。

「もちろん、全部は分からない。単語レベルで拾えるだけだから、頭の中で文脈を繋げて補完していたの」

「美々香さん、どこかで専門的な勉強でもしてきたんですか？」

美々香は首を振った。

「所長が私の聞いたものを確かめようと、読唇術の本を読んでいたでしょう。あれを私も読んでみたのもあったし……」

「耳の良さ、というのは脳の働き……」

美々香が驚いたように目を見開く。

「なに、それ？」

「美々香さんの元主治医……耳鼻科の真田先生に話を聞いてきたんです。美々香さんの耳の良さは、脳の働きによるもので、脳のデータベースが豊かだからこそ、多くの音を聞き取ることが出来る」

「やっぱりそうか」

所長がぼそっと呟いた。さすが、所長は気が付いていたのか。

「だったら唇を読めたのも納得がいく」所長が言った。「読唇術の本を読んで基礎を得る前から、美々香は人の口の動きとその音を対照させるデータベースを脳の中に持っていた。そこまでくれば、あとは実践だ。それでも、単語レベルとはいえ即興でやり遂げるのは、大したもん――」

「まあでも、あんまり上手くはいっていなかったかもしれません」

美々香は不自然に、大野の言葉に割って入った。

なるほど、と望田は内心頷く。

今、美々香は望田の方を見て喋っている。唇の動きを読めるのは望田の方で、所長は視界に入っていない。せっかくの所長の賛辞も聞こえていないのだ。

大野家の中では、複数の人間と会話する機会も多かっただろう。こうした不自然な割り込みは、何度もあったに違いない。

「田辺さん、っていう警部補が一番唇の動きがはっきりしていて、読みやすいと気付いてからは、田辺さんの口元を見てばかりでしたし……他の人の会話はあまり追えていなかったかも。でも、田辺さんの話している内容を聞けば、なんとなく話題は想像出来たから。それに、私、推理を喋る時は、田辺さんや家族からのリアクションに応える余裕がなくて、一方的に喋り続ける、みたいになっちゃったし。バレないか不安だった。でも、なんとか隠し通さないと……警察にも、盗聴器の向こうのカミムラにも、自分が利用価値のある存在だと見せかけることが出来なかった」

そうすることによって、山口美々香は己の価値を高め、最高の交渉材料になった。

それが、カミムラと熊谷太一＝野田島秀人の協力関係を打ち破ったのだ。

美々香を病院まで送った後、一緒にいた大野所長と待合室で話していた。大野自身、指に包帯を巻いて、痛々しい姿だったが、話に付き合ってくれた。

「違和感は初めからあったんです」

「うん」

所長は全てを受け止めてくれそうな、優しい声で相槌を打った。

「大野家に向かった美々香さんは、最初、私と代わってくれ、と言っていました。私が大野家に行って、代わりに、美々香さんが実家に帰る。ちょうどその直前、突発性難聴の引き金を引いた、父親の容体急変を告げる電話があった。

この提案をする際、美々香さんは、自分から電話をかけてきたにもかかわらず、自分の方の音がうるさくて聞こえないから、SMSのメッセージに切り替えたいと言いました。あれはどう考えても不自然だった。思い返してみると、そう言いだす前も、私が呼びかけているのに、返事をしてくれなかったり、私の質問に対する返答がズレていた」

先ほどの地下室の一幕でも、興味深い場面があった。

――今の見たね？　聞いたね？

熊谷太一の殺意を証明する、拳銃の引き金を引いたあの一幕のこと。あの別荘の地下室で、田辺にそう問われ、みな口々に聞いた、見たと答えた。

望田はハッキリと覚えている。

あの時、美々香は「見ました」と言った。

聞いた、と言えなかったからだ。

今回の事件は、望田にとって、まるで鏡映しの様な構図になっていた。

加齢性難聴に悩んでいた山口純一は、発言のフェーズと口元の動きがはっきり見えるオンライン会議の方が参加しやすく、多くの人数が一斉に喋る対面の場では、聞こえの問題に苦しんだ。

その論理が、美々香にもあてはまるのだ。

「あの時……地下室での出来事が終わった後、美々香さんは私に感謝しながら、言いましたよね」

——今ならね——私、お父さんのことが分かる気がするの。

「あの言葉の意味が、今ではよく分かります……『共感』への最も強いアプローチは、同じ環境に身を置くことです。あの時、美々香さんの顔が悲しげに見えたのは、それが理由だった」

望田は顔を押さえ、俯いた。

「……私はカウンセラー失格です」

「それを言うなら、俺は上司失格だよ」

所長がフーッと息を吐いた。

「いつも、あれだけ多くの音をクリアーに聞いて、ものを考えている人間が、いきなりそんな環境に放り込まれたら、どうなるんだろうな……考えただけで、美々香の凄さが身に染みる」

「本当に……」

重苦しい沈黙が一瞬、流れる。それを嫌ってか、所長は話し続けた。

「どうして——僕は気付かなかったんでしょう」

後悔するように言う望田に、所長は何も言わず、ただ、肩に手を置いてくれた。

望田はバッと振り返る。

「ですが——所長は、さっき別荘の前ではもう、美々香さんの耳のことを知っていましたよね。美々香さんに話を聞く前から。僕は別荘に遅れて到着したから……熊谷の捕り物の計画を立てる時に、耳の話もしたんですか？」

所長は首を振った。

「じゃあ、いつ、所長は耳のことに気が付いたんです？」

彼はため息をついて言った。

「最初からだよ。カミムラに電話連絡のメッセンジャーを任されて、美々香に電話を代わってもらった時……その瞬間からだ」

＊

「山口美々香の耳が、聞こえていなかっただと？」

佐久間の研究室に連れていかれた田辺は、いきなりそんな話を聞かされ、驚いた。

「そんなバカなこと――だって、彼女は現に、あの耳を推理に役立てていた。二度の拉致トリックを見抜いた足音のことや、動画の中に残っていたモールス信号――遺産が伊豆にあること、犯人の名前が『ひでと』であるという大野紀の推理を伝えた、あの信号のことだ。あれらを読み解くのは、並外れた聴力なしではとても……」

だが、美々香の耳が聞こえていなかった――少なくともかなり聞こえが悪くなっていたと思うと、いくつか不自然な点が繋がってくる。

　例えば、美々香の話し方。彼女は三人以上で会話する時、一人に向けてグイグイと喋るようにし、三人目が話に割り込もうとすると遮る傾向があった。あれは、強引な性格の表れか、自分の同僚のピンチに必死であるが故だと思っていたが、あれはただ単に、唇の動きを読める一人としか、会話が出来なかったからではないか。

　例えば、大野泰造のこと。大野泰造が家族の誰にも告げずに帰国している——その情報のインパクトはすさまじいものだった。ＳＬ広場にいる現場の警官も全て目を奪われたほど。その情報を、田辺と冬川は、美々香もいた、智章の部屋の中で話した。

　しかし、後から彼女にその情報を告げた時、彼女は驚いていた。

　あれは集中しすぎて聞こえていなかったのではない——ただ、聞こえていなかったのだ。

　例えば、大野美佳に六つの別荘について聞いた時のこと。美佳はあの時、伊豆に別荘があり、あとは軽井沢と伊勢志摩にある、と話していた。だが、彼女は田辺の方をパッと振り返ると、「聞きましたよね？」という不可解な言葉を発し、伊豆の別荘に警官を向かわせるよう要請した。

　あの意味も、今では明瞭だ。唇を読むと言っても、軽井沢とか伊勢志摩とか、唐突な固有名詞・地名を全て把握出来るわけではないだろう。美々香は美佳の顔を見ていたが、すぐには反応しなかった。唇の動きは見ていたが、意味が分からなかったのだ。

だから、美々香は田辺に確認したのだ。

私には聞こえなかったけど、あなたは聞きましたよね？

彼女はずっと、あからさまに答えを口にしていたのだ。

思えば、美々香は推理を語る時以外、異様に口数が少なかった。彼女はとても静かだった。いきなりあんな状況に巻き込まれたにもかかわらず、騒いだり、パニックに陥ったりすることはなかった。

戦うのに必死だったのだ。

自分と。

自分の不安と。

だが――。

「確かに、そう考えれば説明のつくことは多い。しかし、不可能だ。本当に耳が聞こえていなかったなら、あの推理はどうやって導き出した？　それとも彼女が、聞こえていなくても音の手掛かりを見つけ出せる天才だとでもいうつもりかね？あるいは――」

そう考えた方が、実はしっくりくる。美々香こそ、この誘拐事件を組み上げた真の犯人で、だから、あらかじめすべての真相を知っていたのだと。

しかし、佐久間は首を振った。

「出来るんですよ。不可能を可能にする鍵があったんです」

佐久間は珍しく、鼻息が荒かった。

彼は田辺の前に二つのものを置いた。

一つは、大野家にかかってきた電話の内容について、自動通話録音機を利用して書き起こされた文書。もう一つは、メモ帳だった。

「いいですか。この二つは、山口美々香が『聞いた』二つの『音』——つまり、大野紘と自分の会話と、大野紘が映っていた動画の音声内容について、文字で記録したものです。片方は証言確認の必要性から、もう片方は、あの動画を最初に見た冬川が、犯人の指示を家族に伝えるために動画の内容をメモしたものです。いいですか、ここが重要なんです。彼女には、これら二つの音声を実際に聞いていなくても、目で見て発話内容を確認することが出来たんです」

「なんだって……？」

「思い出してください。山口美々香は二階の智章の部屋に上がる時、パソコンと一緒にメモ帳を持っていった。当然、メモに使うためだと思われた。ですが、私たちに推理を聞かせる時、彼女は動画内のモールス信号を読み解いた結果を、自分の手帳に書き記していた。つまり、メモ帳はメモのために持ち出されたのではなかったんです」

佐久間の指摘は鮮やかだった。田辺も、その場面をはっきりと覚えている。

「ちょっと待て」

田辺は手を挙げて、佐久間の勢いを遮る。

「メモ帳と手帳の指摘には納得するが……なんで電話の内容が重要なんだ？　今重要なのは、拉致現場での一幕を記録したＩＣレコーダーのはずだ。あれについては、文字の記録はなかったはずだぞ。メモもない」

「はい。ですが、鍵は全てあの電話の会話の中にありました」

田辺は紙を手に取り、問題の会話を読み直した。

二回目の電話連絡記録より、抜粋

（前略）
楽「……山口さん」
山口「わ、私ですか？」
楽「ああ。紀君が君に代わってほしいと言っている」
山口「え、ええ……」
紀「美々香か？」
山口「……はい」

紗「美々香、大丈夫か」
山口「はい、ええ……」
紗「……大丈夫か、声に元気がないぞ」
山口「……所長、私……」
紗「……分かった。美々香、テディベアは持ってきてくれたか？」
山口「(無言)」
紗「持ってきたなら、中のテープは大切にしてくれ。その中のものが、俺たち二人の宝物なんだからな」
楽「山口さん、大丈夫ですか？」
山口「あの、すみません、私動揺していて、楽さんが話を聞いた方が――」
　ここの楽と山口の対話は、もちろんこちら側の音声として記録されている。紗・？？組のものとは音質の差がある。
紗「叔父さんゴメン。もう少しだけ美々香と話をさせてくれ。一方的に話すだけでも気持ちが軽くなるんだ……なあ美々香、こいつ、このカミムラってやつ、ひどいんだぜ。俺の服皺くちゃにして、そのままにすんの。参るよな、ほんと」

楽「すまん、聞いてやるだけ、聞いてやってくれないか」
山口「……そう、なんですね」
紀「あんまり心配するな。大丈夫だ。これが終わったら、望田と三人でドライブにでも行こう。二回くらいは行こう。カメラ持って、いつもと違う人と一緒に行くのもいいな――いいか、最後に一つだけ言っておくぞ。よく聞け。十五年前だ」
楽「十五年前……」
山口「十五年前……ですか？」
紀「十五年前、我が家の周辺で起きた事件を調べろ。そこに必ず犯人の手掛かりが――」
（後略）

田辺は目を見開いた。

まず驚いたのは、ここにも、美々香が難聴を発症していた痕跡が明らかに残っていたことだ。

この時、電話はスピーカーホンの設定となっており、リビングにいた全員が会話を聞くことが出来た。楽は『紀君が君に代わってほしいと言っている』と言っているが、受話器を独占するわけではないのだから、実際はただ、美々香がメインに話をする、という意味に過ぎない。

しかし、美々香は大野が話すことに一切反応していない。

会話の前半部分は、どうとでも取れる相槌に徹している。

『……所長、私……』の部分はかなり意味深長だ。この時、美々香は、自分の苦境を大野に訴えようとしたのかもしれない。それを受けて大野は『分かった』と言い、取り留めのない話を始めている。

その後、美々香の様子があまりにおかしいので、楽が、『大丈夫ですか』と声をかけている。

この時、美々香は楽の言葉には反応している。それ以降も、美々香と楽の間でのみ、会話が成立している。美々香は、目の前にいる楽の唇の動きだけは読むことが出来るからだ。

会話の最後も、大野が『十五年前』というキーワードを発した際、過去の事件を知る楽が『十五年前……』と呟いてしまった後、ようやく美々香が『十五年前……ですか？』と受けている。ここは、大野と美々香の会話が成立しているように見えるが、ただ、目の前の楽が言った言葉を繰り返したに過ぎない。

そして、この会話が持っている意味は、それだけにとどまらない。

最初これを読んだ時には、十五年前の事件、というキーワードだけが重要に見えた。

「テープ。偽装のために一度脱がされた大野紀の服。車。二回。違う人……単語レベルとはいえ、この会話の中に、二度の拉致トリックの構成要素が示唆されているではないか」

田辺が言うと、佐久間は頷いた。

「そうなんです。並外れたというなら、この大野紀という男こそ、並外れているんですよ。そもそも、自分の服の異変から、カミムラの使ったトリックを解き明かした時点で超人めいているのですが、この会話の冒頭部分、不自然に間があるでしょう。これは書き起こした警官がなるべく実態に即して書いたそうです。つまり、冒頭の歯切れの悪い会話の部分で、もう大野紀は、山口美々香を襲う苦境に気付き、彼女のためのヒントを残しているんです」

美々香は田辺たちに向かって、十五年前のことを調べること、そして、音や映像の手掛かりが拉致に際して残っていないかを示唆していたが、あれもまた、この書き起こしが作られ、彼女が内容を確認した後の出来事だった。

「大野紀は、自分の家に自動通話録音機があることを知っている。重度の認知症だった祖父、巌の影響で家に設置され、そのままになっていた、あの録音機が。つまり、会話の内容が、今は美々香に届いていなくても、あとで文字に起こせることを知っていた」

彼女は大野が提供したヒントを受け取り、何を伝えたかったかを理解した。

そのうえで、映像か音の手掛かりを求めた。

自分が、その特異な耳で推理したと見せかけるためだ。

彼女が警察に対して、あるいは、揺さぶりをかけなければならないカミムラ側に対して、持っている武器は、その特異な耳しかない。彼女は、自ら難聴のことを打ち明けて、その武器の価値をなくすわけにはいかなかった。

　これは、大野紀と山口美々香による、一世一代の大芝居だったのだ。

「確かにあの時、美々香が提示したのは、『足音、歩き方が大野紀と違う』という、印象論に過ぎない推理だった。佐久間、お前が拍子抜けしたほどにな」

　佐久間はばつが悪そうな顔をした。

「なるほど、大野紀が手掛かりを与えていたのは分かった。だが、なぜ彼はそんなことをした？」

「大野紀は、カミムラとサンの緊張関係、ひいては、カミムラと依頼人の緊張関係を見抜いていた。だから、強力な交渉材料を持ち出せば、自分に寝返らせることが出来ると思っていた」

　田辺は頷いた。その威力は、田辺もあの地下室で見てきた通りだった。

「カミムラは熊谷太一こと野田島秀人の裏切りに気付くと、一転報復に打って出た。それまで保管していた誘拐事件の証拠品の全てに、熊谷太一の痕跡を残して、警察に手渡してきた。あんな露悪的な動画ファイルまで残して、な。結果的に、大野はカミムラと熊谷の協力関係を断ち切り、山を切り崩すことに成功した」

「そうです。今回、大野紀は、山口美々香の『推理能力』を交渉の材料に使った。熊谷太一が裏切ろうとしているかどうか、それをあぶり出すために利用できる、と伝えたのです。そのために使ったのが、これです」

佐久間は紙袋からテディベアを取り出した。

「これは？」

「大野探偵事務所が作った盗聴器入りのテディベアです。様々な事件の調査に利用することがあるようです。私がこの存在に気付いたのは、大野探偵事務所が以前関わった、とある殺人事件の証拠物件を調べたからです」

田辺はハッとして、さっきの電話の記録を読み直した。

「『テディベアは持ってきてくれたか？』……そうか、大野家のリビングのどこかにあって、結局見つからなかった盗聴器というのは——」

「そうです」と佐久間は言った。「盗聴器は、ずっと山口美々香が持っていたのです」

＊

「さっきも言ったが、俺は自分の身に危険が迫っていることを、半ば予想していた。そして、家族か、それに近しい人間の中に『犯人』が潜り込んでいるなら、全員が居合わせる昨日のパーティーの日が狙い目であることも」

大野所長は話を続けていた。

「俺は、十五年前の事件を動機に、誘拐されるのではないか、と予想をしていた。もしそうなった時のために、美々香を俺の家に潜り込ませることにしたのは、もう知っての通りだ。

　そしてその時、美々香に、事務所にあった盗聴器入りのテディベアを持っていくように伝えていた」

「どうして、盗聴器を？」

「いざという時、俺が家の様子を確認出来るように……というのもあるが、誘拐犯の意図の及ばないところで、美々香から俺に繋がるパイプを一つ確保しておきたかった。

　結果的に、あの盗聴器越しに、美々香の推理を聞かせる、というアイデアを思い付いたことで、あの盗聴器を最大限に生かすことが出来た。カミムラには、身体検査であえて受信機を見つけさせて、盗聴器の傍受をするよう促した」

　そう言ってから、所長は手口の解説を始めた。

「まず、俺は美々香に電話でヒントを与えて、二度の拉致トリックを『推理』してもらった。カミムラは、想像以上に早く、警察が自分たちを追跡したことに気付き、同時に、山口美々香の耳の力について、俺の話を信じた。そしたら、サンが離席したタイミングで、カミムラにこんな風に、『交渉』を持ち掛けたんだ――」

＊あの時

「――顔を寄せろよ。愛の言葉を囁いてやる」

カミムラは警戒していたようだが、最後には、俺に顔を寄せて、話を聞くことにしたようだった。

「野田島秀人はお前を裏切っている。サンとかいう男は、野田島秀人の共犯者だ」

「顔を寄せたのは、扉の向こうにいるサンに聞き咎められないためか」

カミムラが笑い声を立てた。

「……根拠は？」

「これから見つけ出す」

「話にならないな」

そう言いつつ、体を離さない。

大野は初めて、カミムラとの対話の中で手ごたえを得た。

「お前だって疑っているんだろう、巻島迅？　だから、タバコをあんな変わった吸い方で吸っている。それが、私立探偵時代からの度し難いお前の『癖』――習慣だ」

カミムラは黙り込んだ。

「『癖』は依頼人の前とサンの前で変えているか？」

カミムラは肩をすくめたが、大野は肯定の意味だと確信した。

「取引をしよう」

「圧倒的に立場が弱いのに、随分偉そうだね」

「山口美々香に、野田島秀人とサンの裏切りの証拠を見つけさせる」

「信用出来ない。彼女の動きを僕は把握出来ない」

「彼女に盗聴器を持たせている。それはお前も知っての通りだろう？」

カミムラは笑い声を立てた。

「ああ、あれね。君の身体検査で受信機が見つかったから、『これ何？』って聞いたやつ。あれ、結局何だったの？　サンのいる前で何度か聞いたけど。助手にああいうの持たせるプレイなの？」

「事件の証拠品だ。今も美々香のカバンの中に入っている。その盗聴器を傍受すれば、大野家の動向――ひいては美々香の動きを探れるのは、『実演』してみせた通りだ」

『実演』した時、大野家の斜向かいで起きた殺人事件の犯人は誘拐犯だと、大野の母が誘拐犯を煽ったのには驚いたが、あれもカミムラに情報を与えるのに役立った。

「何が『実演』だよ。見つけて使ったのは僕らだろ？」

だが、こういう決定的な場面で、突然存在するかも分からない盗聴器の存在を口にするよりはいい。カミムラが大野の話を信じる材料になるからだ。サンに盗聴器の存在が知られたのはまずかったが、サンは特段、「私立探偵ならこういうものを使う時もあるんでしょうぜ」と、疑う素振りを見せていなかった。

カミムラは大野の顔をじっと見て、考え込んでいる様子だった。

「……盗聴器の傍受電波を探知させて、このアジトの場所を割り出させる……そんな計画に聞こえたか？　だが、その心配はない。もしその点が心配だって言うなら、信頼出来る〈劇団〉の誰かに受信機を持たせて、遠方から聞いてもらえよ。それで、報告だけ吸い上げればいい」

カミムラは依然黙り込んでいた。

自分の利益を測っている証拠だ。

やがて、カミムラが口を開く。

「――山口美々香への指示を、どう伝えるつもりなんだ？　一方通行で向こうからの連絡を待つというのではね」

釣り針に食いついた。

「それが取引の内容だ」

「つまり？」

「今から、身代金受け渡しの指示を伝えるビデオを撮るんだろう？　そのビデオを、俺の言う通りに加工してもらいたい」

「話だけでも聞こうか」

「美々香は非常に優れた聴覚を持っている。どんなに小さな音でも、動画の中に入った音なら拾うことが出来る」

「つまり？」

「ビデオを二回撮って、その二つを合成してほしい。

一度目は、サンのいる前で撮るビデオ。このビデオでは、俺はお前から指示された通りのカンペの内容を読む。合成するときに、この一回目のビデオからは、俺の発声内容だけを切り取る。

二度目は、なんとかサンのいない状況を作って撮影して欲しい。この時、俺はかなり小さな声で、美々香だけに伝えたい情報を喋る。これが、お前の求める、美々香への指示になる。この二回目のビデオに、一回目の発声内容を上乗せする形で合成してくれ」

カミムラが体を離した。

「野田島秀人には、タバコを真ん中で折る癖を見せた。半分以上吸い残して、真ん中で折り曲げる。一度見たら忘れないだろう。おあつらえ向きに、彼の前に餌として灰皿を残してきた」

重要な情報だった。

「そう聞くと、お前が裏切りを誘発しているようにも見えるな」

「踏み絵を知っているだろう？　あれと似たようなものだ。僕を信頼しているかどうかは、その人の行動からしか測れない」

「それにしても、灰皿ごとタバコを置いてくるなんて。自分の痕跡が残るんじゃないのか？」

「彼が少しでも注意深ければ、彼と対面している間、僕がタバコを吸ったのは一本だけだったことに気付けただろうね。灰皿に盛られた吸い殻はフェイク。唾液は他の人間のものをあらかじめ塗ってある。そして、僕の吸った一本は、テーブルの端にあえて置いておいた伝票を手に取る時に、テーブルの上に身を乗り出して死角を作り、素早く山から取り去った」

「手間のかかることで」

大野の皮肉に、カミムラは笑った。

「サンの前では、敵対する演技を続ける、ということでいいか？」

交渉成立だ。

「それで構わない。言っておくが、早紀に手荒な真似はしないでくれよ。そうしてくれたら、早紀が連れてこられた時には、『カギ』について話すように、俺から説得する」

「話が早くて助かるよ」

カミムラは薄く微笑んだ。

「惜しいな」

「何がだ？」

「こんな形で出会わなければ——君とは良い友人になれただろう、と思ってね」

大野は、フン、と鼻を鳴らした。

「どうした？　少しおセンチな気分にでもなったか。言っとくがな、俺の指をこんなに傷つけておいて、許すつもりはねえからな」

「爪はいずれ治る。もっとも、君の心を折って吐かせる……という目論見は完全に失敗に終わってしまったわけだけどね。これも、『不必要な暴力』になるのかな？」

「どうだかな。まあ少なくとも、これだけ痛めつけられて、お前に完全勝利する気は失《う》せたよ。せいぜい寝技で秀人の首を掻くくらいまで目標を下げた」

「よく言うよ。そんな状態で、本気で僕に勝つ気でいたのかい？　それに、君はまだ約束を果たしていない。信頼したわけじゃないよ」

「俺は有言実行の男なんだ。安心して見ておけよ」

カミムラが目を細めた。

「君を私立探偵にしておくのは惜しい。これは皮肉でなく、本気で言っている。どうだい？　この事件が終わった後、僕と——」

「あー、そいつはお断りだ。悪いけど、俺には探偵の方が性に合ってるんだわ」

カミムラと手を組もうとしている。そんな場面には、似つかわしくない言葉だったかもしれない。だが、カミムラは上っ面な言葉ではなく、本音を欲していると直感で分かっていた。

「残念だ——本当に残念だよ」

サンが扉を開いた。

その瞬間、即座にカミムラは笑い始めた。

「素晴らしい！」カミムラはいかにも機嫌良さそうに、手を叩いて言った。「まったく君は素晴らしいよ！　自分の置かれた立場もわきまえず——こんな取引まで持ち掛けてくるなんてな！」

こんな抽象的な言葉では、サンに気取られることはないだろう。それに、カミムラと二人きりになっている間、俺もカミムラも何も話していなかったというのは、俺のキャラクターにも、カミムラのキャラクターにも合わない。

だからこそ、カミムラは、俺が何かを持ち掛け、決裂した、という雰囲気を出してみせたのだろう。

本当に気が合う。

こんな形で出会わなければ、良い友人になっていたかもしれない。

その点に関しては、完全に同感だった。

大野は内心で笑いをこらえながら、カミムラの言葉に応えた。

「悪くない話だと思うんだがな――」

＊

「問題の動画を、ミュートで見てみてください」

佐久間に促され、田辺は椅子に座った。

音がないと、大野紀が口をパクパクさせているだけの映像だった。その口の動きに合わせて、自分の口を動かしてみると――。

田辺は、バッとメモ帳を手に取った。

「違うぞ」

田辺が驚いて佐久間の顔を見ると、彼は頷いた。

「このメモに書かれている発話内容と、口の動きが全然違う」

「動画は編集されているんです。大野が口を動かす映像に、後から、大野の声が被せられている。私たちが聞いていたのは、この被せられた声の方です。

こんな編集を出来るのは、カミムラだけだ。でも、彼の口の動きを文字に起こしてみると——こうなっています」

佐久間は手帳に書き起こした内容を見せた。

『血の滴りはモールス信号。誘拐犯には会う人ごとに癖を変える特徴がある。秀人には真ん中で折る吸い殻を見せた。どこかに裏切りの証拠がある』

田辺は愕然とした。

こんな内容を知っていたなら、吸い殻については『推理』することなどほとんど残っていない。彼女は捜査資料が満載の応接間にいたのだ。新島の事件の資料を見れば、すぐに吸い殻のことも突き止められる。モールス信号の音だって、血の滴りがどう聞こえたのかと不思議だったが——なんのことはない、滴る血を目で見れば、それで済む話ではないか。

「おそらく、大野紀は『裏切りを美々香に見抜かせる』というのを交渉材料に、カミムラを寝返らせたのでしょう。ですが、大野は『美々香の耳には価値がある』と思わせたかった。美々香の耳の聞こえが悪くなっていることは伝えるわけにはいかない。だから実際には、私たちには聞こえない程度の小声で声は発しているのでしょう。『美々香なら、このくらいの声でも聞こえるはずだから』と」

モールス信号は、表の手掛かりに過ぎない。

大野の発話内容こそが、裏の手掛かりだった。

山口美々香はその全てを読み切って、大野の意図を汲み、動いたのだ。

思えば、美々香はあの動画を見た直後、瞼を押さえていた。

――助けてくれ。……信じている。

大野が最後に放ったあの言葉に、美々香は胸打たれたのだ、とあの時田辺は思った。その直後目薬をさしていたのは、涙を誤魔化すためだと。

だが、違った。

あの時、山口美々香は自分の目が頼りだった。だから目薬をさした。たったそれだけの話だった。

メモ帳と大野の口の動きを照らし合わせて、そこに矛盾があることに、美々香は最初の一回であたりをつけたのだろう。

正しいメッセージを読み解くには、大野の口の動きを正確に読み解かねばならない。目薬をさしたくなるのも当然だった。

なんということだ――。

田辺は額を押さえた。

「信じられないでしょう」

佐久間は茫然自失といった様子で言った。

「私たちは、ほとんど聞こえていない山口美々香と、監禁場所から動けなかった大野紀に、こうまで見事に踊らされたのです」

佐久間は、感嘆するように言った。

「もし、この世に名探偵が実在するならば、私は、あの二人のことを言うのだと思います」

＊

美々香の入っていた診察室の扉が開き、医師が姿を見せた。

いわく、美々香は過度のストレスが引き金となり、ウイルス感染性の突発性難聴にかかったと思われること。これから二週間ほどの期間、入院して薬で治療し、様子を見ようと思っていると。

「ですが、ここに来て安心なさったのか、耳鳴りも治まってきた、ということでした。落ち着いてくると、私との会話もスムーズに出来るようになってきました」

望田はホッと胸を撫で下ろした。

元の聴力にまで戻るのか、こればっかりは、治療を信じるほかはないが、少なくとも、早期治療に繋げられたことが大きかったようだ。

良かった、と望田は心の底から安堵《あんど》した。

入院手続きを終えて、美々香の病室に、大野と二人でいた。

美々香はこれまでの疲れが出たのか、ベッドですやすやと眠っていた。その寝息が穏やかなのが、望田にとっても喜ばしかった。

大野は、包帯まみれの自分の両手で、美々香の手を包み込むように握り、祈るように瞑《めい》目《もく》していた。

点滴の落ちる音だけが、病室内に聞こえた。

「……それにしても、素晴らしい。美々香さんと大野所長は、本当に素晴らしいコンビです」

望田は半ば呆れ混じりに、そう言った。

「そう自分を卑下することはない。お前だって、美々香の家族を立派に支えたじゃないか。彼女の家族が悩みを分かち合えるようになるなら、それはお前の――」

「卑下って、嫌だなあ、所長。なんのことですか」

え、と所長が意外そうに言う。

望田は気合を入れ直すため、もう一度頰を張った。

「僕は自分を卑下なんてしていませんよ。むしろ、僕の仕事はこれからだ、と言っているんです」

「……お前は強いな」

望田は所長を正面から見て言った。

「強くなんてありませんよ。弱い人間です。所長と同じです。だから、所長もあまり、ご自分を責めないでください」

自分を責めるな。以前から何度も口にしてきた常套句だが、この時ばかりは、言葉に力が籠った。

「でももし、治らなかったら」

「治ります」

望田は、なんの確信もないまま、それでも力強く言った。

「美々香さんは必ず治ります。所長も信じてください」

大野は頷いて、また、自嘲気味に笑った。

「……美々香は、俺を許してくれるだろうか」

彼の声は、らしくないほど弱々しかった。

Xの正体を暴き、推理で追い詰めた所長。

カミムラを相手取り、手玉に取った所長。

そして、自らの行いを悔い、ただ一人の身を案じる所長。

すべて、大野糺という、一人の人間臭い男の姿だった。犯人たちに、あるいは、家族たちに見せる顔とは裏腹に、彼も深い傷を負っていた。

「謝罪なら所長は車の中でしました。美々香さんもそれを受け取りました。それで足りないと言うなら、これからの行動で示せばいいだけです」

私はね、と望田は続けた。

「カウンセラーの最大の役割は、悩んでいる人を一人にしないことだと思っています。私は、あなたたち二人を絶対に一人にはさせませんよ」

――踏み込んでこないでよ。

遠いあの声が、まだ聞こえてくる。

今の望田なら、きっとこう答えるだろう。

君の家の扉を蹴破ってでも、君を一人にはさせない、と。

「俺はな、望田」

大野は美々香の手を握って、また、祈るように目をつぶった。

「探偵も、そうでありたいと思ってるよ」

「――そういうキザなことを言うなら、まずは私の欲しいものを当ててみてください」

出し抜けに、美々香の声がした。

所長がバッと身を起こす。手を放し、まるで悪いことをして両手を挙げているような姿勢になった。

「み、美々香？　大丈夫なのか？」

「まだだいぶ聞こえは悪いですけど……でも、少し落ち着いてきました。二人の声が、ちよっと聞こえるくらいにはなってきました。二人が傍にいてくれたおかげかも」

美々香は少し微笑んだ。

所長はしばらく硬直してから、顔を赤くした。

「……どこから聞いていた」

「いえ、あんまり聞こえませんから、どことは」

「嘘つけ、お前、キザなことがどうとか言っただろ」

「聞こえませーん」

美々香はからかうように笑った。

「お前、欲しいものって、さては、駅前の限定ケーキか？」

「謝罪するなら、やっぱり行動で示してもらわないと」

「やっぱりだいぶ前から聞いてるじゃねえか！」

あっと言う間に、いつもの事務所の光景だった。

望田は笑った。

思い切り笑った。

二人もそれを見て、つられたように笑った。

望田たちは三人で一つなのだと、世界に高らかに宣言するように、笑った。

目尻の涙を拭いながら、大野所長は小さく、「本当に良かった」と呟いた。

そのことに、望田は気づかないふりをしている。
果たして美々香が聞き逃さなかったかどうかは、誰も知らない。

単行本版あとがき

初めまして、もしくはお久しぶりです。阿津川辰海と申します。

本作『録音された誘拐』は、第一短編集『透明人間は密室に潜む』収録中の一編「盗聴された殺人」の続編にあたります。「耳が良い」私立探偵の山口美々香と、その上司・大野糺が登場するシリーズです。ただ、本作には「盗聴された殺人」のネタバレは含まれておりませんので、本作からお楽しみいただけると思います。

短編集の『透明人間は密室に潜む』は、「一作一作を、『これで設定の全てを出し切る』というところまで煮詰めて、一作限りとする」というコンセプトを当時の担当編集氏と話し合い、作り上げたものでしたが、私自身、「盗聴された殺人」のコンビに手応えを感じたこともあり、復活と相成りました。美々香と糺のコンビは、書いていて心地良いのです。その割には、誘拐で二人を分断するプロットにしてしまうあたりが、私のひねくれたところですが。

本作は、「コロナが終息し、世界が落ち着き始めた頃」という至近未来の時間軸に設定しています。今年の五月に刊行した短編集『入れ子細工の夜』が、「コロナ禍の状況を取り入れた作品集」だったとするなら、ここでは「コロナによって変わってしまった生活様式」の話を盛り込みつつ、「その後」の話をする長編にしたいと考えたからです。作品を読んでいる間、混乱させてしまうかもしれないので、あえて言及しておきます。

今、コロナとフィクションを取り巻く関係は複雑で、作家としては、「今、この時」を書くか、いっそ大胆に時間軸を飛ばして「未来」に設定した方が、現実との齟齬《そご》が出ず、好ましいことは承知しているのですが、あえて「至近未来」を選択したのは、様々な願いを仮託してのことです。山口美々香の父、山口純一を巡るエピソードには、そうした思いが込められています。

本作は多くの参考文献を使用していますが、書名を挙げることで趣向を類推させる可能性があるため、リストの掲載を割愛します（警察関係の資料とか、『歳時記』とかは出してもいいのですが）。引用等の誤りの責は全て著者に帰するものです。

最後になりますが、本作の構想に行き詰まるたびにブレストに付き合ってくださった光文社の鈴木一人さんと堀内健史さん、本作について情熱を持って徹底的に直してくださった光文社の永島大さん、またしても素敵なイラストを描いていただいた青依青さん（山口美々香のビジュアル、最高です）、本作の執筆を迷っていた時「読みてえなぁ、令和の誘拐モノ」と言って背中を押してくださった講談社の泉友之氏、私に俳句の手ほどきをしてくださった高校時代の文芸部の恩師（俳句甲子園は大変な場所でした……）、いつも私を支えてくれる大切な友人たちに、この場を借りて感謝申し上げます。そして、この本を手に取ってくださった読者に、最大限の感謝を。

それでは、またどこかでお会いしましょう。

令和四年八月

阿津川辰海

「パズルの名は誘拐」――『録音された誘拐』解説

井上先斗《いのうえさきと》（作家）

自らに課した高いハードルを超えようと跳ぶ、ストイックな謎解き物語《パズラー》だ。

「そんなことできるわけがない！」と言われてしまうような困難に挑む作中人物の向こうに、僕は作者の姿を幻視する。


阿津川辰海は、作家である以前に、一人の優れた読み手だ。

実は、僕は彼とは大学時代からの友人である。通っていた学校は違うのだけれど、東京近辺の大学のミステリ研究会が交流する場があって、そこで知り合った。

当時から、阿津川の読書量は凄まじかった。

「あの本読んだ？」の引き出しが異様に多いのだ。翻訳ものの古典からライトノベルの新刊まで、ありとあらゆる本に目を通している。ミステリ好きが集まる場で話題になるもので彼が読んでない本は一冊もない。ただ沢山読んでいるだけではなく独自の鋭い感想まで、さらりと述べる。「こいつ、凄いな」と僕は幾度となく感心した。

作家としてデビューしてからも、その読書の量と質が変わっていない……なんならパワーアップさえしているのは雑誌『ジャーロ』のホームページ上で連載されている〈阿津川辰海 読書日記〉を読めば、よく分かる。

毎月二回、本格ミステリから冒険小説に至るまで幅広く国内外の新刊を何冊も取り上げている、だけではない。その新刊に関連する本をこれでもかと読む。京極夏彦『鵼《ぬえ》の碑《いしぶみ》』を取り上げた際には、煉瓦《れんが》のような分厚さの本ばかりで知られる百鬼夜行シリーズを全巻再読し、青崎有吾『地雷グリコ』の発売時には小説だけではなく漫画、映像作品に至るまでギャンブルを題材にした作品を網羅して論じた。

他にも、小学館の運営するポータルサイト『小説丸』上の連載〈採れたて本!〉の海外ミステリ部門を担当していたり、毎年、何冊もの文庫解説を手がけていたりもしている。これらの仕事に余技として行っているような緩さはない。読書家としての阿津川は、小説家とは別に成立していると言っていいだろう。

逆に、小説家としての阿津川は読書家としての顔なしには存在し得ない。人並外れた読書量を背景に小説を書くのがこの作家のスタイルだからだ。

扱うテーマを定めたならば、まず先行作を大量に読む。その上で、これ以上のものを書かなければならないとハードルをセットする。

書いた後、バーを超えられたか本人が精査する。不満足なら書き直す。雑誌掲載作品を単行本にまとめた時、まるで別物になっていることもしばしばだ。

勿論、作者の努力が必ずしも報われるとは限らない。それでも、僕は、作者が何をしたいのか分からなかったときは少なくとも一度もない。前例を踏まえ明確な目標を立てた上での挑戦がいつもある。故に阿津川の小説は、どんな作品でも胸に突き刺さる。作者自身が、自分に失望したくないと願いながら書いている真摯な姿勢が伝わってくるからだ。

本書『録音された誘拐』は、二〇二二年に光文社から書下ろしで刊行された阿津川の第五長篇である。挑んだテーマは〈令和の誘拐もの〉だ。


物語は、事件の解決から始まる。

大野探偵事務所の所員である望田公彦が立ち会った、ある誘拐事件が終わる瞬間がまず語られる。人質が救出され、犯人を刑事と関係者が取り囲む。

混乱した状況だが、ほんの少し確からしいことがある。「この男は、三人も殺したんですよ！」という台詞《せりふ》から、凄惨な事件が起きたであろうこと。それから、誘拐されたのは大野探偵事務所の所長である大野糺だということ。

——探偵が人質？

一体なにが起こったのか。このゼロ時間へ向けて、半年前、三か月前、前日、当日、と刻んでストーリーは進行していく。

詳しい粗筋《あらすじ》は語るだけ野暮なところもあるのだけれど、大まかに三つの筋で構成されていることは案内しておこう。

第一の筋は、無論、大野紀の誘拐である。

探偵事務所の所長にして、成城に屋敷を構える資産家一族の長男である彼が何者かに誘拐された。大野の部下である山口美々香は、警察の協力を得ながら救出のため動き出す。美々香には超人的な聴力という強力な武器がある。大野探偵事務所の活動において事件解決の手がかりを摑むのはいつも彼女だ。……ただ、美々香が得た情報を元に推理を組み立てるのは普段は大野の役目なのだけれど。

ここにもう一つ、過去の事件が絡む。実は大野家は十五年前にも誘拐事件に巻き込まれていた。隣家に住む姉弟が、大野家の兄妹と取り違えて攫《さら》われたということがあったのだ。美々香たちは、この因縁にも対峙せざるを得なくなる。これが二つ目の筋。

最後の一つは、望田が美々香の代理で彼女の実家を訪ねるという、一見、本体の事件には余り関係がなさそうなサブストーリーだ。ここでも些細ながら気になる謎が提示される。

三つのストーリーラインで阿津川は無数の手がかりを示す。それらを余りなく組み合わせた時、一つの大きな図柄が出来上がる。この小説は見事なパズルだ。

僕は、本書を単行本で読んだ時「パズラーとして令和の『針の誘い』と言ってしまってもいいな」と思った。

『針の誘い』は、一九七〇年に発表された土屋隆夫による長篇推理小説で〈昭和の誘拐もの〉の代表選手と呼ぶべき名品である。製菓会社の社長の娘の誘拐事件を扱った小説なのだけれど、リアルタイムで進行する事件の各段階に細かな、けれどよく練《ね》られたトリックが仕掛けられていて、その積み重ねで読ませる。『録音された誘拐』は、土屋隆夫のこの先行作と、謎解き小説としての構造が非常によく似ているのだ。

模倣したと言いたいわけではない。大体、現代はNシステムや防犯カメラによる監視社会で、警察の捜査手法も進化している。細かいトリックは当然として、犯罪自体の構図が成り立たない。

『針の誘い』に限らず阿津川が参考にしたであろう古今東西の先行作は基本的に令和では成立し得ない。本書の中で、ある登場人物は、この犯罪自体を「昭和の時代にどす黒く光り輝いた劇場型犯罪」――誘拐なんて時代遅れなのだと評する。

もし犯人側が課題を突破できても、それで終わりにはできない。本書はパズラーである以上、最終的に探偵が論理的に犯人に到達するようにしなければならない。

阿津川は、逃げることなく、この難問に挑んだ。警察の捜査網をかいくぐって、人質を攫い、ターゲットと連絡を取り、金を掠《かす》め取る一連の行為を成功させる作戦、そして、それを探偵側が推理して追い詰める論理。この二つを現代ならではの道具立てで構成してみせた。本書が令和版『針の誘い』と言いたくなる緻密なパズラーに仕上がっているのは、ひとえに作者の姿勢の成果である。〈令和の誘拐もの〉の妙味を、読者はとくと堪能できることだろう。

阿津川は本書で、挑戦をもう一つ行っている。安易でない形で名探偵のシリーズを広げる、という試みだ。

美々香と大野は『透明人間は密室に潜む』収録の「盗聴された殺人」で初登場した。この中篇が『ジャーロ』誌で発表されたのは〈館四重奏〉の第一作『紅蓮館の殺人』よりも前なので、実は二人は阿津川が初めて世に出したシリーズ探偵に当たる。

といっても『透明人間は密室に潜む』収録の四篇はそれぞれ、その話で設定の全てを出し切るコンセプトだったため、元々シリーズ化は前提ではなかったという。作者としては耳がとても良い美々香と彼女が聞き取ったことを元に推理をする大野という設定は「盗聴された殺人」で使い切ったつもりだったわけである。

だから本書は、存在自体が挑戦なのだ。

「盗聴された殺人」で行ったこと……美々香と大野が一緒に行動をして謎を解くシンプルで安全なフーダニットを長篇でやるのは容易である。それで文句を言う者などいないだろう。

だが、阿津川はそうしなかった。

二人が引き離されるというプロットを採用し、その上「シリーズ第一長篇で、こんな仕掛けをやっちゃうのか！」と驚くツイストも用意されている。

美々香と大野のシリーズは本書の後、光文社文庫『Jミステリー２０２３ ＳＰＲＩＮＧ』に「拾った男」という短篇が発表されている。走行するタクシーの中で物語が完結する密室劇と、これまたタイプが違う辺り、つくづく徹底している。

長篇になるか短篇になるかは未定だが、シリーズを続ける構想もあるとのこと。きっと、その続篇でも、全く別の物語を書くのだろう。

阿津川辰海は常に挑み続ける作家だ。

僕はいつも彼が次にどんなハードルをセットするのかを楽しみにしている。

二〇二二年五月　光文社刊

＊この作品はフィクションであり、実在の人物・団体・事件とはいっさい関係ありません。

登場人物表・目次デザイン　重実生哉

光文社文庫

録《ろく》音《おん》された誘《ゆう》拐《かい》

著　者　阿《あ》津《つ》川《かわ》辰《たつ》海《み》

2025年4月20日　初版1刷発行

発行者　三宅貴久
印　刷　新藤慶昌堂
製　本　ナショナル製本

発行所　株式会社　光文社
〒112-8011　東京都文京区音羽1-16-6
電話（03）5395-8147　編集部
8116　書籍販売部
8125　制作部

ISBN978-4-334-10617-1　Printed in Japan

組版　萩原印刷